Ihre Rache steht ihm gut

Amelia Lemon

Verlag:
Zeilenfluss Verlagsgesellschaft mbH
Implerstraße 24
81371 München

Text: Amelia Lemon
Cover: Zeilenfluss
Korrektorat: Dr. Andreas Fischer
Satz: Zeilenfluss

ISBN 978-3-96714-301-0

Ihre RACHE steht ihm GUT

AMELIA LEMON

ZEILENFLUSS

eins

BAD BOSS IN RAGE

Chris konnte es sich nur mit Mühe verkneifen, die Tür zum Büro seines Chefs hinter sich zuzuwerfen, als er es verließ und den Flur entlangging. Oder was hieß ›ging‹? Er schlich. Er musste seine Gedanken sortieren. Normalerweise konnte er das auch in einem üblichen Schritttempo, doch heute war alles anders. Heute war alles sehr viel … beschissener. Ja, das war das richtige Wort. Chris hatte es gewusst, er hätte heute Morgen nicht aufstehen sollen.

Hatte Chris auf seine Intuition gehört? Natürlich nicht.

Stattdessen hatte er sich beim Rasieren geschnitten und war mit zwei Klopapierschnipseln am Kinn und zwei weiteren an jeder Wange ins Büro gewankt. Dort hatte er sich den Kaffee übergeschüttet, den ihm seine Assistentin Sarah in die Hand gedrückt hatte – in einer brüllend heißen Tasse und selbstverständlich hatte *sie* den kühlen Henkel gehalten. Er war vor dem Schmerz durch die Hitze zurückgezuckt, nur hatte er dabei leider vergessen, loszulassen. Durch den Ruck hatte er sich das sonst so geliebte Elixier seiner Seele über die Hand und das Hemd gekippt, und das Brennen konnte man auch gut und gerne einen Vorgeschmack auf das Fegefeuer nennen.

Hatte er sich *dann* wie ein vernünftiger Chef umgezogen, in seinem Büro verschanzt und sich von seiner Assistentin bei jedem Anrufer und Besucher verleugnen lassen?

Nun ja, umgezogen hatte er sich durchaus, für den Rest war er allerdings nicht clever genug gewesen, und das hatte er jetzt davon.

Er saß in einem Haufen Mist und musste sich nun überlegen, wie er da herauskommen sollte. Aber was machte er sich vor? Es gab keinen Ausweg.

Sein Boss Henry war siebenundsechzig Jahre alt, und man konnte es ihm nicht übelnehmen, dass er sich nach dem Ruhestand sehnte. Nur hatte Chris ehrlich gesagt in den neun Jahren, die er für *Bluhir Versicherungen* arbeitete, darauf spekuliert, dass Henry eines Tages *ihm* den Laden übertrug. Auf Wirtschaftsforen wurde permanent darüber gejammert, dass Firmeninhaber händeringend Nachfolger suchten. Henry hingegen musste mal wieder aus der Reihe tanzen und löste seine Firma einfach auf. Nur weil diese momentan ein paar Turbulenzen durchmachte. Beinahe jede Firma machte zurzeit Turbulenzen durch. Die Preise stiegen, die Inflation kletterte in schwindelerregende Höhen, die politische Lage konnte man selbst mit dem größten Optimismus nur explosiv nennen. Trotzdem – so was legte sich. Irgendwann legte es sich immer. Ein paar Jahre und es würde seinen gewohnten Gang gehen. Chris hätte das hinbekommen! Laut Henry war Chris ein CEO, dem man sogar die eigene Mutter anvertrauen würde, damit er sie vom Rollator weg und zum Laufen brachte.

Bluhir Versicherungen war zwar nicht Henrys Mutter, aber hätte Henry ihm die Chance gegeben, hätte Henry eine hübsche, regelmäßige Rendite beziehen können, während Chris am Steuer stand und die Eisberge umschiffte.

Chris erhaschte einen Blick auf eines der Bilder, die den Flur zierten, und sah sein eigenes verkniffenes Gesicht als schwache Spiegelung in der Glasscheibe. Die Klopapierschnipsel hatte er vor dem Gespräch mit seinem Boss entfernt, die Schnitte brannten dennoch wie die Hölle.

Er hatte die Augenbrauen so zusammengezogen, dass sie nur noch von einer Falte getrennt wurden, und er hatte das aufgesetzt, was seine Ex-Frau als ›Todesblick‹ bezeichnet hatte, der Frauen entweder das Höschen wegschmelzen ließ (ihre Worte, nicht seine) oder in ihnen den Fluchtinstinkt aktivierte, und nur wer blöd war, hörte nicht darauf (das waren auch ihre Worte).

Der graue Nylonteppich schluckte das Geräusch seiner Schuhe, und so überraschte es Chris wenig, dass seine Assistentin zusammenzuckte, als er die Tür aufriss. Sie hockte in Jeansjacke hinter dem Schreibtisch und war gerade dabei, sich den Haargummi aus der Frisur zu ziehen. Ihre dunkelbraunen Haare fielen ihr über die Schultern, und sie sah so erschrocken aus, dass Chris sich fragte, ob er sie bei etwas erwischt hatte. Ihm fiel nur beim besten Willen nicht ein, was es sein könnte. Sicher, die Jeansjacke war für die Assistentin eines CEO nicht angemessen, es wäre besser, sie trüge einen Blazer. Warum war ihm das nicht eher aufgefallen? Stand er bereits den ganzen Tag dermaßen neben sich? Am Ende ließ er nach, und die tanzten ihm auf der Nase herum. Wenn er sich das genau überlegte, war das aber auch schon wieder egal.

Chris holte tief Luft, und ihm fiel ein, dass er immer noch in der Tür stand und sich mit seiner Assistentin anstarrte, als wären sie sich völlig überraschend im Dunkeln begegnet.

Er zwang sich, ein paar Schritte zu gehen, überbrückte die Distanz zu der Tür hinter ihrem Schreibtisch, die in sein Büro führte. Nur kurz blieb er bei ihr stehen und erklärte: »Rufen Sie Matt Goodwell an. Sagen Sie ihm, dass ich ihn gern heute Abend im *Golden Aurora* sehen möchte, und reservieren Sie dort einen Tisch.«

Er hatte es so beiläufig wie möglich gesagt, dabei zitterten ihm sogar ein wenig die Knie. »Und bringen Sie mir einen Kaffee.«

Es war für Kaffee eigentlich schon zu spät am Nachmittag, aber er brauchte welchen. Damit konnte er zwar nachts nicht schlafen, allerdings könnte er das eh nicht. Selbst für ihn – dem man wohl die beste Startposition beim baldigen Rennen um Jobs in New York zuschreiben könnte – war das alles eine ungewöhnliche Situation, und eine beängstigende noch dazu.

Er wollte gerade sein Büro betreten und lockerte seine Krawatte, als ihn die leise Antwort Sarahs erreichte.

»Mr. Graham, im *Golden Aurora* muss man mindestens fünf Tage im Voraus reservieren.«

Langsam drehte er sich um. »Heute muss es eben spontan sein.«

»Es gibt dort keine freien Tische.«

»Dann sorgen Sie dafür, dass es einen gibt, oder suchen Sie meinetwegen ein anderes, passendes Restaurant, wenn Sie das nicht hinbekommen.« Er merkte selbst, dass sein Tonfall zu grob war. Aber Herrgott, er hatte anderes zu tun, als sich um diesen Firlefanz zu kümmern. Er wollte mit einem Geschäftspartner essen gehen, möglichst an einem Ort, der suggerierte, dass er nicht die geringste Angst vor der baldigen Arbeitslosigkeit hatte, sondern ganz locker einen anderen Job bekam, und dazu war das *Golden Aurora* am besten geeignet.

Sarah spielte mit einer Locke, die sich um den obersten Knopf ihrer Jeansjacke gewickelt hatte, und ihr Blick ging an ihm vorbei. Sie fixierte nicht ihn, sondern den Türrahmen, und redete erneut so leise, dass Chris spürte, wie sein Blutdruck langsam stieg.

»Ich muss eigentlich längst unterwegs sein und meine Tochter abholen.«

Oh, deswegen die Jeansjacke. Sie war schon auf dem Sprung gewesen. Er sah zur Wanduhr. Zwölf Minuten nach fünf.

Zwölf Minuten Feierabend und Sarah zeigte keinerlei Bereitschaft, nur eine Minute an ihre vorgeschriebene Arbeitszeit dranzuhängen. Genau wegen solcher Leute, die nur Dienst nach Vorschrift machten, gingen Firmen pleite.

Chris zwang sich, tief durchzuatmen. Es war einfach nur ein beschissener Tag. Es gab keinen Grund, es an Sarah auszulassen.

Als er aufsah, bemerkte er den ängstlichen Blick seiner Assistentin. Er musste zu laut und zu ärgerlich geatmet haben, und anscheinend durfte er nicht mal mehr das.

»Gehen Sie«, sagte er so ruhig, wie er konnte. »Ihre Tochter ist wichtiger.«

Es war übrigens nur ganz wenig beleidigend, dass sie ihn völlig überrascht ansah. Als wäre er das Monster, dem plötzlich rosa Plüsch aus den Ohren wuchs.

Sarah packte rasch ihre Handtasche, sprang so abrupt auf, dass ihr Drehstuhl zurückrutschte und gegen die dahinterliegende Wand knallte, und lief rückwärts zur Tür. Mit einem ins Gesicht getackerten Lächeln und einem Ausdruck in den Augen, als wäre sie mit Müh und Not dem Teufel entkommen.

»Danke, Mr. Graham«, rief sie, bevor die Tür ins Schloss fiel.

Chris presste die Lippen aufeinander und lauschte in die Stille des Büros hinein. Er hörte das Pling des Aufzuges draußen, als dieser hielt. Er hörte ebenso, wie weitere Leute zum Fahrstuhl und in den Feierabend trotteten. Sie ahnten nicht, dass das bequeme Leben morgen ein Ende hatte. Die hundertvierzig Frauen und Männer, die wie er teilweise jahrelang für *Bluhir Versicherungen* gearbeitet hatten, würden bald keinen Fuß mehr in den siebten und achten Stock des Glastowers im Herzen von Manhattan setzen. Von heute auf morgen mussten sie sich eine neue Arbeit, einen neuen Selbstzweck und vor allem eine neue Finanzierung suchen.

Chris beneidete keinen von ihnen, er beneidete nicht mal sich selbst. Die nächsten Tage würde er damit verbringen, sie alle nach und nach vor die Tür zu setzen. Buchstäblich. Danach war er genauso arbeitslos. Jedenfalls, wenn er nicht schleunigst einen Job fand.

Chris setzte sich an seinen Schreibtisch, wählte die Nummer des *Golden Aurora* und verlangte einen freien Tisch.

Es war keiner frei, weder für Chris noch für den Papst, falls der es wagen sollte, spontan aufzutauchen. Das erklärte ihm ein frustrierter Kellner mehrmals. Als Chris sich partout nicht abwimmeln ließ und besagter Kellner diesen Satz ihm zum vierten Mal praktisch entgegenbrüllte, legte Chris auf.

Erst jetzt fiel ihm auf, dass er bei der Diskussion wohl laut geworden war. Er musste sich räuspern, und sein Hals fühlte sich rau an. Oder er bekam eine Grippe, das würde zu dem ganzen verfluchten Tag passen.

Chris wollte gerade die Nummer eines anderen Restaurants wählen, als sich die Tür zum Vorzimmer öffnete und Chris hörte, wie jemand eintrat. Kurz darauf tauchte Herman in Chris' Büro auf und lehnte sich betont lässig gegen den Türrahmen.

»Dich hat man ja bis in die Kaffeeküche gehört«, spottete er.

Mal sehen, ob er ruhiger reagierte, wenn Chris *ihm* die Kündigung überreichte. Bald Hermans Gesicht entgleisen sehen zu können, war der einzige Trost an diesem Mist.

»Das *Golden Aurora* ist nun mal sehr beliebt«, erwiderte Chris. »Und die Kellner sind abgebrüht.«

»Lassen sich nicht mal von der Queen beeindrucken, was?«, fragte Herman. »Wo ist denn Sarah?«

»Ihr Kind abholen.«

Herman hob spöttisch die Augenbrauen. »Das lässt du ihr durchgehen? Man muss sich schon entscheiden, was wichtiger ist.« Dem letzten Satz verlieh er einen so nonchalanten Ton, dass Chris nicht anders konnte, als sich provoziert zu fühlen. Er wiederholte, was Chris gern sagte, und warf ihm somit praktisch gleichzeitig mangelnde Konsequenz vor. Dabei war Herman nicht wesentlich besser als Sarah. Mitarbeitende, die pünktlich den Stift fallen ließen, waren ärgerlich. Jemand wie Herman, der zehn Stunden täglich damit verbrachte, sich aufzuplustern, war allerdings genauso Gift.

Aber vielleicht waren ja alle schlauer als Chris. Was nutzte es einem, sich Tag für Tag, Woche für Woche und Jahr für Jahr den Hintern buchstäblich aufzureißen, die Menschen zu enttäuschen, die man liebte, wenn man von heute auf morgen sowieso auf der Straße stand?

»Einen Tisch zu reservieren bekomme ich auch noch hin«, erwiderte Chris und drehte sich auf seinem Drehstuhl von ihm weg, um erneut nach dem Telefon zu greifen. Das unmissverständliche Zeichen, dass Herman gefälligst verschwinden sollte.

Doch während Chris bereits die nächste Nummer eintippte, merkte er, wie Herman näher trat und beiläufig eine Mappe in der Hand schwenkte.

»Ist Henry jetzt zu sprechen?«

»Das musst du ihn selbst fragen«, brummte Chris, drückte die letzten Ziffern der Nummer und griff nach dem Hörer. Aber er müsste ihn Herman wahrscheinlich an den Kopf werfen, damit der den Wink mit dem Zaunpfahl überhaupt kapierte.

Der rückte lieber an Chris' Schreibtisch heran und beugte sich vor. Vertraulich leise fragte er: »Was hast du eigentlich mit dem Alten so lange besprochen? Ihr wart vier Stunden in seinem Büro.«

»Das wirst du erfahren, sobald die Zeit reif ist«, erwiderte Chris und legte den blöden Hörer wieder auf. Er konnte nicht reden, wenn ihn Herman dermaßen anstarrte.

»Das klingt ja geheimnisvoll.«

Immerhin war Herman nicht dreist genug, direkt nachzufragen, ob ihm Chris was verriet.

»Hast du die Zahlen für das letzte Quartal aufbereitet?« Chris gab sich nicht die geringste Mühe, seinen gereizten Unterton zu überspielen.

»Ich muss noch Belege bei der Bank abfordern. Deswegen wollte ich ja mit dem Alten sprechen. Ich brauche seine Unterschrift.«

»Der Alte ist unser Arbeitgeber, bezahlt unser Gehalt, hat ein Minimum an Respekt verdient, und außerdem besitze *ich* die Vollmacht, für ihn zu unterschreiben. Auch für die Bank.«

Herman bewies leider nicht den Anstand, nun zusammenzuzucken. »Henry weiß, wie ich es meine. Wir kennen uns schließlich schon seit dem Studium.«

Genau das war der Grund, warum Chris Herman bisher nicht einfach gefeuert hatte. Egal, wie groß die Versuchung gewesen war. Er streckte die Hand nach der Mappe aus. »Gib es her.«

Herman sah ihn unschlüssig an. »Ich würde lieber gern mit …«

»Gib es her!«, stieß Chris zwischen zusammengepressten Zähnen heraus.

Herman zuckte mit den Schultern, als wäre es plötzlich gleichgültig, und legte ihm die Mappe auf den Tisch. Chris schlug sie auf, setzte seine Unterschrift auf das Dokument, auf dem ›Anforderung vertraulicher Unterlagen‹ stand. Beinahe hätte er mit seinem alten Namen unterschrieben. Chris Parker. Weil Kendyl damals bei der Hochzeit darauf bestanden hatte, den Namen ihrer Familie weiterzutragen, hatte er ihren angenommen. Und aus Chris Graham war Chris Parker geworden. Als ob Parker außergewöhnlich wäre, aber er war verliebt und bescheuert gewesen.

Gestern – rund ein Jahr nachdem seine Ehe geschieden worden war – hatte er die Mitteilung und einen neuen Ausweis bekommen. Mit seinem Geburtsnamen. Chris hatte geglaubt, es würde ihn von den Erinnerungen an Kendyl befreien, wenn er nicht mehr mit ihrem Familiennamen unterschrieb. Die Wahrheit war, dass er in dem Moment, als er ansetzte, ›Parker‹ zu schreiben und sich darauf konzentrierte, stattdessen mit ›Graham‹ zu unterzeichnen, sein Leben nur noch mehr hasste. Er hatte seine Ehe mit seiner Liebe zur Arbeit ruiniert. Das hatte er jetzt davon.

Mit seinem besten ›Todesblick‹, den er draufhatte, gab er Herman die Mappe zurück. »Ich bin morgen um sieben Uhr im Büro. Dann will ich die Zahlen auf meinem Tisch.«

»Den Spitznamen ›Pitbull‹ musst du dir nicht tagtäglich erarbeiten, er gehört eh schon zu dir«, verkündete Herman beleidigt, und dem Himmel sei Dank, er verschwand endlich.

Obwohl es Chris egal sein sollte, was andere über ihn dachten, wurmte ihn diese Bezeichnung gewaltig.

›Du solltest ein Coaching buchen‹, hatte Henry – ›der Alte‹ – zu Chris gesagt. ›Unsere Art zu führen ist nicht mehr gewünscht. Neuerdings wollen alle mit Zuckerwatte gepudert werden, sonst gehen sie zu hippen Start-ups, die nur ein halbes Jahr bestehen, aber hey, dort kann man Tischtennis spielen. Wir hingegen sind Wölfe. Wer nicht leistet, wird gerissen, nur sind wir jetzt die aussterbende Art. Du bist allerdings erst vierunddreißig, du kannst dich anpassen. Lass dir ein paar Zähne ziehen und durchs Fell kraulen. Dann liegen dir die alle zu Füßen, und du findest mit Leichtigkeit was Neues.‹

Chris würde mal behaupten, dass er bei seiner Sarah kurzzeitig einen Zahn verloren hatte, bei Herman war ihm dieser jedoch prompt nachgewachsen. Chris würde sein Haus und seinen mickrigen Kontostand darauf verwetten, dass ihm ein Coaching nicht das Geringste einbrachte. Er hasste schlechte Arbeit, er hasste es, wenn Menschen ihre Zeit mit Reden verplemperten, und er sah nicht ein, warum man Anweisungen mit einem ›Ach, wenn Sie zwischen Kaffeepause und Ihrem Feierabend Zeit hätten …‹ beginnen sollte. Wenn ihn das zu einer miesen Führungskraft machte, hatte er ein gewaltiges Problem. Dann konnte er bald weder seine Rechnungen bezahlen, noch seiner Ex-Frau und seinem Sohn den Unterhalt. Kendyl hatte sicherlich immenses Verständnis dafür, wenn ihn wegen seiner Art niemand einstellte, schließlich hatte sie ihn genau deswegen verlassen.

zwei

HIT THE BOSS (ABER NUR GANZ LEICHT)

Marlene wäre beinahe gegen die Tür des Restaurants gelaufen, so sehr war sie in Gedanken versunken. Nur das Funkeln des goldenen Schriftzugs *Streetwise Lane* im Scheinwerferlicht eines der unzähligen vorbeifahrenden Fahrzeuge ließ sie rechtzeitig innehalten.

Eigentlich hatte sie geglaubt, ein Cocktailkleid, das naturbelassenen Stoff und den Chic der High Society vereinte, wäre einfach. Tja, offenbar nicht. Die A-Linie aus einem reinen Baumwollstoff, die sie gestern als völlig perfekt empfunden hatte, war heute nur noch eines: langweilig. Marlene brauchte ein neues, ein modernes Element. Schnallen? Nein, zu offensichtlich. Eine ungewöhnliche Farbe? Aber welche?

Die Klinke zum *Streetwise Lane* fühlte sich kühl in ihrer Hand an, und Marlene sog tief die Luft ein. Sie hatte den September in New York schon immer besonders gefunden. Er war lauter, belebender – ganz anders als der stürmische September in der Kleinstadt, in der sie aufgewachsen war. An New York gefiel ihr, dass man die Frische bemerkte, die der Regen mit sich brachte. Zu oft überlagerten die Abgase der Autos jegliche anderen Gerüche.

Marlene nahm sich bewusst einen Augenblick Zeit. Gleich würde sie hellwach und konzentriert sein müssen und hoffentlich nicht aus Nervosität zum Trampel mutieren. Jetzt hatte sie eine winzige Sekunde, in der sie den Autos nachsehen konnte, die auf der Straße vorbeifuhren, und wie die Regentropfen im Licht der Straßenlampen, Werbeschilder und Ladenbeschriftungen glitzerten. Die meisten Menschen, die vorbeieilten, hatten die Schultern hochgezogen und duckten sich unter einem Schirm. Nur der Mann neben ihr trug einen Hut, von dessen Krempe das Wasser tropfte.

Moment mal – der Mann neben ihr.

»Äh«, machte Marlene.

»Sind Sie fertig?«, fragte der besagte Mann. »Wollen Sie jemandem noch einen Antrag machen? Sich an der Tür festkleben? Weiter ins Nichts stieren? Ich weiß, dass manche Überlegungen zu wichtig sind, um sie zu unterbrechen, aber zur Hölle – lassen Sie mich wenigstens hinein, bevor Sie alles blockieren.«

Marlene zuckte unter seinem Wortschwall zusammen. Sie wich instinktiv zurück, weg von der Tür, und er zog diese auf. Den Fuß auf der Schwelle drehte er sich zu ihr um. »Kommen Sie mit hinein oder nicht?«

Gott im Himmel, sie war heute noch zerstreuter als sonst. »Ähm …«

»Jetzt kommen Sie endlich!«

Der Befehlston jagte ihr praktisch das Adrenalin durch die Adern, und er hätte sie genauso gut am Arm packen und mit sich zerren können – aus Reflex machte Marlene einen gehorsamen Sprung nach vorn und … blieb an der verblödeten Holzschwelle hängen. Sie stolperte, ruderte mit den Armen, schlug sich prompt die Hand an der noch blöderen, äußerst massiven Eingangstür an und knallte gegen den Kerl, der diese bis eben offengehalten hatte.

Sie hielt sich an seinem Sakko fest. Nein, nicht an seinem Sakko. Das war sein Schal – ein qualitativ hochwertiger Mohairschal, wie die Textilfetischistin in ihr erfreut feststellte. Ihn freute das sicher nicht so sehr. Er gab ein ersticktes Geräusch von sich, packte sie an den Schultern und schob sie zurück, bis sie mit dem Rücken gegen die nun geschlossene Tür prallte. Er hatte allerdings wohl weniger damit gerechnet, dass sie nicht losließ. Bei allen

Mächten des Himmels – sie hasste es, wenn sie wie ein Reh im Scheinwerferlicht erstarrte, nur weil sie überfordert war.

Jetzt stand sie hier, würgte ihn, während er ihr so nahe war, dass sie sein Aftershave riechen konnte. Es roch ein wenig nach Menthol, nach Leder und nach Mandarine? Sie kannte nur einen Mann, der es schaffte, selbst im Sommer nach Mandarinen zu riechen.

»Bitte, lassen Sie endlich los.« Er klang so gequält, dass sie tatsächlich ihren Griff lockerte.

»Es … es tut mir wirklich leid«, stammelte sie. »Ich habe einfach das Erste gegriffen, woran ich mich festhalten konnte, und das waren nun mal, äh, Sie. Oder vielmehr: Ihr Schal.«

»Ich werde mir abgewöhnen, einen zu tragen. Das ist mir zu gefährlich.«

Sie lächelte entschuldigend und hob den Blick. Weg von dem schwarzen Schal, den er um seinen Hals gewunden hatte, wobei zwischen dessen Stoff und dem Hemdkragen ein kleines Stück seiner Haut zu sehen war. Haut mit den dunklen Stoppeln eines Fünftagebartes. Hatte sie erwähnt, dass es diese Kleinigkeiten waren, die ihr an anderen Menschen auffielen? Vor allem an Männern? Die Art, wie ein Hemdkragen einen Hals betonte oder der Schnitt eines Sakkos die Schultern. Wie ein Gürtel die Aufmerksamkeit des Betrachters zur Taille lenkte.

Was sie nun zu sehen bekam, war im Übrigen nicht weniger verfänglich. Es war sein Gesicht – ein sehr hübsches Gesicht. Diese Tatsache hätte sie bestimmt nicht dazu gebracht, abermals zu erstarren. Es war vielmehr der Umstand, dass sie ihn kannte. Das war Chris Parker.

Dichtes Haar, das an den Schläfen bereits grau wurde, am Übergang zu seinem gestutzten Bart. Zwischen seinen Augenbrauen stand eine steile Falte, und Marlene wusste nur zu gut, wie schnell diese Falte entstand. Diese Mimik hatte Marlene vier Monate lang studiert, nach ungefähr einer Woche hatte sie angefangen, sie zu hassen. Chris Parker war ein schöner Mann, solange er nicht den Mund aufmachte. Leider hielt er diesen äußerst selten, man müsste ihn schon betäuben. Und nur Gott allein wusste, wie oft sie nah dran gewesen war.

Bevor sie etwas sagen konnte, räusperte sich jemand. Sie schoss herum, und ihr Blick fiel auf einen Kellner hinter dem Stehpult, der sie höflich-fragend anlächelte.

Ihr ehemaliger Boss trat weg von ihr, und warum zum Henker fühlte sich ihre Seite auf einmal leer an? Sie sollte über solche Gefühle hinweg sein!

Und warum sagte er nichts zu ihr? Hatte er kein Wort mehr für seine einstige Assistentin? Es war zwar inzwischen drei Jahre her, aber er würde sich doch wohl an die Frauen erinnern können, die er Tag für Tag in den Wahnsinn getrieben hatte.

»Chris Graham, ich habe einen Tisch für zwei reserviert«, sagte ebenjener gerade, und in Marlenes Bauch bildete sich ein heißes Gefühl, und sie hatte plötzlich einen bitteren Geschmack auf der Zunge. Einen Tisch für zwei? Hatte er ein Date? Als sie für ihn gearbeitet hatte, war er mitten in der Scheidung gewesen. Scheinbar hatte er seinen Namen zurückgeändert. Um für eine andere Frau frei zu sein?

Der Kellner nickte, winkte einer Kollegin und bat diese, Chris zu Tisch vier zu bringen. Marlene sah ihm nach. Er warf ihr nicht den kleinsten Blick zu, schien sie schon wieder vergessen zu haben.

»Und Sie, Mrs. …«, durchdrangen die Worte des Kellners ihre gedankliche Blase, und Marlene blinzelte. Sie musste wirklich daran arbeiten, sich besser zu konzentrieren.

»Mrs. Gallagher«, sagte sie. »Jerry Blum hat einen Tisch reserviert.«

»Ja, hier steht es.« Der Kellner trat hinter dem Pult hervor. »Wenn Sie mir bitte folgen würden.«

Marlene hatte Mühe, ihm auf den Fersen zu bleiben und nicht einfach nur staunend stehen zu bleiben. Immerhin lenkte sie der Anblick des Essenssaales von Chris Graham ab.

Schwere Kronleuchter baumelten von der Decke, es gab diskrete Nischen mit Zweiertischen, dann wieder größere Tische mit Sitzbänken. Der Teppich bestand aus Flor, der garantiert so teuer war wie Marlenes komplette Wohnungseinrichtung.

Sie hatte sich immer noch nicht darum gekümmert, ihre Wohnsituation ihrem aktuellen Einkommen anzupassen, und vor allem war sie es nicht gewohnt, in einem teuren Restaurant sicher auf High Heels zwischen den Tischen zu laufen, an denen reiche Menschen saßen. Verdammt reiche Menschen. Die, die ihre Kleider tragen sollten, wenn es nach Marlene ging. Damit sie noch populärer wurde. Aber sie konnte sich mit einem miesen Entwurf auch alles zunichtemachen.

Obwohl sie wusste, dass es lächerlich war, fühlte sie sich von allen angestarrt. Als wüssten alle, dass sie nicht dazugehörte. Dass ihr großer Erfolg nur ein Irrtum war, der sich bald berichtigen würde.

So wie Chris seinen Fehler berichtigt hatte, als er sie sechzehn Wochen, nachdem er sie als Assistentin eingestellt hatte, wieder vor die Tür setzte.

BEZIEHUNGEN SIND ALLES

Kaum hatte ihn die Kellnerin zu seinem Tisch geführt, hatte Chris den Schal schleunigst abgelegt und hoffte, dass diese Verrückte ihm nicht noch Würgemale zugefügt hatte. Gott, hatte die Frau einen Griff gehabt. Als würde sie tagtäglich Leute mit dem Strick um den Hals zum Galgen schleifen. Dabei traute man ihr das auf den ersten Blick nicht zu. Sie hatte mehr wie jemand gewirkt, der hier nicht nur völlig fehl am Platz war, sondern auch in Gedanken eher in der Hängematte an einem Strand schaukelte, als im verregneten New York etwas zustande zu bringen. Wahrscheinlich war sie eine reiche Erbin. Nur so konnte er sich erklären, dass jemand mit neongrünen Strähnen im sonst schwarzen Haar in einem Restaurant wie dem *Streetwise Lane* essen konnte. Obwohl die Speisekarte eher nach einem mittelmäßigen Imbiss klang, sollte man sich davon nicht täuschen lassen. Die Burger wurden mit essbaren Blüten dekoriert, die Spitzen der Fritten waren mit Blattgold ummantelt, und der Ketchup war sicherlich von Tomaten gewonnen worden, die ihr Fruchtfleisch mit Freude gespendet hatten. Wie kam man bitte schön sonst auf solche horrenden Preise?

Aber immerhin schien Matt beeindruckt zu sein. »Ich war noch nie hier«, sagte er beinahe ehrfürchtig. »Wie hast du hier so kurzfristig einen Tisch bekommen?«

»Beziehungen«, behauptete Chris gelassen. Die Wahrheit war, dass er einfach Glück gehabt hatte. Ein Pärchen hatte abgesagt, und Dienstagabend war die Warteliste meist nicht sonderlich lang. So hatte es zumindest der Kellner erklärt.

Matt wackelte mit den Augenbrauen. »Stellst du mir die Beziehung irgendwann mal vor oder behältst du die allein für dein Bett?«

Chris musste sich beherrschen, nicht genervt zu schnauben. Bei Matt drehte sich größtenteils alles um Sex. Es war ein Wunder, dass er von Chris nicht verlangte, mit den Kandidatinnen zu schlafen, die er ihm regelmäßig vorstellte, wenn Chris' Assistentin mal wieder das Handtuch geworfen hatte.

»Es ist keine Frau«, erwiderte Chris.

»Holla«, machte Matt. »Sag nur, du probierst jetzt Männer.«

»Sollte ich das je tun, komme ich auf dich zurück.«

Matt strahlte plötzlich und warf ihm absurderweise eine angedeutete Kusshand zu. Langsam konnte sich Chris nicht mehr entscheiden, ob ihn die Preise verstörten oder sein Gegenüber.

»Dann will ich übrigens hierher ausgeführt werden, bevor du mir an die Wäsche gehst«, verkündete Matt und schloss die Speisekarte. Entspannt lehnte er sich zurück und wartete, bis auch Chris das in Leder gebundene Buch weglegte.

»Was brauchst du diesmal?«, fragte Matt. »Wieder eine Assistentin? Ich dachte, du wärst mit Sarah zufrieden.«

»Bin ich immer noch«, erwiderte Chris. »Sie macht ihre Sache meistens gut.«

»Meistens.« Matt lachte. »Das sollte sie sich als Urkunde aufhängen. ›Chris Graham hat gesagt, ich mache meine Sache meistens gut.‹ Das ist wie ein Orden.«

»Verrat ihr das nicht, sonst will sie eine Gehaltserhöhung«, brummte Chris. Es fiel ihm verdammt schwer, einfach auszusprechen, was er brauchte. Einen Job. Für sich selbst.

Aber die Worte wollten nicht so recht auf seine Zunge. Sie sperrten sich, flüsterten ihm ins Ohr, dass das alles sicherlich nur ein

Irrtum war oder ein schlechter Traum. Morgen würde Henry zu ihm kommen und ihm sagen, dass er es sich überlegt habe. Er würde die Firma einfach Chris übergeben. Dann erinnerte sich Chris allerdings an das ungläubige, beinahe herablassende Lachen, als er Henry genau das vorgeschlagen hatte.

»Ich …«, setzte Chris an, wurde jedoch von der Kellnerin unterbrochen, die an ihren Tisch kam. Sein Magen flatterte, als sie die Bestellung aufgaben, und er hätte Matt am liebsten geschüttelt, als dieser sich nicht zwischen zwei Weinen entscheiden konnte.

»Nimm den Greensleeve«, knurrte Chris, und sein eigener Tonfall wurde ihm erst bewusst, als die beiden ihn verdutzt ansahen. Er hob die Hände und zwang sich zu einem Lächeln. »Vertrau mir.«

Matt zuckte mit den Schultern und nickte der Kellnerin zu, die endlich – endlich! – verschwand. Matt betrachtete ihn eingehend.

»Ich habe zurzeit einen Personalchef in der Vermittlung. Ziemlich gut, wenn man mich fragt. Ach, und eine Grafikdesignerin, die gerade die Nase voll von der Selbstständigkeit hat«, sagte er. Gott, glaubte er, Chris wäre so aggressiv, weil Matt ihm nicht schnell genug Vorschläge lieferte? Hatte Chris wirklich einen dermaßen miesen Ruf?

»Ich brauche niemanden«, erwiderte Chris und verkniff sich ein leises Seufzen. »Du kennst nicht zufällig jemanden, der einen CEO sucht, dem sein aktueller Boss gesagt hat, er solle sich die Zähne ziehen lassen, weil die Arbeitswelt weich geworden ist?«

Matts Augenbrauen hoben sich, bis sie mit dem Haaransatz zu verschmelzen schienen. Schließlich legte er den Kopf in den Nacken und lachte laut los. Er hielt sich den Bauch, und sein Lachen war so auffällig, dass die anderen Gäste auf jegliche Diskretion pfiffen und sich zu ihnen umdrehten.

Ausgerechnet jetzt ging Chris' Blick zu der Frau mit den schwarz-grünen Haaren. Eine neongrüne Strähne fiel ihr über die Nase. Sie starrte sie unverhohlen an, allerdings unterschied sie sich damit kaum von den anderen. Sie saß mit zwei Männern am Tisch, hatte die Ellenbogen abgestützt und hielt ein Weinglas in der Hand. Als sie es exte, wünschte er, er könnte es ihr gleichtun. Vielleicht fiel ihm dann endlich ein, warum sie ihm so bekannt vorkam. Hätte er sie schon einmal getroffen, müsste er das doch wissen. Diese Frau war mit Sicherheit nicht nur heute so verträumt und gemeingefährlich zugleich.

Chris schüttelte diesen Gedanken ab und atmete tief durch. Als sich Matt beruhigte, wandten die anderen Gäste ihre Blicke ab, allein die Furie mit den schwarz-grünen Haaren sah immer wieder zu ihnen. Sie konzentrierte sich zwar auf ihre Begleiter, stocherte aber abwesend mit einer Gabel in der Suppe herum, bis ihr einer der Männer einen Löffel in die Hand drückte. Selbst in der eher diffusen Beleuchtung sah Chris, wie sich die Röte auf ihren Wangen ausbreitete. Sie hob die Lider, und ihr Blick begegnete ausgerechnet seinem. Schnell wandte er ihn ab. Er hatte Besseres zu tun, als eine fremde Frau anzustarren. Egal, wie sehr etwas in ihm klingelte. Es spielte keine Rolle, verflucht noch eins.

Matt rieb sich den Bauch und eine Träne aus dem Augenwinkel. »Schön, zurück zum Ernst des Lebens. Du verarschst mich nicht und brauchst wirklich einen Job?«

»Ja«, brummte Chris und zwang sich, nicht zu dem anderen Tisch zu starren. Er könnte schwören, dass die Fremde genauso oft verstohlen zu ihnen linste, wie er es tat. Es war zum Aus-der-Haut-Fahren. Er hatte unwichtige Dinge stets ausblenden können, und diese Frau war eindeutig unwichtig.

»Der Weg für frisch ausgeschiedene Manager ist meistens schwierig«, sagte Matt nun ernster. »*Bluhir Versicherungen* ist nicht so groß, dass du problemlos in einen Konzern wechseln könntest, und bei kleineren Firmen sind es meist familieninterne Manager.«

»Du willst mir sagen, ich soll irgendwo einheiraten?«, spottete Chris und lächelte schief. »Das ist keine Ehe wert.«

Matt grinste breit. »Meine Rede. Ich werde sehen, was ich tun kann. Augen und Ohren offenhalten, schließlich will ich dich als Kunden behalten. Du kannst nur Leute von mir einstellen, wenn du selbst einen Job hast.«

Er zwinkerte Chris so verschwörerisch zu, dass diesem klar wurde, dass er Matt definitiv zu einem weiteren ›Date‹ ins *Street-wise Lane* einladen musste (und die Rechnung übernehmen), wenn dieser ihm einen neuen Job einbrachte. Vermutlich musste er ihm sogar wirklich an die Wäsche gehen, nur damit Matts Ego strahlte. Aber alles war besser, als in ein paar Tagen nichts mehr zu tun zu haben. Am Ende dachte er dann ständig darüber nach, woher er diese Frau kannte, und dann war der nächste Schritt Trash-Fernsehen und totale Verblödung.

ALLES, WAS IHR WOLLT

Michael berührte mal wieder Marlenes Arm. Er hatte es inzwischen sicherlich ein Dutzend Mal getan, und trotzdem schaffte es Marlene einfach nicht, sich voll und ganz auf das Gespräch zu konzentrieren. Nicht mal auf das Essen. Dabei sollte sie es genießen. Sie hatte die Preise gesehen, und immerhin bezahlte *sie* die Rechnung. Wobei das Geld ja eigentlich nicht ihres war. Es war das von Jerry und Michael. Sie hatten in Marlene und ihre winzige Firma investiert. Jerry war ein bekannter Designer. Sein Label war in diesem Jahr sogar auf der Fashion-Show in Mailand vertreten gewesen, und er hatte erst kürzlich einen millionenschweren Deal mit einer internationalen Textileinzelhandelskette auf die Beine stellen können. Seine Kollektionen waren auf jedem zweiten Plakat in New York zu sehen, und wenn man ihm glauben konnte, dann ebenso in jeder großen amerikanischen, kanadischen und europäischen Stadt.

Das wollte Marlene auch.

Und trotzdem konnte sie immer nur wieder zu Chris starren. Was war denn bitte los mit ihr? Eine Minute mit ihm, und es war wie früher! Er dominierte ihre Gedanken, und sie bekam nichts auf die Reihe.

Ein Gefühl, das sie nicht bestimmen konnte, schaukelte in ihrem

Bauch und in der Suppe hin und her. Wie ein Klumpen, der sich einfach nicht auflösen wollte.

»Gedanklich steckt sie noch im Atelier«, mutmaßte Michael und sah dabei so missmutig aus, als hätte ihn Jerry mit einer Frau betrogen.

»Du hast mein vollstes Verständnis, aber ich glaube nicht, dass es das Atelier ist, was sie so fesselt«, sinnierte Jerry. Zu Marlenes Entsetzen sah er direkt zu Chris. »Hübscher Kerl.« Jerry grinste. »Dein Ex?«

»Gott, nein«, platzte Marlene heraus.

»Ha«, rief Jerry aus. »Du wünschst dir, es wäre dein Ex, das hieße nämlich, ihr hättet euch schon schweißbedeckt und grunzend vor Leidenschaft zwischen den Laken gewälzt.«

»Gott im Himmel«, murmelte Michael.

»Gott im Himmel«, stimmte Marlene zu und schob ein entschlossenes »Nein« hinterher.

»Wenn du ihn nicht willst, ich nehme ihn.« Jerry wackelte mit den Augenbrauen.

»Davon will ich ein Video«, murmelte Marlene. Sie wollte unbedingt sehen, wie ein Chris Graham vor Jerrys alles überrollender Art in Deckung ging.

Jerry lachte. Seine Augen hatte er mit Kajal umrandet, und die dunkle Farbe intensivierte das Blau seiner Iriden. Er tätschelte ihre Hand mit seiner Pranke. Grundsätzlich war an dem Mann alles zu groß geraten. Sogar jetzt bräuchte er sich nur vorzubeugen und würde gegen die Lampe über dem Tisch stoßen.

»Du gefällst mir von Tag zu Tag besser«, flüsterte er.

Eigentlich müsste sie darüber froh sein. Je lieber er sie mochte, umso mehr investierte er in sie und ihre Kollektion. Allerdings hatte sie erlebt, wie Jerry die Nachricht, dass die Mutter gestorben war, in eines dieser flockigen Gespräche eingebunden hatte. Die Mutter seines Gesprächspartners wohlgemerkt, und der hatte fünfzehn Minuten gebraucht, bis es zu ihm durchgesickert war, dass Jerry eher vom Tod seiner Mutter erfahren hatte als er selbst.

Genauso beiläufig würde Jerry den Traum ihrer Existenz zerstören, wenn sie ihn nur ein bisschen verärgerte.

»Wir haben dein Konzept übrigens auf das Nötigste zusammengestrichen«, verkündete Michael prompt so trocken, als hätte er seinen Fisch bestellt, den er ständig aß.

»In Amerika hergestellt, absolut fair produziert, aus veganen und natürlichen Stoffen, so wie du es willst«, schwärmte Jerry. »Und selbstverständlich mit einem umwerfenden Design. Wenn wir unsere Köpfe zusammenstecken, werden wir die Modebranche ordentlich auf den Kopf stellen. Meine Erfahrung und deine Frische.«

Marlene lächelte bemüht. Das alles klang gut, und doch hatte sie das Gefühl, dass es einen Haken gab. Einen Haken, der ihr nicht gefiel.

Michael drehte sich auf seinem Stuhl ein wenig zur Seite und schlug die Beine übereinander. Dafür, dass er nicht nur im Geschäft, sondern auch im Privatleben Jerrys Partner war, sah er fast schon bieder aus. Er trug einen Anzug ohne ein dekadentes Detail. Schwarz, das Sakko ein wenig tailliert geschnitten, weißes Hemd. Er und Chris könnten problemlos die Anzüge tauschen, und es würde nicht im Geringsten auffallen.

»Das ist alles mit hohen Kosten verbunden«, dozierte er gerade. »Natürlich sind die Kleider im Luxussegment angesiedelt. Trotzdem … Bevor wir zu großkotzig mit den Preisen einsteigen, sollten wir überlegen, nicht auch Kollektionen zu haben, die gewöhnliche Menschen tragen können.« Jerry rümpfte die Nase, aber ein strafender Blick von Michael ließ ihn den Mund halten. »Ich habe mir einen Überblick über das Chaos verschafft, das du Buchhaltung nennst, Marlene. Ihr lauft nicht profitabel, und das Problem ist großenteils euer Personal. Die Kosten sind zu hoch. Wie viel Urlaub haben eure Leute eigentlich? Und wieso sind die ständig krank und damit noch nicht entlassen? Ihr seid ein Start-up, ihr könnt euch faule Eier nicht leisten.«

Jerry warf Marlene einen Blick zu, den man getrost mit ›Ich hab es dir ja gesagt‹ übersetzen konnte. Sie seufzte leise. Sie hatte vorrangig junge Mütter eingestellt, oft mit mehr als zwei Kindern. Die Frauen also, die kaum eine Chance hatten, woanders einen Job zu finden, und mittlerweile wusste Marlene auch, wieso. Weil die

Kinder krank waren, weil sie zum Arzt mussten, weil die Kita geschlossen hatte.

»Auf jeden Fall braucht ihr einen Geschäftsführer«, stellte Michael fest.

»Ist das alles?«, fragte sie verdutzt, und jetzt blinzelten Michael und Jerry erstaunt.

»Brauchen wir noch mehr?«, sinnierte Jerry und sah dabei Michael an.

Dieser hob die Schultern. »Im Moment nicht. Das Konzept ist gut, Jerry wird dafür sorgen, dass deine Designs nicht nur künstlerischer Schwachsinn sind, und jemand kümmert sich darum, dass wir nicht nur den Angestellten das Geld hinterherwerfen.«

Marlene überhörte den ›künstlerischen Schwachsinn‹ lieber. Sie war viel zu erleichtert darüber, dass Jerry und Michael nicht mehr von ihr forderten. Mit einem Geschäftsführer konnte sie leben. Es war jedenfalls besser, als wenn sie ihr nicht helfen wollten. Jemand, der wusste, was er tat, war ihr herzlich willkommen, und eine kleine Last fiel ihr vom Herzen.

Sie nickte und spähte zu Chris. Der war zum Glück seit fast einem Jahrzehnt bei *Bluhir Versicherungen* und würde dort nicht weichen, aber vielleicht fanden sie ja jemanden, der ähnlich attraktiv, äh, fachkundig war und vor allem nicht so ein hemmungsloses Arschloch.

RETTE SICH, WER KANN

Für einen Septembertag in New York herrschte herrliches Wetter. Die Sonne schien durch die bodenlangen Fenster seines Büros. Chris spürte ihre warme Kraft am linken Arm und auf der Schulter, der Rest von ihm lag im Schatten. Im Grunde war er ein typischer Sesselpupser und Couchpotato – von zu viel Sonnenschein fühlte er sich eher unter Druck gesetzt, gefälligst nach draußen zu gehen und das Leben zu genießen, statt zu arbeiten oder Filme zu sehen. Doch heute sehnte sogar er sich hinaus, danach, aus dem Büro zu flüchten, sich im Central Park auf eine Bank zu setzen und Joggern dabei zuzusehen, wie sie um jeden Atemzug und jeden Schritt rangen.

Stattdessen sah er in tränenverhangene braune Augen, die ihn anflehten, alles zurückzunehmen, was er gerade gesagt hatte. Dass dieses Unternehmen sich nicht einfach in Luft auflöste. Dass sie nicht alle ihre Jobs verloren, dass sie nicht vor dem großen Nichts standen.

»Es tut mir leid«, sagte Chris schwach. Er hatte diese Worte in den vergangenen Tagen x-mal gesagt, und nie hatte er sie ehrlicher gemeint als in diesem Moment. Gracie arbeitete in der Marketingabteilung. Sie war hochschwanger, wäre längst im Mutterschutz, hatte es sich allerdings nicht leisten können, weil der Vater ihres Kindes beschlossen hatte, dass er kein Kind wollte. Sie hatte bis zum Geburtstermin in zwei Wochen arbeiten wollen. Das alles nur, um noch ein wenig Geld zu verdienen, bevor das Kind kam und sie nicht abschätzen konnte, wann sie wieder einsteigen könnte. Bei *Bluhir Versicherungen* konnte sie es jedenfalls nicht mehr.

Bei manch anderer hätte es Chris nicht so sehr berührt. Auch nicht, wenn sie wie Grace alleinerziehend sein würde. Es wäre für ihn unter die Kategorie ›das Leben spielt mitunter scheiße‹ gefallen. Gracie war jedoch eine kluge, strebsame und treue Mitarbeiterin, und sogar Chris konnte an solche sein Herz verlieren. Erst recht, wenn sie versuchten, ihm keine Szene zu machen, und sie nun den Rotz hochzog, um nicht endgültig die Fassung zu verlieren.

Er reichte ihr ein Taschentuch, und Gracies Hand zitterte, als sie es entgegennahm und auf ihr Gesicht presste. »Du bist in Sachen Social Media ein absoluter Star, du wirst etwas finden.«

»So?« Sie schniefte und deutete auf ihren Bauch.

»Ich kann mich umhören«, versprach er, doch er wusste selbst, dass sie schlechte Karten hatte. Niemand wollte jemanden, der gleich wieder ausfiel, weil er ein Kind zur Welt brachte und nicht den Anstand besaß, dass am Freitagabend zu erledigen, damit man Montagmorgen arbeiten konnte.

»Sehr nett.« Gracie seufzte und schnäuzte sich. »Aber mach dir keine Mühe.«

»So was biete ich nicht jedem an.«

Sie lachte auf und hickste. »Das weiß ich. Schließlich bist du offiziell hartherzig, und alle denken, du hättest schon etwas Neues.«

»Das stimmt nicht«, widersprach er. »Also, dass ich was Neues habe.«

Eine Träne kullerte über ihre Wange und blieb einen Moment lang an ihrem Mundwinkel hängen, den sie bei ihrem schiefen Lächeln hochgezogen hatte.

»Du hast genug Geld. Du kannst Urlaub machen.« Gracie war wohl die Einzige, die es schaffte, das zu sagen, ohne dass die Bitterkeit des Neides darin mitschwang.

»Vielleicht«, erwiderte er. Die Wahrheit war, dass er weitaus weniger verdient hatte, als alle glaubten, und der Meinung waren sogar seine Ex-Frau, ihr Anwalt und im Übrigen auch das Gericht gewesen. Wahrscheinlich hatten die seinen Steuerbescheid für eine Fälschung gehalten, anders konnte er sich nicht erklären, warum sie einen derart hohen Unterhalt festgelegt hatten. Chris hatte nicht widersprochen – er hatte einen Abschluss finden wollen, und die dümmsten Fehler des Lebens waren nun mal bekanntlich die teuersten. Außerdem versorgte Kendyl ihren gemeinsamen Sohn gut. Da Chris kein nennenswertes Privatleben besaß, beschränkten sich seine Ausgaben auf Essen, Netflix und die Hypotheken für sein neues Haus, in das er nach der Scheidung gezogen war. Es hatte gereicht, Monat für Monat. Aber für bedeutsame Ersparnisse war nicht genügend übriggeblieben.

Doch vor Gracie würde er nichts davon zugeben. Vor niemandem.

Er brachte sie zur Tür, und als sich jene hinter ihr schloss, lehnte er sich dagegen. Sein Büro war nicht sonderlich groß. Es besaß die breite Fensterfront, die typisch war, wenn man in einem der gläsernen Bürotürme Manhattans arbeitete. Auf seinem Schreibtisch lagen noch die Quartalszahlen. Herman hatte sie ihm gebracht, bevor Chris ihm die Kündigung überreicht hatte. Bedauerlicherweise hatte Herman nicht mal überrascht gewirkt.

Wenn Henry die Büros ausräumen ließ, würde er den Ordner sicherlich an sich nehmen. Chris war aus der Sache, aus der Firma, aus dem Job seiner letzten neun Jahre nun endgültig raus. Und es tat so weh wie damals, als ihn Kendyl verlassen hatte. Damals hatte er sich wenigstens mit Arbeiten ablenken können. Jetzt hatte er nichts.

Der berühmte Karton, in dem Chris seine Habseligkeiten verstauen könnte, war leer. Auf Chris' Schreibtisch gab es keine Bilder, keinen Nippes, und einen Locher und einen Tacker brauchte er nun wirklich nicht mitgehen zu lassen. Vielleicht die Schere, er hatte seine zu Hause verlegt.

Er wollte schon hingehen, sie an sich nehmen und das ganze Trauerspiel hinter sich bringen, als sein Handy klingelte.

Es war leider nicht sein Boss, der es sich anders überlegt hatte – der war längst in Panama –, es war Matts Name, der ihm auf dem Display entgegenleuchtete.

»Der Vorteil an deinem bisherigen mickrigen Gehalt ist, dass es kaum weniger werden kann«, tönte Matt, kaum, dass Chris abgehoben hatte. »Ich habe hier nämlich eine Firma, die genauso knausrig ist, aber nicht, weil sie Dagobert Duck in Sachen Geiz schlagen will, sondern weil sie sich noch im Aufbau befindet. Deine Chance, dir einen Erfolg auf die Fahne zu schreiben.«

»Ab wann?«, fragte Chris.

»Am besten gestern, die Inhaberin hat keinen Dunst von Wirtschaft oder wie man mit Personal umgeht, sagen zumindest ihre Investoren. Sie ist eine aufstrebende Designerin mit einer Manufaktur. Wenn man es richtig macht, wird's ein Luxus-Label. *MG nature.* Nature, weil es nachhaltig und ökologisch sein soll. Und weil diese Designerin einen Fimmel für naturbelassene Stoffe hat und irgendwie in ihre Entwürfe den Hauch der Flora und Fauna einfließen lässt. Frag mich nicht. Vielleicht nimmt die ja Fuchspelz.«

Das wagte Chris zu bezweifeln. Das Label schien eher auf den Trend des Umweltbewusstseins aufzuspringen. Das war gut. Wenn man es noch richtiger machte, wurde die kleine Manufaktur an einen Luxuskonzern verkauft, und alle hatten ausgesorgt.

»Gibt es andere Bewerber?«

Matt lachte dröhnend. »Nur solche, die glauben, CEO wäre der Name einer Droge. Schwing deinen Hintern aus deinem alten Büro. Ich schick dir die Adresse. Die wollen dich heute noch sehen.«

Das ließ sich Chris auf keinen Fall zweimal sagen. Wenn neue Ufer in Sicht waren, sollte man sich nicht damit aufhalten, zu lange am alten zu verweilen. Man verpasste nur seine Gelegenheit, und Chris mochte das Gefühl der Aufregung und des Neuen. Es hatte ihn seit jeher vorangetrieben, obwohl er genauso Beständigkeit schätzte. Vielleicht war er in den letzten Jahren etwas faul geworden, er hätte sich längst einen neuen Job suchen sollen, und nun wurde er dazu gezwungen.

Manchmal setzte einen das Leben vor einen Scherbenhaufen, wenn man nicht freiwillig wachsen wollte.

Wer auch immer diese Inhaberin war, er würde sie um den Finger wickeln. Kreative waren gern als chaotisch verschrien, und tatsächlich hatte er bisher nur eine Ausnahme erlebt, und die hieß Karl Lagerfeld.

Chris legte auf und ließ ein letztes Mal den Blick über sein Büro schweifen. Die Sonne blendete ein wenig, in einer Stunde würde sie untergehen. Vielleicht würde er in den nächsten Wochen noch einmal zurückkommen, aber so recht glaubte er nicht daran. Henry hatte sich nach Panama abgesetzt, alle Mitarbeitenden waren fort. Für Chris gab es hier schlichtweg nichts mehr zu tun. Sarah war eine der Letzten gewesen und hatte das Haus heute Vormittag verlassen. Ihr Schreibtisch sah so ordentlich aufgeräumt aus wie eh und je. Nichts deutete darauf hin, dass sie schluchzend hinausgestolpert war und ihn zum Abschied einen ›tyrannischen Idioten, der in der Hölle verrotten sollte‹ genannt hatte.

Warum konnte das nicht alles nur ein mieser Traum sein? Sie könnten morgen wieder herkommen und so tun, als wäre nichts gewesen. Nicht das Geringste. Keine Kündigungen, keine Beleidigungen, kein Schock bei allen Beteiligten. Nun ja, außer bei Henry. Und vielleicht Herman. Als Herman sich von Chris verabschiedet hatte, hatte er nicht geklungen, als würde *seine* Welt sonderlichen Schaden nehmen.

Chris fuhr mit dem Aufzug nach unten, trat auf die Straße und wich den Passanten aus, die an ihm vorbeihetzten. Um diese Zeit begann wieder die Rushhour. Alle wollten noch nach Hause, und Chris gelang es nur, ein Taxi zu bekommen, indem er schneller als ein anderer Anzugträger war. Als Chris ihm die Wagentür vor der Nase zuschlug und das Taxi losrollte, hob der andere nur spöttisch seine Aktentasche.

Er musste ein Anfänger sein, denn nur Anfänger tippten auf ihrem Handy herum, während sie zu einem Taxi marschierten. Man ließ ein leeres Taxi nicht aus den Augen. Erst recht trödelte man nicht. Man ging auf Nummer sicher und schwang seinen Hintern so rasch wie möglich auf die Rückbank.

Chris nannte dem Fahrer die Adresse, die ihm Matt geschickt hatte. Chris kannte die Straße nicht, und so lehnte er sich zurück. Statt auf sein Smartphone zu sehen, betrachtete er die vorbeiziehenden Häuser. Sie fuhren gerade über die Manhattan Bridge, als sein Handy klingelte. Nur war es diesmal nicht Matt, sondern sein Sohn.

Wenn James anrief, dann entweder um nach Geld zu fragen oder ihm eine schlechte Note zu beichten. Dazu wurde er von Kendyl gezwungen. Wenn er miese Noten schrieb, musste er seinen Vater anrufen. Und Chris musste den üblichen Sermon aus Ermahnungen und Drohungen abspulen, bis sein Sohn entnervt auflegte und auf die Wochenenden mit ihm pfiff. Die letzten Male hatte er per WhatsApp abgesagt, weil er bei Freunden übernachtete, und Chris war es recht gewesen. Wenn eines von der Arbeit abhielt, dann waren es Kinder.

»Welches Fach?«, fragte er, kaum dass er abgehoben hatte.

»Was?«, tönte die Stimme seines Sohnes durch die Leitung.

»Welches Fach?«, wiederholte Chris. »In welchem Fach hast du die schlechte Note?«

»In keinem«, gab James in einem derart beleidigten Tonfall zurück, als hätte er noch nie im Leben eine miese Note gehabt. »Ich will Informatik studieren, da muss ich mich zusammenreißen.«

»Sicher, dass du nicht einfach wie mein Sohn klingst, ihn aber entführt und seinen Platz eingenommen hast?«

»Würde kein Mensch machen«, murrte James. »Dad, wo bist du?«

»Auf der Arbeit, wieso?«

»Ich steh vor deinem Haus.«

Chris wäre beinahe sein Handy aus der Hand gerutscht. »Wieso stehst du vor meinem Haus?«

»Weil du nicht wie ein normaler Mensch einen Ersatzschlüssel unter der Fußmatte liegen hast und ein Fenster einzuschlagen als Sachbeschädigung und Einbruch gilt.«

Es war nicht sehr intelligent, doch Chris nahm das Handy vom Ohr und starrte es an, als hätte jemand es manipuliert und ›verarscht‹ auf die Rückseite geschrieben. Dabei kam er auf die Taste für den Lautsprecher.

»Anders, du Genie, wieso willst du in mein Haus?«, fragte Chris.

»Ich bin dein Sohn, dein Ein und Alles, und Mum sagt, sie hat eine Kur gebucht und will ihre Ruhe, aber sie traut mir nicht zu, allein klarzukommen.«

»Du bist ja auch erst dreizehn.« Etwas Besseres fiel Chris nicht ein. Seine Gedanken kreisten gerade so schnell, dass dagegen eine Achterbahn ein lahmer Flohzirkus war. »Du kannst nicht bei mir wohnen. Sie kann dich nicht bei mir absetzen, ohne vorher zu fragen, ob das überhaupt geht!«

»Tja, anscheinend doch.«

Eines musste man James lassen, seine Auffassungsgabe war größer als die seines Vaters.

»Fuck«, rief Chris. »Fuck, fuck, fuck.«

»Macht fünfzig Mücken in die Fluchkasse«, spottete James.

Der Taxifahrer warf Chris durch den Rückspiegel einen Blick zu. »Genau.«

»Fahren Sie«, knurrte Chris und bellte schließlich ins Telefon: »Ich bin in zwei Stunden da, du bewegst dich keinen Meter, hast du mich verstanden?«

Ehe James eine Antwort geben konnte, drückte Chris das Gespräch weg. Sein Herz pochte bis zu seinem Hals, und es hatte sich nur minimal beruhigt, als sie schon anhielten. Chris reichte dem Fahrer ein paar Scheine, nahm das Wechselgeld entgegen und legte die Hand auf den Türöffner. Doch statt auszusteigen, hielt er für einen Moment inne. Ein letztes Mal atmete er tief ein, bevor er ausstieg und seine übliche gelassene Miene aufsetzte. Selbstsicher, aber nicht arrogant und verbindlich. Damit hatte er immer Erfolg gehabt, und das würde sich nicht ändern.

Er hatte sie so oft geübt, dass er selbst im Schlaf wusste, welchen Muskel er in seinem Gesicht entspannen musste.

Er war Chris Graham, und er ließ verflucht noch eins nicht zu, dass sein Leben den Bach runterging.

Es führte in einen neuen Abschnitt, und dieser Abschnitt würde in einem Flachbau mit Klinkerfassade beginnen. Es sah aus wie eine alte Lagerhalle, war nur zwei Stockwerke hoch, und die Fenster könnten eine Reinigung vertragen. Die doppelflügelige Eingangstür leuchtete in einem satten Blau, nachlässig auf das Holz gepinselt. Die Tür quietschte, als Chris sie aufschob und eintrat.

Der Empfangsbereich war nur spärlich eingerichtet. Es gab eine Palme mit welken Blättern. Statt den Gästen das souveräne Ambiente einer professionellen Firma zu bieten, war der Dielenboden mit den schwarzen Streifen dunkler Gummisohlen übersät. Die einzige Sitzgelegenheit stellte eine Gruppe von drei Sesseln dar, davon zwei grün und einer orange. Sie sahen alle aus, als wären sie vom Sperrmüll geklaubt und einmal abgebürstet worden. Das Tischchen dazwischen zierten Fingerabdrücke und Ränder von Gläsern, und jemand hatte die Sitzgruppe nicht ans Fenster verlagert, sondern hinter die Garderobe.

Am Empfangstresen saß niemand, und welcher Depp hatte hier eine Hotelklingel aufgestellt? Als Chris probeweise ein ›Ding‹ erklingen ließ, lauschte er eine geschlagene Minute lang, und es rührte sich absolut nichts.

Wenn die Rezeptionisten nicht gerade eine sehr lange Pinkelpause einlegten, gab es keine. Der Eindruck der Nachlässigkeit fand übrigens immer neue Nahrung. Die Trockenbauwände brauchten einen Anstrich, und zu allem Überfluss waren sie schief. Sie trennten den Eingangsbereich ab und leiteten den Besucher in einen schmalen Gang, von dem einige Türen abgingen. Als Chris in den Flur trat, sah er, dass dieser in eine große Halle mündete, die mit zwei Dutzend Arbeitstischen samt Nähmaschinen vollgestellt war. Keine der Maschinen war in Betrieb oder gar besetzt. Dabei war es erst kurz nach sechs.

Das sollte eine Manufaktur sein? Er würde es eher als Hobbywerkstatt in einem Hinterhof bezeichnen. Aber welche Wahl hatte er schon? Entweder er bekam den Job und machte hieraus eine Goldgrube, oder er teilte sich mit seinem Sohn sein Haus und versuchte dahinterzukommen, welche täglichen Pflichten Dreizehnjährige hatten.

Zu allem Überfluss fing es an zu regnen. An seinem Haus gab es kaum etwas, wo man sich unterstellen konnte. Keine Überdachung der Eingangstreppe, keinen Schuppen im Garten, keine Veranda.

Mist.

Bevor er in Erwägung ziehen konnte, James anzurufen, hörte er eine weibliche Stimme einmal frustriert stöhnen. »Ja, ja, der Kerl ist sicherlich das Wunderkind unter den CEOs. Warum muss ich denn noch ein Vorstellungsgespräch führen, wenn ihr ihn sowieso toll findet?«

Eigentlich sollte Chris darüber erfreut sein, doch als die Tür zu einem der Büros aufgerissen wurde, sank sein Ego, das sich für einen kleinen Moment aufgeplustert hatte, wie angeschossen in sich zusammen. In der Tür stand die Frau mit den schwarzen Haaren und den neongrünen Strähnen. Ihre Augen weiteten sich, sie stieß ein leises »Oh« aus. Ein kieksender Laut, der ihm so verflucht bekannt vorkam, dass er die Erinnerung fast greifen konnte. Aber nur fast!

Bevor er sie lang genug anstarren konnte, damit es ihm endlich einfiel, warf sie die Tür vor seiner Nase zu.

sechs

CEO ZU VERGEBEN, MÄNGELEXEMPLAR

Marlene schlug die Tür ihres Ateliers so heftig zu, dass sich eines der Art-Deco-Bilder nicht mehr an seinem Nagel halten konnte und herunterfiel. Sie hörte das Knirschen des Rahmens beim Aufprall. Genauso fühlte sie sich auch – als wäre sie gerade mit dem Gesicht voran auf dem Boden gelandet.

Das konnte nicht wahr sein.

Das *durfte* nicht wahr sein.

»Bitte sag mir, dass das nicht der Kerl ist, von dem ihr in euren heißen Nächten träumt.«

»Äh«, machte Jerry, selbst Michael, der sonst immer dreinsah, als wäre er ein unerschütterlicher Felsbrocken, starrte sie sprachlos an.

Jerry hob die Augenbrauen, und schaute er sie hin und wieder gern an, als hätte Marlene nicht alle Tassen im Schrank, schaffte sogar er ein neues Level – in seinem Blick stand die Frage, ob sie den Verstand verloren hatte. Ganz ehrlich? Sie wurde lieber wahnsinnig, wenn das nur hieß, dass sie sich das eben eingebildet hatte.

»Ist das der Mann, den ihr als CEO wollt?«, presste sie heraus und zeigte auf die zugeschlagene Tür.

»Ich habe ihn nicht gesehen, weil du ja die Tür zugeknallt hast«, sagte Michael langsam. »Aber wenn es nicht gerade der Typ von der Reinigungsfirma ist, dann ja.«

Chris war mit Sicherheit nicht da, um zu staubsaugen und die Papierkörbe zu leeren. »Verdammte Sch… Schlamassel!«

»Verdammte Schlamassel?«, wiederholte Jerry. »Schätzchen, deine Grammatik ist ja grauenhaft.«

Wenn es nur das wäre. »Ihr wollt meinen Chef einstellen?«

»Das ist dein Chef?«, rief Jerry aus.

»Ex-Chef.«

»Ha, ich wusste, es ist dein Ex!«, brüllte Jerry, und am liebsten hätte sie ihm den Mund zugehalten. Chris musste doch denken, er war im Irrenhaus gelandet. Das *sie* leitete.

Marlene ging zu ihrem Arbeitstisch und ließ sich mit einem Schnaufen auf den Stuhl – und auf den Berg Stoffe samt Nadel fallen, der darauf lag. Sie presste die Finger gegen die Augen. »Was zum Teufel habe ich euch getan? Wieso ist der überhaupt zu haben?«

»Er ist geschieden, sagte der Headhunter«, antwortete Michael.

Marlene nahm die Hände herunter und warf Michael und dem zufrieden gurrenden Jerry einen vernichtenden Blick zu. »Ich meine, für einen *Job* zu haben.«

»Natürlich«, stichelte Jerry. Er setzte sich auf die Tischplatte, beugte sich vor und legte ihr seine Pranken auf die Schultern. »Liebling, ich weiß genau, wie du dich fühlst. In nicht mal zwei Wochen ist deine erste Fashion-Show. Eine *richtig* große Fashion-Show. Du hast noch sehr viele Entwürfe zu machen, aber weißt du was, Darling?« Er sah sie an, und als sie nichts sagte, redete er einfach weiter. »Du hast *uns*. Wir glauben an dich!«

»Matt Goodwell sagt, er hat es drauf«, steuerte Michael bei. »Er ist das, was du nicht bist. Zielstrebig, durchsetzungsstark …«

»Über Leichen gehend …«, ergänzte Marlene.

»Sein Abschluss war hervorragend, vor allem im Bereich Controlling, er hat jahrelange Erfahrung im Bereich Personalführung, nur gute Referenzen, und er hat kein Job-Hopping veranstaltet wie die meisten von seiner Sorte. Der bleibt also, sogar wenn es mal schwierig wird. Er ist genau das, was du brauchst«, ratterte Michael herunter, als hätte er sie nicht gehört.

»Ha«, entfuhr ihr. »Du meinst, er ist ein selbstherrlicher Idiot, den ich auf keinen Fall brauche.« Michael sah sie nur schweigend an, und Marlene verschränkte die Arme vor der Brust. Sie versuchte, die Aufregung aus ihrer Stimme zu verbannen, aber sie merkte selbst, wie sie zitterte.

»Ich will ihn nicht«, sagte sie beinahe trotzig.

»Hast du wirklich nicht mit ihm geschlafen?«, fragte Jerry skeptisch, und sie ruckte hoch.

»Gott bewahre, nein.«

»Wo liegt dann das Problem?«

»Wo das Problem liegt?« Sie sprang auf, und am liebsten hätte sie sich die Boots von den Füßen gezogen. Sie wollte den Boden spüren, den sie zu verlieren drohte. »Das Problem ist, dass er ein tyrannisches Arschloch ist, dem Profit über alles geht. Er verlangt Überstunden, dass man seine Gedanken liest und über alles Bescheid weiß. Und Urlaub soll man auch nicht haben!«

»Also ein echter Antreiber.« Michael schob die Hände in die Hosentaschen. »Perfekt.« Unter ihrem fassungslosen Blick hob er die Schultern. »Deine Leute kommen regelmäßig zu spät, niemand sagt was. Morgen einen Tag frei? Passt dir zwar nicht, aber du kannst nicht Nein sagen. Ich habe dich ziemlich genau beobachtet, Marlene. Du musst selbst zugeben, dass langsam alle anfangen, es auszunutzen. Und die paar, die es nicht tun, kann man an einer Hand abzählen.«

Sie seufzte leise. »Du hast ja recht.«

»Rede erst mal mit ihm«, drängte Jerry. »Letztendlich ist es natürlich deine Entscheidung ...«

»Dann nicht«, platzte sie heraus.

»Du brauchst jemanden. Diese Firma soll ordentlich laufen. Wir werfen unser Geld nicht in die Tonne.« Michael klang so, als wäre sie nicht ganz dicht. Oder intelligent. Dabei wusste Marlene, dass sie, wenn sie schon einen Knall hatte, wenigstens erst eine Menge IQ-Punkte einbüßen musste, um als schwachsinnig zu gelten.

Das war alles Mist. Sie vergrub die Finger in ihren Haaren und kratzte sich über die Kopfhaut, als könnte ihr der Schmerz eine zündende Idee bringen.

Es war erstaunlich, dass Chris bisher nicht geklopft hatte und fragte, was zum Teufel das bitte sollte. Vielleicht war er gegangen? Das war das Einfachste. Er brauchte diesen Job überhaupt nicht. Gegenüber *Bluhir Versicherungen* war das hier ein Abstieg, oder?

Jerry wickelte den Faden einer Garnspule auf, die heruntergefallen war, und schaute sie mit einem verschmitzten Funkeln in den Augen an. Er beugte sich zu ihr und raunte verschwörerisch: »Sieh es doch mal so: Wenn der Typ gemein zu dir war, kannst du es ihm jetzt heimzahlen.«

Oh, das würde sie, darauf konnte er sich verlassen. Wenn es nur so einfach wäre, verflixt noch eins. Damals hatte sie in Chris' Gegenwart regelmäßig ihren eigenen Namen vergessen. Wenn sie an den Abend vor dem *Streetwise Lane* zurückdachte, dann ließ das nur eine Erkenntnis zu: Sie war keinen Deut schlauer geworden. Auch nicht vernünftiger. Und ihre Hormone waren immer noch miese Verräter, sobald die Chris zu Gesicht bekamen.

Jerry und Michael schienen ihr Schweigen als Zustimmung zu deuten, und als Michael die Tür öffnete, hätte sie am liebsten den Sprung aus dem Fenster gewagt. Stattdessen stand sie seufzend auf, bereit, Chris und allem Gefühlschaos zu widerstehen und ihn zum Teufel zu schicken.

Chris stand im Flur geduldig wie ein Lamm, die Hände in den Hosentaschen vergraben. Obwohl es eine lässige Geste war, wirkte er angespannt. Selbst unter dem Bart konnte man erkennen, dass er die Zähne aufeinanderpresste. Sie hatte sein Profil so oft verstohlen studiert, dass sie sehr wohl wusste, wie es gelöst aussah. Was immer er dachte, es beruhigte ihn nicht.

Michael reichte ihm die Hand, wollte etwas sagen, doch da quietschte Jerry. Chris hob minimal die Augenbrauen, als Jerry von ihrem Tisch sprang und auf ihn zustürmte. Ein Gesichtsausdruck, der auch nur ganz unmerklich zusammenrutschte, als ihn Jerry hemmungslos auf beide Wangen küsste.

»Sehr schön. Dann komm mal rein, mein Guter.« Er packte den überraschten Chris unter dem Arm und zerrte ihn in ihr Atelier herein. »Mein Name ist Jerry Blum, das ist Michael, und das ist Marlene Gallagher.« Er deutete auf Marlene. »Die Frau, ohne die diese Firma nicht existieren würde.«

Obwohl Jerry an seinem Arm hing, sah Chris wieder so seelenruhig aus wie eh und je. Am liebsten würde sie ihm die Coolness aus dem Gesicht schütteln.

Er hatte jetzt zum zweiten Mal ihren Namen gehört und reagierte nicht im Mindesten darauf. Erinnerte er sich wirklich nicht an sie? Schön, Marlene sah anders aus. Damals hatte sie einen langweiligen Bob getragen und durchgehend graue Hosenanzüge. Sie hatte sich nur einmal zu mehr Farbe und einer geblümten Bluse durchringen können, und da hatte Chris sie gefragt, ob sie sein Büro mit Hawaii verwechselte.

»Freut mich sehr.« Chris reichte ihr die Hand, und sie hatte das Gefühl, als würde sein Blick sie durchbohren.

»Ich wünschte, ich könnte das zurückgeben«, rutschte ihr heraus.

Jerrys Hand schoss vor und kniff sie in die Seite. »Au!«, rief sie aus und sprang nach vorn. Gegen Chris. Verfluchte Hölle. Sie prallte regelrecht an seiner Brust ab, und als wäre das nicht schon schlimm genug, hielt er sie am Arm fest, damit sie nicht einfach umfiel.

»Zum Glück trage ich heute keinen Schal«, stellte er fest.

»Ihr kennt euch?«, fragte Jerry leutselig, als wüsste er nicht das Geringste, und doch so lauernd, dass bei jedem Menschen mit Verstand die Alarmglocken schrillen mussten.

»Wir sind gestern im *Streetwise Lane* bereits aufeinandergeprallt«, erwiderte Chris. »Buchstäblich.«

Marlene presste die Lippen aufeinander. Ihre aufkeimende Wut übertünchte immerhin ein wenig das Kribbeln in ihrem Arm. An der Stelle, wo er sie berührt hatte. Nein, verflucht, diese Zeiten waren vorbei. Ihre Schwärmerei für diesen Mann war vorbei. Er war das Musterbeispiel für die Männer, die man nur ansehen konnte und die alles ruinierten, bevor sie auch nur ein Wort gesagt hatten, einfach indem sie einem schon mit einem einzigen Blick mitteilten, wie unzureichend man war.

Und als wäre das alles nicht schlimm genug, konnte er sich offensichtlich nicht an die Frau erinnern, die vier Monate lang jeden Morgen seinen Kaffee gebracht und sich gewünscht hatte, ihn küssen zu können. Masochismus war keine Eigenschaft, die sie weiterempfehlen konnte.

sieben

ALTE WUT BRINGT NEUE PROBLEME

Er war im blanken Chaos gelandet. Das Büro war weniger ein Büro, sondern vielmehr ein Atelier. Der wuchtige Arbeitstisch bog sich an einer Seite unter schweren Stoffbündeln, daneben lagen ein Papierknäuel und Blätter mit Zeichnungen. Garnrollen verstreuten sich auf dem Boden. Es gab fünf Schneiderpuppen. Drei trugen Kleider, die vierte ein Männerhemd, und die fünfte war mit so vielen Nadeln gespickt, dass eine Voodoo-Puppe von Donald Trump weniger auszuhalten hatte.

Die Eignerin dieses Chaos strahlte nicht weniger Aggressivität aus. Sein letztes Vorstellungsgespräch, bei dem *Chris* der Bewerber gewesen war, war eine Weile her. Wenn man diese neuerdings so führte, dann wusste er wirklich nicht, wieso *er* zum Coaching musste! Chris begrüßte niemanden mit dermaßen unverhohlener Abneigung.

Anscheinend war ihm das Glück nicht hold, und er ahnte zwar, dass er eigentlich wissen müsste, warum, doch die Erkenntnis konnte er nicht fassen. Und trotzdem … Je genauer er Marlene Gallagher betrachtete, umso mehr meinte er, diese Frau gestern nicht zum ersten Mal gesehen zu haben.

Sie ließ seine Musterung über sich ergehen, ohne mit der Wimper zu zucken.

»Erinnern Sie sich an mich?«, fragte sie, stemmte die Hände in die Hüften und schob das Kinn vor.

»Ich bin mir nicht sicher«, gab er zu. Wozu leugnen? Wenn sie nicht gerade zu der nachtragenden Sorte gehörte und ihm partout nicht verzeihen konnte, dass er sich gestern nicht von ihr hatte erwürgen lassen, steckte mehr dahinter.

»Wirklich nicht?« Sie schnaubte und hielt einen Augenblick inne. Ihre Pupillen weiteten sich, sie runzelte die Stirn, und ihre Stimme war nun ein wenig höher, als sie sagte: »Keine Sorge, ich habe nicht mit Ihnen geschlafen.«

»Dann hätte ich Sie auf keinen Fall vergessen.«

»Dass ich vor drei Jahren vier Monate lang für Sie gearbeitet habe, wissen Sie jedenfalls nicht mehr!«

»Mein Team war groß.«

»Ich saß in Ihrem Vorzimmer.«

Okay, wow, er hatte mit vielem gerechnet, nur nicht damit. Chris starrte ihre Haare an. Die Farbe stand ihr gut, vor allem, weil das Grün mal heller und mal dunkler war und sich in das sonst natürliche Schwarz einfügte, aber er hätte niemals jemanden mit dieser Haarfarbe in sein Vorzimmer gesetzt. Niemals.

Allerdings konnte sie sich diese später zugefügt haben und dann …

»Sie waren vorher nur schwarz und gingen mir bis zur Schulter«, sagte sie und zeigte ihm beim Verdrehen der Augen das Weiße darin. »Sie haben mich mit den Worten gefeuert, dass ich als Assistentin eine Zumutung bin und mich anderen Dingen widmen soll.«

Oh, jetzt klingelte die Erkenntnis langsam in ihm. »In Anbetracht der Tatsache, dass Sie eine erfolgreiche Designerin sind, hatte ich recht.«

Ihre Wangen und ihre Stirn färbten sich rot. »Dann kann ich Ihnen ja nun das Gleiche sagen!«

»Ich bin mir sehr sicher, dass ich im Vorzimmer ungeeignet bin«, stichelte er. »Es wäre eine korrekte Aussage.«

In ihren dunklen Augen blitzte die Wut immer stärker auf.

»Ich meinte, dass Sie sich anderen Dingen als diesem Job widmen sollen«, zischte sie.

»Marlene«, hängte sich einer ihrer Freunde mit einem warnenden Unterton hinein. Derjenige, der ihm als Michael vorgestellt worden war, könnte genauso gut als Steuerberater durchgehen. Akkurater Scheitel, er trug einen grauen Dreiteiler, während der andere seine Glatze poliert haben musste, so glänzte sie im Schein der Deckenleuchte. Dieser hob nun die Hände.

»Also, *ich* finde ja, ihr seid ein wunderbares Paar.« Er legte den Arm um Marlene, zerrte sie mit und hakte sich dann mal wieder bei Chris unter. »Außerdem vertraue ich Matt Goodwell. Er ist ein alter Studienfreund, der wiederum ein Freund von meiner Schwester ist.«

»Aha.« Das Wörtchen, das in Chris' Geist aufgetaucht war, sprach ausgerechnet Marlene aus.

»Wir finden jemand anderen«, beteuerte sie.

»Wen denn?«, fragte Michael, und Marlene riss sich von Jerry los. Sie deutete auf Chris.

»Da, wo er herkommt, gibt es noch mehr.«

Das war zwar richtig, sie konnte auch Herman einstellen, allerdings tat sie sich damit nicht den geringsten Gefallen.

»Das mag sein, die beste Wahl bin dagegen ich«, korrigierte er sie unbeeindruckt. »Es wäre sogar ziemlich dumm von Ihnen.« Er wusste selbst, dass es keine gute Idee war, sich bereits während des Vorstellungsgespräches mit der Chef-Etage zu überwerfen, aber zur Hölle – wer wusste denn, wann er den nächsten Job bekam? Matt hatte ihm deutlich gemacht, dass seine Karten nicht so gut waren, wie er anfangs angenommen hatte. Die Zeiten waren schlecht – immer mehr Firmen gingen pleite oder hatten zumindest einen Einstellungsstopp verhängt. Es war wie bei dem Spiel *Reise nach Jerusalem* – wer seinen Stuhl hatte, blieb darauf sitzen.

Ehe Marlene den Mund öffnen und widersprechen konnte, straffte Chris die Schultern und dozierte: »Sie sind Designerin, Sie sind die Kreative, dort liegt Ihre Stärke, und da sollte auch Ihr Fokus liegen. Mitarbeiterführung, Finanzen, Verträge aushandeln sind etwas völlig anderes und etwas, womit Sie sich nur dahingehend belasten sollten, um zu prüfen, ob es für Ihre moralischen

Werte tragbar ist, was passiert. Den Rest sollten Sie jemandem über-lassen, dessen Stärke das wiederum ist. Und das bin ich. Sie können sich entscheiden, ob Sie lieber nachtragend sein wollen oder Ihre Firma aufbauen und zwar so, dass Ihnen niemand etwas vorschreiben kann. Denn abgesehen von den Beleidigungen konnte ich von der Tür aus sehr gut belauschen, dass Sie nicht in der Lage sind, eine Firma sinnvoll zu führen, und abhängig vom Geld anderer.«

Inzwischen hatte Marlenes Teint eine Färbung angenommen, bei der er sie sonst zum Arzt geschickt hätte. Doch so wie sie auf die Schneiderschere auf dem Werktisch stierte, sollte er sich wohl über-legen, wie er am schnellsten in Deckung ging. Es war nur eine Frage von Sekunden, bis sie das Ding nach ihm warf.

»Ich mag es ja, wenn ein Mann streng ist«, verkündete Jerry, verschränkte die Arme und warf Chris einen neckischen Seitenblick zu.

»Geben Sie eigentlich nur das Geld oder arbeiten Sie hier auch?« Chris legte mit Absicht einen Tonfall an den Tag, der unter-schwellig fragte, warum Jerry hier herumstand.

Dieser stöhnte entzückt. »Nicht nur streng, sondern dominant.« Jerry drehte sich zu Marlene um. »Der ist perfekt. Wir behalten ihn.«

Marlene hob die Hände und schüttelte den Kopf. »Wieso habt ihr ihm nicht gleich einen Arbeitsvertrag gegeben, wenn es eh feststeht?«

»Weil ich ihn erst aufsetzen muss«, erwiderte Michael. »Und es die kleine Chance gab, dass er doch der Falsche ist.«

»Ist er«, rief Marlene.

»Ist er nicht«, sagten Jerry und Michael, und zu seiner Schande war Chris in den asynchronen Chor eingefallen.

AUF SCHLECHTE ZUSAMMENARBEIT

Marlene fühlte sich zu der Zeit zurückversetzt, als sie für Chris gearbeitet hatte. Egal, was man ihm entgegengeworfen hatte, er hatte es so lapidar abgetan, als hätte man ihn mit Wollmäusen beworfen. Nichts traf ihn. Kein einziges Wort.

Immerhin war er weniger beleidigend. Er hatte nicht mal ihre grünen Haare kommentiert, obwohl er sie angesehen hatte, als hätte sie die gleiche Frisur wie Medusa.

Vielleicht ist er ja älter, ruhiger und zahmer geworden, flüsterte eine Stimme in ihrem Innersten.

Genau, schnaubte Marlene zurück. Chris Graham, ehemals Parker, war zahm geworden, das glaubte sie in tausend Jahren nicht. Seine unterschwellige Arroganz war immer noch da. Er betrachtete sie mit einer Ruhe, als wäre nichts von dem, was sie sagte, ein Problem für ihn. Genauso wenig, dass sie ihn anstarrte und wenig Hehl daraus machte, dass sie ihm in diesem Moment die Pest an den Hals wünschte, und mühsam um ihre Selbstbeherrschung atmen musste. Er blieb still, er wartete ab.

Weil er wusste, dass sie Zeit zum Nachdenken benötigte. Und weil er so gnädig war, ihr diese einzuräumen. Und sie hasste es, dass sie diesen Moment tatsächlich brauchte.

Was hatte sie dem Schicksal getan? Sie suchten einen CEO, und ausgerechnet zu diesem Zeitpunkt war Chris auf der Suche. Wieso eigentlich?

»Wieso sind Sie arbeitssuchend, wenn Sie doch so ein unfassbares Geschenk an die Menschheit sind?«, fragte sie lauernd.

»*Bluhir Versicherungen* wurde aufgelöst«, erwiderte Chris.

Okay, damit hatte sie nicht gerechnet. Sie riss die Augen auf. »Aufgelöst?«

Chris zuckte leicht mit den Schultern. »Henry Bluhir ist in Rente gegangen.«

Diese Neuigkeit musste sie sacken lassen. Henry hatte schon damals von Ruhestand gesprochen, aber sie konnte sich nicht erinnern, dass jemand das so verstanden hatte, dass er dann sein Lebenswerk praktisch sterben ließ. Sie hatte wie alle anderen angenommen, dass er seine Firma jemandem übertrug. Jemandem wie Chris. »Ich hatte ehrlich gesagt immer damit gerechnet, dass Sie irgendwann den Laden übernehmen. Schließlich haben Sie alles, was ein besserer CEO sein könnte, erfolgreich aus der Firma gemobbt.«

Chris blinzelte, öffnete den Mund und schloss ihn, ohne etwas zu erwidern. Ha, sie hatte ihn erwischt!

»Was sagt mir denn, dass Sie nicht eines Tages anfangen, an *meinem* Stuhl zu sägen?«, schob sie hinterher. Bei Chris musste man jede schwache Sekunde ausnutzen.

»Ich kann nicht designen.«

Dieser Kerl hatte für alles eine verflixte Ausrede, und ihr fehlten prompt wieder die Worte. Und Chris roch es. Er sah nicht sie an, sondern Jerry und Michael. Mit einem vertraulichen Grinsen, das nur Männer unter sich hinbekamen, fügte er hinzu: »Ehrlich gesagt wüsste ich nicht mal, wie ich ein Kleid zeichnen müsste, und wahrscheinlich könnte es jedes Kind besser als ich.«

Jerry seufzte. »Also, mich hat er im Sack.«

»Muss ich eifersüchtig werden?«, fragte Michael.

Die zwei waren keine Hilfe! Sie hatten praktisch über ihren Kopf hinweg entschieden. Marlene hatte nicht mal gewusst, dass sie schon damit angefangen hatten, einen Geschäftsführer zu suchen, und dann setzten sie Marlene ihren Ex-Boss vor die Nase. Aber Marlene wusste, wann sie verloren hatte. Michael war überzeugt, Jerry war verliebt und zum Teufel, sie bezahlten nun mal alles. Indirekt auch Chris' Gehalt.

»Na schön«, presste sie heraus. »Sollte sich das alles als leere Versprechung herausstellen, stehen Sie schneller auf der Straße, als Sie Piep sagen können.«

»Gerade Sie sollten wissen, dass ich das nicht tue, schließlich haben Sie für mich gearbeitet. Wenn auch nicht sonderlich erfolgreich.«

Wie viele Jahre Knast bekam man für Mord? Marlene behauptete von sich, ein netter Mensch zu sein. Nicht nur sie behauptete das, auch alle anderen. Allen voran ihr Vater, der ihr immer gesagt hatte, sie würde nie etwas zustande bekommen, weil sie auf jeden Scharlatan wie ein Trottel hereinfiel und sogar ihren letzten Penny einem Obdachlosen gab. Das mit dem Obdachlosen war wahr, aber dass sie wie eine dumme Gans auf jeden Blender hereinfiel, verflixt noch eins nicht.

»Haben Sie heute Abend schon was vor?«, fragte Jerry, steckte die Hände in die Taschen und wiegte mit der Hüfte, als wäre er ein kleines, schüchternes Mädchen. Spontan konnte sie Michaels Blick, der den Nahtauftrenner mit der spitzen Stahlnadel betrachtete, nachvollziehen. Ihr war nur nicht ganz klar, ob er sich oder Chris erstechen wollte.

Immerhin rutschte Chris ein wenig von Jerry weg.

»Nein ...«, sagte er gedehnt.

»Dann haben wir heute Abend alle ein Date«, freute sich Jerry. »Wir ...«

»Raus«, rief Marlene, und zu ihrer eigenen Überraschung klang es wie ein unterdrücktes Knurren. »Raus aus meinem Atelier.«

»Das trifft sich gut, ich wollte mir ohnehin mein neues Büro ansehen«, erwiderte Chris und oh, er war dreist, aber er besaß auch einen guten Überlebensinstinkt. Er trat zurück. Ihre Finger tasteten nach der Schere, und ihr Blick nahm mit Sicherheit einen Ausdruck an, bei dem die Polizei später fragte, ob es eine Warnung gegeben hätte.

»Guten Tag, Mrs. Gallagher«, sagte er betont höflich, und hatte sie für einen Moment geglaubt, selbst Chris Graham in die Flucht schlagen zu können, bewies er ihr das Gegenteil. Er lächelte sie an. Mit sich und der Welt völlig im Reinen. Weil er wusste, dass er gewonnen hatte. Er täuschte sich. Jetzt musste er nach *ihrer* Pfeife tanzen, und sie sollte verflucht sein, wenn sie das nicht weidlich ausnutzte.

KINDER SIND WAS SCHÖNES

Chris ging schnell aus dem Atelier, bevor ihn doch noch was im Rücken traf. Marlene besaß etwas, das ihn dazu einlud, sie zu provozieren. Die Art, wie sie ihre Nase krauste. Die Röte in ihrem Gesicht, die ihre dunklen Iriden strahlen ließ. Das angriffslustige Blitzen in ihren Augen.

Er konnte sich nicht daran erinnern, dass sie damals schon so gewesen war. Den Zweck des eigenen Lebens zu finden ließ einen aufblühen, hieß es. Vielleicht lag es daran, dass das Bild dieser Frau und das der grauen Maus, das er von ihr im Kopf hatte, nicht zueinanderpassen wollten.

Statt verhuscht und fahrig zu wirken, hatte sie sich an ihren Tisch geklammert und ihm aufrecht gegenübergestanden. Dieser Job würde nicht bequem werden, sondern eine Achterbahnfahrt. Sobald Chris ihr die Gelegenheit bot, an ihm zu zweifeln, setzte sie ihn vor die Tür.

Draußen regnete es zwar nicht mehr in Strömen, dafür nieselte es, und ihm fiel ein, was er bei seinem triumphalen letzten Satz vergessen hatte: dass er nicht augenblicklich an die Arbeit gehen konnte. James wartete am Ende der Stadt auf ihn und sprach mit ihm für den Rest der Woche mit Sicherheit kein Wort mehr. Weil

Chris natürlich schuld war, dass er nicht sofort angerauscht kam. Aber dass seine Mutter ihn abgesetzt und damit quasi *aus*gesetzt hatte, das sah wieder niemand.

Er drehte sich zu Jerry und Michael um, die ihm gefolgt waren, als ihn ein Husten herumfahren ließ. An dem Empfangstresen lehnte James, in der gleichen Haltung, wie sie Chris sonst an den Tag legte, und einmal mehr wurde ihm die Ähnlichkeit zwischen ihnen bewusst.

»Was machst du denn hier?«, fragte Chris und ging auf seinen Sohn zu.

»Ich bin durch den Regen gelatscht, weil du eh vor Mitternacht nicht kommst«, maulte ihm James entgegen und schüttelte sich wie ein nasser Hund. Die Tropfen spritzten auf den Tresen und in Chris' Richtung.

Chris packte seinen Sohn am Arm. »Lass das«, zischte er. »Wie zum Teufel hast du mich gefunden?«

James schwenkte sein Handy, was scheinbar keinen einzigen Tropfen abbekommen hatte. »Du hast dein GPS an.«

»Du hast mich geortet?«, entfuhr Chris. Er wusste nicht, worüber er sich mehr aufregen sollte. Über die Tatsache, dass James hier war oder ihn jederzeit orten konnte wie einen Hund.

Er war sich bewusst, dass Michael und Jerry hinter ihm standen und zusahen. Chris fühlte ihre Blicke im Rücken und hätte am liebsten James nach draußen geschleift.

»Tut mir leid«, sagte Chris und wandte sich mit einem gewinnenden Lächeln um. »Mein Sohn hat seinen Schlüssel vergessen.«

»Ich habe zu deiner Hütte nie einen bekommen«, murrte James.

Marlene, die anscheinend beschlossen hatte, sich doch nicht in ihrem Atelier zu verschanzen, kam ausgerechnet bei diesen Worten heraus. Verflucht noch eins, sie wollte ihn ohnehin loswerden, jetzt bekam sie einen perfekten Grund geliefert.

»Er wird wieder gehen, und wir können uns der Vertragsunterzeichnung widmen …«, setzte er an.

»Es regnet!«, fauchte James.

»Das wäre wirklich gemein«, gab zu allem Überfluss Marlene zum Besten.

»Und unnötig«, steuerte Jerry fröhlich bei. »Wenn es eine Firma gibt, in der plötzlich auftauchender Nachwuchs kein Problem ist, dann ja wohl hier.« Er warf Marlene einen Blick zu. »Eines der Probleme, die Sie eigentlich lösen sollen.« Seinen Worten nahm er allerdings mit einem schiefen Lächeln die Strenge, und er winkte James zu sich. »Komm, little Boy, wir haben bestimmt was Trockenes für dich. Bevor du dir noch eine Lungenentzündung holst.«

Chris wusste für einen Moment nicht, was er als Nächstes tun sollte. James ging mit Jerry und Michael den Flur entlang, und die Einzige, die bei ihm blieb, war Marlene. Sie starrte ihn an, als suchte sie in seiner Seele etwas.

»Ich wusste nicht, dass Sie einen Sohn haben«, stellte sie fest. »Nur, dass Ihre Ex-Frau Sie rausgeworfen hat.«

Chris wusste wirklich nicht, warum sich alle Welt über seinen Charme beklagte, wenn Marlene selbst ein Bolzenschussgerät freundlich erscheinen ließ. »Ich hätte Sie nicht rauswerfen sollen«, sagte Chris. Damit schien er Marlene zumindest zu überraschen. Ihre Schultern entspannten sich ein wenig, und ihr Blick nahm einen Ausdruck der Neugierde an. »Ich hätte Sie in Hermans Vorzimmer setzen sollen, damit Sie *ihn* in den Wahnsinn treiben können.«

»Die besten Ideen kommen einem bekanntlich erst hinterher«, spottete Marlene, zuckte dann allerdings mit den Schultern. »Wir sind hier tatsächlich kinderfreundlich«, beteuerte sie. »Und das ist *kein* Problem, das man lösen muss.«

»Warum sagt Jerry es dann?«, fragte er.

Sie verzog das Gesicht. »Ich gebe den Leuten zu oft frei, wenn ihre Kinder krank sind.«

Er hob die Augenbrauen. »Wenn sie es sich nicht mehr leisten können, kommen sie von selbst öfter zur Arbeit.«

Jetzt wurde ihr Gesichtsausdruck regelrecht leidend. »Ich bezahle ihnen den Lohnausfall.«

Schweigend sah er sie an. So langsam kam er dahinter, was das Problem in dieser Firma war, und das war ihr Hang, es jedem recht zu machen, der nicht den Fehler begangen hatte, mal ihr Chef gewesen zu sein. Seine Erinnerung an sie kam zunehmend zurück.

Vier Monate waren keine lange Zeit, und wenn sie die Frau war, die ständig diese grauen Hosenanzüge getragen hatte, war es wirklich kein Wunder, dass sie ihn mit der Nase drauf stoßen musste. Sie war so unauffällig gewesen, dass er manchmal geglaubt hatte, sie sei überhaupt nicht da, bis er das Klappern ihrer Tastatur gehört hatte.

Aber den Drang, sich überall beliebt zu machen, hatte sie damals schon besessen und sich ausnutzen lassen. Nicht mal von ihm, wofür sie verflucht noch eins bezahlt worden war, sondern von allen anderen in der Abteilung. Sie hatte deren Aufgaben übernommen und das nicht mal sonderlich gut. Weil ihr das Wissen gefehlt hatte. Und schlichtweg die Freude am Organisatorischen.

Dann hatte er ein paar Entwürfe von ihr auf ihrem Schreibtisch gefunden und sie am nächsten Tag entlassen. Es war klar gewesen, dass ihr die Sache nicht lag, sie auch nicht daran dachte, es könnte etwas für sie sein, und so jemanden hatte er weder gebraucht, noch war es fair, so jemanden zu binden. Jemanden unverblümt auf die Straße zu setzen war ebenso wenig fair, doch was im Leben war schon perfekt?

»Wieso geben Sie Geld für nichts aus?«, fragte er.

»Es ist nicht für nichts«, verteidigte sie sich. »Die Menschen brauchen das Geld, die haben keine riesigen Rücklagen und –«

»Aber Sie?«

Marlene hatte den Mund geöffnet, er hatte sie jedoch unterbrochen, und damit endete ihr Redeschwall. Ihre Wangen und ihre Stirn färbten sich abermals rot, und so wie ihre Hand zu ihren Wangen zuckte, war es ihr bewusst. Und sie hasste es.

»Nein«, sagte sie gepresst. »Es ist nicht so, dass sie eine Wahl haben. Was brächte es, die Kinder mitzubringen? Niemand könnte auf sie achten.«

»Wenn Sie wohltätig sein wollen, geben Sie das Geld Bettlern oder spenden Sie es. Dann brauchen Sie dafür wenigstens keine Lohnnebenkosten zu bezahlen.«

Ihre Wangen leuchteten noch röter. »Sie sind zynisch, versnobt und –«

»Wie gesagt, genau das, was Sie brauchen. Ihr Gutmenschentum mag ja gut und schön sein, aber wenn Ihnen nur der Engel auf Ihrer

Schulter ständig ins Ohr singt, brauchen Sie auf jeden Fall einen Teufel, der die Waage hält.«

»Dafür sind Sie ja nun wirklich der Richtige«, schnappte sie.

»Ich bin froh, dass Sie das endlich einsehen.«

Wenn sie ihre Schere in der Nähe gehabt hätte, hätte sie diese jetzt definitiv nach ihm geworfen, und er konnte wohl von Glück reden, dass James zurückkam. Sein Sohn trug nun ein Hemd, bedruckt mit einer überdimensionalen Sonne, das eng geschnitten war und ihm breitere Schultern verlieh, als er besaß, und eine schwarze Hose, die mit Schnüren und Reißverschlüssen verziert war.

»Die Klamotten sind echt geil«, rief er. »Wer macht die?«

Marlene hob die Hand. »Ich designe sie, genäht werden sie von unseren Angestellten.«

»Geil.« James strahlte ihn an. »Endlich hast du einen Job, der nicht öde ist.«

»Gehören zwei verschiedenfarbige Socken zum Outfit?«, fragte Chris, und James verdrehte die Augen.

»*Ich* kann Hemden tragen, die mich muskulöser aussehen lassen, dir kann keine Klamotte der Welt Humor geben«, murrte James und schob die Hände in die Taschen. Er drehte sich vor einem Spiegel. »Ich muss unbedingt Fotos für Instagram machen.« Sein Blick wanderte zu Marlene. »Darf ich?«

»Klar«, erwiderte diese. »Wenn du mal Ausstattung für ein Date brauchst, komm zu mir.«

James grinste. »Gern.«

»Ich bezweifle, dass das in naher Zukunft passieren wird«, mischte sich Chris ein. »Deine Mutter hat dich bestimmt nicht bei mir abgestellt, weil du das bravste Kind der Welt und mit den besten Noten gesegnet bist. Das Informatikstudium kauf ich dir nicht ab.«

»Mann, nicht vor der Hübschen«, beschwerte sich James.

Chris wollte schon fragen, wen zum Geier er meinte, da fiel ihm auf, wie James Marlene ansah. Als würde er versuchen, sie allein mit seinen Blicken aus ihrem Kleid zu flirten, und das dermaßen aufdringlich, dass ihm jede vernünftige Frau eine Ohrfeige und einen Drink ins Gesicht verabreichen würde.

»Hör auf, diese Grimasse zu ziehen«, rügte Chris. »Du siehst aus, als würdest du eine Kuh besamen wollen.«

James' flirtender Ausdruck fiel in sich zusammen.

Marlene hingegen runzelte die Stirn. »Ich fand's ganz süß.«

»Welpeneffekt«, gab Chris zurück.

»Scheint ja bei Ihnen nicht zu funktionieren. Was ist los, ist er adoptiert?« Sie legte den Kopf schief. »Oder warum behandeln Sie Ihren Sohn schlimmer als jede Ihrer Assistentinnen?«

»Endlich spricht es jemand aus«, jubelte James.

»Du hast Sendepause«, maßregelte ihn Chris. »Geh deine Fotos machen.«

James verzog die Lippen und trollte sich.

Marlene hatte ihr Kinn vorgeschoben und starrte ihn an, als wünschte sie sich Boxhandschuhe, die sie hochhalten konnte. Wahrscheinlich tat sie das auch. Aber verflucht noch eins, er würde nicht mit ihr über seinen Sohn diskutieren.

»Ich brauche Zugang zu allen Unterlagen«, sagte er. »Zuerst zu Ihrer Buchhaltung.«

Marlene blinzelte überrascht und nickte schließlich. Sie machte einen Schritt zur Seite, hielt inne und schien zu überlegen. Doch dann steuerte sie auf eine Tür zu und drückte die Klinke hinunter.

Chris trat neugierig hinter sie. Ehrlich gesagt hatte er den Tag bisher schon für einen Albtraum gehalten. Er war beleidigt und vollgeheult worden. Er hatte seinen alten Job hinter sich lassen müssen und war direkt in das Vorstellungsgespräch des Grauens gestiefelt. Kaum bekam er halbwegs wieder einen Fuß auf den Boden, tauchte sein Sohn auf und diskreditierte ihn. Aber all das konnte nicht mit dem Gräuel mithalten, das sich ihm nun bot. Als er Marlenes Buchhaltung sehen wollte, hatte er nicht mal ein piekfeines Buchhaltungsprogramm erwartet. Eine simple Excel-Tabelle und ein paar Ordner hätten ihm gereicht. Doch was sich dort in dem Regal aufreihte, waren Ablagekästen für Schreibtische, die sich im Dutzend auftürmten und mal mehr und mal weniger Blätter beinhalteten.

zehn

1:0 FÜR DIE BUCHHALTUNG

Eines hatte sie in ihrer Zeit als Chris' Assistentin nie erlebt – dass er so blass geworden war, dass sie sich schon Sorgen machte, er kippte ihr um.

»Wollen Sie sich setzen?«, fragte sie besorgt. »Ein Glas Wasser?«

»Ich wüsste nicht, was ein Glas Wasser *dagegen* helfen sollte.« Er deutete anklagend auf die Papiere.

»Es ist alles sortiert«, gab sie zurück. »Nach Firmen.«

Chris ächzte, als hätte sie ihm die Schere zwischen die Rippen gerammt. Vor ein paar Minuten hätte sie das gern getan, jetzt erwischte sie sich, wie sie an seiner Krawatte herumfingerte.

Er schob ihre Hand weg. »Was zum Teufel tun Sie eigentlich?«

»Sie brauchen Luft. Sie zittern ja.«

»Ich rede von dem da!«

Chris zeigte abermals auf die sortierten Belege. Herrgott noch eins, so viel war es nun auch nicht. Bisher hatten sie alles gefunden, was der Prüfer vom Finanzamt haben wollte. Gut, der hatte ebenfalls nicht sonderlich begeistert ausgesehen, aber sie hatte in nicht einmal zwei Wochen eine neue Kollektion vorzustellen. Sie hatte keine Zeit für Ablage.

»Wenn es Ihnen nicht gefällt, ändern Sie es. Sie sind der Geschäftsführer.«

»Sehr richtig, allerdings bin ich nicht Ihr Buchhalter!«

»Dann beschweren Sie sich nicht.«

Er riss ihr seine Krawatte aus den Fingern. Immerhin war es ihr gelungen, ihm die obersten zwei Hemdknöpfe zu öffnen. Wenn er Krämpfe bekommen sollte, erwürgte er sich schon mal nicht selbst. Blöd, dass ihr erst jetzt einfiel, dass *sie* ihn dann ein wenig würgen und es damit wie einen Unfall aussehen lassen könnte.

»So kann man keine funktionierende Firma leiten. Haben Sie gar nichts bei mir gelernt?«, maulte er.

»Was hätte ich da bitte lernen sollen? Wie man Leute schikaniert?«

»Wenn Sie das könnten, würden Sie nicht Lohn für Stunden bezahlen, die Ihre Leute nicht da sind!«, gab er zurück.

Sie fragte sich, was zum Teufel hier los war. Er wurde ja wohl kaum wegen der Ordnung hier beinahe hysterisch.

Allerdings betrachtete er die Ordnung – jawohl, es war Ordnung! – dermaßen empört und angeekelt, als hätte sie ihn inmitten offener Terrarien mit Schnecken, Spinnen, Schlangen, Kröten und anderen Amphibien ausgesetzt.

»Wer ist der Buchhalter?«, fragte er.

»Wir haben keinen …«

Chris massierte sich die Nasenwurzel. Dabei wurden seine Fingerkuppen so weiß, dass man glauben könnte, er versuchte kurzerhand, ein Loch in den eigenen Schädel zu reiben.

»Wir stellen als Erstes einen Buchhalter ein«, verkündete er.

»Ehrlich gesagt haben wir kein Budget für weiteres Personal«, erwiderte sie.

»Dann werfen wir jemanden raus.« So wie er sie ansah, würde er nur zu gern *sie* hinauswerfen. »Wer ist entbehrlich?«

»Niemand.«

Chris legte den Kopf schief und verzog die Lippen. »Es gibt immer jemanden, der entbehrlich ist. Wer hat den größten Krankenstand? Wer bringt am wenigsten Leistung? Versuchen Sie nicht, mir einzureden, Sie wüssten das nicht. Ich finde das innerhalb eines

Tages selbst raus.« Sein Tonfall war so streng und drohend geworden, dass sie für einen Moment vergaß, wer von ihnen der Chef war. Das war *sie*, verflucht noch eins. Marlene drückte ihren Rücken durch und verschränkte die Arme vor der Brust.

»Von der bestehenden Belegschaft wird kein einziger –«

»Wenn Sie mich loswerden wollen, machen Sie weiter«, unterbrach er sie. »Doch dann finden Sie niemanden, der Ihnen bei diesem sinkenden Boot die Löcher flickt, bevor Ihnen das Wasser bis zum Hals steht.«

So hatte sie sich das nicht vorgestellt. Seine Selbstgefälligkeit war zurück, und sie war mal wieder das Ziel. Marlene würde ihm zu gern freie Hand geben und sich in ihr Atelier verziehen, um zu designen. Aber wenn man Chris den Hintern zudrehte, hatte der die ganze Belegschaft ausgetauscht, schwang die sprichwörtliche Peitsche, und alle würden nur noch zusammenzucken, wenn er den Raum betrat. Das konnte sie nicht zulassen, das konnte sie ihren Näherinnen nicht antun.

»Wir machen das zusammen«, schlug sie vor. »Für den Anfang. Dann können wir bestimmt jemanden einstellen.«

»Und wer sitzt am Empfang?«

»Niemand.«

Chris sah sie lediglich schweigend an, und sie hob die Hände. »Es kommt ja kaum jemand.«

»Und wenn jemand kommt?«

»Dann ist immer jemand da.«

»Wer?«

»Das Gespräch dreht sich ziemlich im Kreis, finden Sie nicht?«

»Ich finde einiges nicht, und vor allem finde ich keine akzeptable Unternehmensstruktur vor … Bei allem Respekt.«

Allein für diesen Nachsatz hätte sie ihm am liebsten die Krawatte wieder um den Hals gelegt und so lange zugeschnürt, bis er blau anlief. Er hatte nicht den geringsten Respekt vor ihr. Sie konnte sich denken, was Chris in ihr sah. Die Assistentin, die er entlassen hatte, weil sie unfähig war, und die durch Zufall in einen Geldtopf gefallen war und jetzt nichts draus machen konnte. Es sei denn, sie wurde genauso ein egoistischer Arsch wie er.

All diese Gedanken wurden ihr von einer giftigen Stimme eingeflüstert, die sie schon gefühlt ihr ganzes Leben lang begleitete. Das Gefühl, nicht genug zu sein. Nicht gut genug, nicht schlau genug, nicht fähig genug. In manchen Momenten konnte sie diese Stimme in den Hintergrund drängen und sich taub stellen. Doch dann kehrte sie umso lauter zurück.

Sie schluckte gegen den Kloß in ihrem Hals an und suchte nach einer sinnvollen Erwiderung. Aber es fiel ihr nichts ein. Nichts, was sie ihm und ihren Selbstzweifeln entgegenschreien könnte.

Die ganze Zeit hatte sie auf ein Regal gestarrt, umso überraschter war sie, als Chris ihr plötzlich einen Packen Zettel in die Hand drückte.

»Was soll ich damit?«, fragte sie überfordert.

»Wir machen das, was Sie gesagt haben. Wir machen es zusammen. Am Empfang. Dann ist der auch gleich besetzt.«

»Und niemand wird entlassen?«, fragte sie misstrauisch.

»Heute jedenfalls nicht.«

Noch immer hielt er die Zettel fest, die er ihr gegeben hatte. Seine Fingerspitzen berührten nur leicht ihre Hände, und doch war es, als würde ein Funkenregen durch sie rieseln. Das war schon damals das Problem gewesen.

Als naives Ding war sie vom College gekommen und hatte bei Chris das erste wichtige Vorstellungsgespräch ihres Lebens gehabt. Bei einem Typen, der unfassbar attraktiv war. Einem Kerl, der sämtliche Klischees aus CEO-Büchern bediente. Tja, bis er den Mund aufgemacht hatte. Aber beispiellos dumm, wie sie gewesen war, hatten sie die Strenge und die Kühle nicht abgeschreckt, sondern sie hatte geglaubt, dass er bei ihr auftauen würde. Sie hatte sich nie im Leben gründlicher geirrt. Menschen wie Chris änderte man nicht. Erst recht nicht, wenn man ihnen in der Hierarchie nicht mindestens ebenbürtig war. Und auch wenn sie als Arbeitgeberin in seinem Vertrag aufgeführt sein würde, hatte sie nicht das Gefühl, mit ihm in irgendeiner Weise gleichwertig zu sein.

Dafür reagierte Marlenes Körper immer noch auf ihn, er hatte es damals jeden verdammten Tag getan. Und mit jedem Moment, in dem er sie mies behandelte, hatte sie ihn mehr gehasst. Bis er sie wieder berührt hatte. Dann war sie innerlich dahingeschmolzen. Sie schmolz ja sogar jetzt.

Marlene riss ihm die Zettel heftig aus der Hand. Sie wollte gerade nichts lieber als nach Hause. Sie wollte sich verkriechen, die Decke über den Kopf ziehen, ein Buch lesen, ein wenig träumen und sich dann eine Strategie überlegen, wie sie ihrem Körper beibrachte, Chris genauso zu missachten, wie sie es in ihrer Wut wollte.

Chris sagte glücklicherweise kein Wort. Er nahm sich einen Stapel leerer Ordner, ein paar von den Kästen und trat hinaus. Sie spähte um die Ecke und sah, wie er sich hinter den Tresen setzte und dort alles ausbreitete. Zwischen seinen Augenbrauen stand die steile Falte, und als sein Blick zu ihr glitt, schrak sie schnell zurück und verbarg sich neben der Tür.

Sie drückte das Papier gegen ihr Gesicht. Das ging doch alles nur wahnsinnig schief!

SKLAVENTREIBER UND SCHEUSALE

Es war der beschissenste erste Arbeitstag seines Lebens. Hatte Chris sich vorhin noch gefreut, zu neuen Ufern aufbrechen zu können, würde er nun am liebsten das nächste Floß zurück nehmen. Blöderweise war die Insel untergegangen, weil sich sein Ex-Boss in Panama herumtrieb. Warum hatte er nicht auf Gracie gehört und war erst einmal selbst in den Urlaub gefahren? Aber nein, er hatte ja unbedingt den nächsten erstbesten Job annehmen müssen.

Jetzt sortierte er Belege, als wäre er eine Aushilfe, und wurde von seiner Chefin angestarrt, die ihm bereits damals in seinem Vorzimmer mit diesem Rehblick begegnet war. Ihre Augen erinnerten ihn wirklich an ein Reh, und es berührte Dinge in ihm, die er besser ignorierte. Sie gehörten nicht auf die Arbeit und in sein Privatleben schon gar nicht.

Marlene war sanft, sie war gütig, und sie war naiv und gutgläubig. Das Konzept, alles ja ohne Ausbeutung und am besten ohne Gewinn zu machen, passte zu ihr. Wenn sie Geld hätte, würde sie es unter den Armen verteilen und selbst irgendwann unter der Brücke landen, weil sie für ihre Miete nicht mehr aufkommen konnte.

Als sie sich endlich zu ihm wagte, sah er nicht auf. Er legte ihr schweigend einen leeren Ordner hin und die Blätter, die sie abheften sollte.

Sie bewegte sich auf ihrem Stuhl nur minimal, als würde sie um keinen Preis seine Aufmerksamkeit erregen wollen. Eine Bescheidenheit, die seinem Sohn durchaus gut stehen würde. Dieser kam mit einer Selbstsicherheit in den Raum marschiert, als gehörte ihm das komplette Gebäude. Chris hatte nie die Ähnlichkeit zu seinem Sohn leugnen können. Die Ähnlichkeit im Verhalten genauso wenig. Sosehr es einen manchmal aufregte, mit der ungeduldigeren und jüngeren Ausgabe seiner selbst beehrt worden zu sein, er war stolz auf James.

»Ich brauche den Link zu eurer Website«, verkündete er. »Ich habe auf Instagram zweitausend Follower, da wollen bestimmt welche was kaufen. Wenn ihr einen Rabattcode hättet, wäre das auch prima.«

»Diese Kleidung wird nicht auf dem Schulhof getragen«, wandte Marlene ein und sah zu Jerry und Michael, die James gefolgt waren.

»Dann sollte sich das schleunigst ändern«, erwiderte Chris. »Ich bin oft genug erstaunt, wie sehr die Kinder Wert auf teure Kleidung legen, aber Fakt ist es, dass sie es tun. Und warum dann nicht auf diese hier?«

James starrte ihn mit offenem Mund an.

»Du weißt, wie Kinder ticken?«, platzte er heraus.

»Ich höre dir durchaus manchmal zu.«

»Wann?«, fragte James. »Wenn du auf deinem Handy herumtippst?«

»Ja, genau dann.«

Jerry klatschte in die Hände. »Ich bin der Meinung, man ist nie zu jung für einen guten Stil. Wann soll man denn sonst damit anfangen? Mit dreißig? Lächerlich. Je eher, desto besser.« Er stupste James an. »Denk dir einen knalligen Code aus, Michael schafft den Zugang im Onlineshop.«

»Als ob ich nichts Besseres zu tun hätte«, brummte der, und Jerry legte den Arm um seine Schulter.

»Ohne dich wären wir verloren!«

Marlene biss sich auf die Lippen, Chris enthielt sich lieber jeglichen Kommentars. Die Dynamik zwischen den dreien war ihm noch nicht ganz klar. Jerry und Michael waren mindestens Geschäftspartner, sehr wahrscheinlich Freunde, und Chris würde darauf tippen, dass sie auch ein Paar waren. Michael fungierte vielleicht als Jerrys Manager, und beide hatten sich in den Kopf gesetzt, in Marlene zu investieren. Wieso ausgerechnet Marlene? Ihre Designs mussten großartig sein, um ihre unprofessionelle Art aufzuwiegen.

James murmelte vor sich hin, schrieb etwas auf einen Zettel und hockte sich auf einen Stuhl, um auf seinem Handy herumzutippen. Aber über seinen Vater regte er sich auf, wenn er so etwas machte.

»In ein paar Tagen findet übrigens eine Vernissage statt«, sagte Jerry, setzte sich neben Chris und legte ihm die Hand auf den Oberschenkel. »Die perfekte Gelegenheit für dich. Wenn du mitkommst, kannst du einige weitere Designer und Geschäftsführer aus der Branche kennenlernen.«

»Wann?«

»Freitag, zwanzig Uhr im *Fashion Institute of Technology*.«

»Ich werde da sein«, versprach Chris. Er warf Marlene einen Blick zu, die so konzentriert Blätter lochte, als würde sie erwarten, dass er die Löcher benotete. »Gibt es in Ihrer Kollektion auch etwas für erwachsene Männer?«

Sie hob den Blick und sah ihn erstaunt an. Auf ihren Wangen und ihrer Stirn zeichneten sich erneut leichte rote Flecken ab. Sie schloss für einen Moment die Augen und legte sich die Hand auf die Wange.

»Natürlich gibt es das«, rief Jerry aus. »Stimmt's, Darling? Du hast doch einiges schon fertig. Dieser fliederfarbene Smoking …«

Gott im Himmel, hätte Chris bloß nicht gefragt. Er hatte nichts gegen einen Smoking, aber in Lila? Wenn der am Ende noch Pailletten hatte, sollten sie bei Zirkussen vorstellig werden und dort versuchen, das Zeug loszuwerden.

»Der lilafarbene steht ihm nicht«, sagte, dem Himmel sei Dank, Marlene. Sie schürzte die Lippen. »Ich bezweifle, dass es etwas in meiner Kollektion gibt, das zu Ihnen passt.«

»Das ist irrelevant. Ich kann auf diese Art Werbung für die Marke machen, für die ich arbeite.«

»Ich glaube nicht, dass meine Designs Ihr Stil sind. Und es ist durchaus wichtig, was Ihrem Stil entspricht.«

»Wie ist denn mein Stil Ihrer Meinung nach?«

»Stockkonservativ.«

Zugegeben, mit dieser Antwort hatte er nicht gerechnet, und er konnte nicht verhindern, dass er an sich hinuntersah, während James unterdrückt prustete.

»Ich … ich meine klassisch«, stammelte Marlene. »Schwarzer Anzug, gestärktes Hemd, dezente Schuhe. Alles, damit man im Meer der Anzugträger nicht auffällt. Das Einzige, was Sie davon abhält, eben unauffällig zu sein, ist, äh …«

Chris hob die Augenbrauen. »Ja?«

Ihr Blick zuckte zu Jerry, als verspräche sie sich von dort Hilfe, aber der tat einen Teufel, sie zu unterbrechen. Er inspizierte lieber seine Fingernägel, als ginge es ihn nicht das Geringste an.

Marlene seufzte. »Sie sind zu attraktiv.«

Es war nicht unbedingt so, dass es für ihn etwas Neues war, das zu hören. Er besaß einen Spiegel, er wusste um seine Wirkung auf Frauen. Es überraschte ihn allerdings, dass Marlene so dachte. So wie sie ihn ansah, schien sie ihn eher auf dem Friedhof als im Bett haben zu wollen.

»Dann kann ich auch etwas aus Ihrer Kollektion tragen«, meinte er. »Man sagt ja nicht umsonst, einen schönen Menschen entstellt nichts.« Er wusste selbst, dass es gemein war, aber er konnte nicht anders. Sein Humor war grenzwertig, und doch kam er mitunter nicht dagegen an.

Michael schien es durchaus verstanden zu haben, der deutete ein Lächeln an. Marlene hingegen presste die Lippen aufeinander und umklammerte die Armlehnen ihres Bürostuhls so fest, dass ihre Knöchel weiß hervorstanden.

»Das war nur ein Scherz«, sagte Chris.

»Solche Späße sollten Sie sich in Zukunft verkneifen, wenn Sie nicht wollen, dass ich Sie zur Tür bringe und nie wieder hereinlasse«, zischte sie, und Chris hob abwehrend die Hände.

»Es tut mir leid.«

Sie presste erneut die Lippen aufeinander. »Hätten Sie das auch gesagt, wenn es umgekehrt wäre?«

Er legte den Kopf schief. »Ich verstehe nicht.«

»Wenn ich noch Ihre Assistentin wäre, hätten Sie sich dann ebenfalls entschuldigt?«

Chris rieb sich über das Kinn. »Möglich. Jemanden mit unsachlichen Scherzen aus der Fassung zu bringen ist unprofessionell.«

»Ha«, entfuhr James, und Chris maß ihn streng.

»Hast du dazu eine fundierte Meinung?«

»Oh ja«, platzte James heraus und verschränkte die Arme. »Du hast mal eine meiner Lehrerinnen zum Heulen gebracht, weil sie Schweißflecken unter den Armen hatte.«

»Sie roch seltsam.«

»Sie hat gefastet, da riecht man manchmal so. Sie hat uns das vorher erklärt, und manche haben aus Sympathie mitgefastet, weil sie das ausprobieren wollten.«

»Jugendliche haben ohnehin gern mit Essstörungen zu tun, ich bezweifle, dass man sie animieren sollte, noch weniger zu essen«, gab Chris zurück.

»Fasten ist gesund«, brummte James. »Sagen zumindest einige Ärzte. Wenn du exzessiv zum Sport gehst, weil du keinen, äh na ja …«

Wenn James jetzt aussprach, wovon Chris ausging, dass es ihm auf der Zunge lag, saß der Junge schneller auf der Straße, als er ›Sorry‹ nuscheln konnte! James war immerhin klug genug, die Gefahr zu erkennen und die Tatsache, dass er auf seinen tyrannischen Vater angewiesen war, solange seine Mutter ihre Me-Time brauchte.

»Sie musste danach zum Schulpsychologen«, bog er das Thema ab. »Ich habe gesehen, wie sie hingegangen ist.«

Chris war nicht bereit, sich den mentalen Zustand von James' Lehrerin in die Schuhe schieben zu lassen. Bevor er etwas entgegnen konnte, öffnete schon Marlene den Mund.

»Also«, sagte sie. »Um es zusammenzufassen: Sie sind ein Scheusal.«

»Aber ein hübsches Scheusal«, steuerte Jerry bei. »Wenn es als Geschäftsführer nicht mehr klappt, wir brauchen für Marlenes Show Male-Models.«

»Nichts da, er bringt den Laden hier auf Vordermann. Ich kann mich nicht gleichzeitig um dich, Jerry, und um die da kümmern«, gab auch Michael seine Meinung ab. Danke schön! Wenigstens einer, der ihn verstand!

Jerry klapste Marlene auf die Schulter. »Los, Kindchen, geh mit ihm nachsehen, was er anziehen könnte. Dabei entspannt ihr euch vielleicht ein wenig. Morgen früh beginnt der Stress der Vorbereitungen wieder.«

»Du hast recht.« Sie seufzte. »Ich kann mich heute sowieso nicht mehr konzentrieren.« Marlene fuhr sich durch die Haare, die Wangen immer noch gerötet. So wie sie die Zähne aufeinanderpresste, war es nun eher Wut, die ihr Gesicht rot färbte. »Immerhin habe ich eine Idee, was ich Ihnen anziehen könnte.«

»Das stimmt mich wirklich glücklich«, log Chris unverblümt und ignorierte ihren bösartigen Blick.

»Bringen wir es hinter uns«, fauchte sie. »Dann kann ich aufhören, darüber nachzudenken, in welches meiner Stücke ich Sie stecken soll.«

»Und in welchem ich attraktiver als sonst aussehe?« Er hätte es sich verkneifen sollen, aber er konnte es einfach nicht.

Jerry gluckste und tätschelte ihm das Knie. »Du wirst in allem umwerfend aussehen. Marlene, Schatz, ein paar Änderungen habe ich an den Kleidern vorgenommen.«

Diese Neuigkeit schien Marlenes Laune zusätzlich in den Keller sinken zu lassen.

»Vielleicht sollten wir das mit der Anprobe lieber verschieben«, schlug Chris vor. »Es sind ja noch ein paar Tage.« Und Chris wollte nicht wie diese Schneiderpuppe mit den vielen Stecknadeln enden.

»Wir machen es *jetzt*«, insistierte Marlene. Als sie aufstand, erhob er sich ebenfalls – mit einem unguten Gefühl, als würde ihm sein Instinkt zurufen, dass das eine ganz blöde Idee war. Trotzdem drückte er James die restlichen Unterlagen in die Hand. »Hefte das sortiert nach Datum ab.«

»He, ich arbeite nicht mal hier.«

»Willst du wieder in den Regen hinaus?«, fragte Chris.

»Sklaventreiber«, murmelte sein Sohn und setzte sich auf den Stuhl, auf dem zuvor Chris gesessen hatte.

»Eben war ich das Scheusal, ihr müsst euch schon auf eine Beleidigung einigen, sonst geht mir das am Ende noch zu Herzen«, knurrte Chris.

Sein aufgeblasenes Ego hielt nämlich auch nur bedingt etwas aus.

DIE SCHNEIDERIN UND DAS BIEST

Es auszusprechen hatte sich so wahnsinnig gut angefühlt. Chris Graham war ein Scheusal. Wie Jerry sagte, leider ein sehr hübsches Scheusal, doch was im Leben war schon perfekt?

Ihr Herz klopfte nervös, als sie mit Chris ins Atelier ging. Der Anzug, den sie im Sinn hatte, war kein Stück, das bereits in die Produktion gegangen war. Im Grunde war er in ihren Augen nicht einmal fertig. Etwas störte sie, etwas fehlte, aber sie konnte nicht benennen, was es war.

Dieses Stück war extravagant, auffällig und das komplette Gegenteil zu dem schwarzen, schnörkellosen Businessanzug, den ihr Ex-Boss gerade trug.

Es war völlig verrückt, Chris in diesen Anzug stecken zu wollen. Jerry hatte ihn sich angesehen und den Mund verzogen, was so viel hieß wie ›na ja, da geht noch einiges‹. Nur kam sie nicht auf das ›Einiges‹, und Chris war jemand, der sie mit seiner Kritik vernichten konnte. Dafür musste er nicht mal seinen Mund aufmachen, ein Blick reichte. Er konnte sie dazu bringen, den Anzug, an dem sie rund vierzig Stunden gesessen hatte, kurz vor der Präsentation aus ihrer Kollektion zu streichen. Dabei hing ihr Herz an jedem einzelnen Stück. Genauso wie ihre Selbstzweifel.

Der Anzug steckte in einer Plastiktüte, und sie nahm ihn vom Ständer, um ihn Chris in die Hand zu drücken. Sie deutete an ihm vorbei zu einer kleinen Tür, die in einen Umkleideraum führte.

Marlene brachte kein Wort heraus, und sie wollte es auch nicht. Sie fürchtete, dass sich ihre Stimme dann vor Nervosität überschlug.

Chris sagte ebenfalls nichts. Er sah nur auf den dunkelgrünen Webstoff hinunter, der sich unter der Folie abzeichnete. Einen Moment lang musterte er diesen nachdenklich, und Marlene rechnete bereits mit dem ersten abfälligen Kommentar. Aber entweder hatte er nichts auszusetzen oder er war zu höflich, seine neue Chefin abermals vor den Kopf zu stoßen, oder er war wirklich zahm geworden. Was immer es war, es veranlasste ihn, brav in das Kabuff zu marschieren und die Tür zu schließen.

Bei jedem anderen hätte sie zumindest die Nervenstärke aufbringen können, an einem anderen Entwurf zu arbeiten. Wenigstens so zu tun. Jetzt stand sie einfach nur da, wie in Schockstarre, und stierte auf die Tür, durch die Chris verschwunden war.

Die Uhr tickte gleichmäßig, und die Sekunden, die Minuten verstrichen. Sie zogen sich in die Länge, zu gefühlten Ewigkeiten, bis die Tür sich wieder öffnete und Chris heraustrat. In Socken und ihrem Anzug.

Er breitete leicht die Arme aus, um sich ihr zu präsentieren, und sie merkte, wie sie den Atem anhielt. Normalerweise musste der einzige Näher in der Firma als Model herhalten. Nur war Kamal nicht sonderlich groß, und für diese Farbe musste man hochgewachsen sein. Je größer, umso besser, schließlich zielte die Farbe auf einen grünen Baum ab. Gut, Kamal stand die Farbe ebenfalls, bei Chris fand sie es allerdings atemberaubend. Vielleicht hatten ihre Hormone aber auch einfach den Schuss nicht gehört.

In der Gegenwart von Chris schienen die sowieso in abrupte Paarungsbereitschaft zu verfallen. Gerade wollten sie ihn unsittlich befummeln.

Das brächte ihr im besten Fall nur Chris' Spott ein, im schlimmsten Fall eine Anzeige. Also beschloss Marlene ihrem Drang nur zur Hälfte nachzugeben. Sie fummelte, doch aus rein professionellen Gründen!

Sie trat vor ihn, zog sein Sakko auseinander, strich über die Weste des Dreiteilers und stellte fest, dass er zu weit war. Nur ein Stück, trotzdem warf er dadurch Falten, die er gefälligst nicht zu werfen hatte.

Marlene wandte sich um, holte Nadel und Faden und drückte Chris' Arm nach oben, damit sie an seine Seite und an die Naht kam. Sie kniete sich neben ihn und steckte das kurze Stück ab, das sie nachnähen musste. Als sie die Nadel mit dem Faden ansetzte, merkte sie, wie ihre Finger zitterten. Genau deswegen hatte sie sich hingekniet. Im Stehen bekam sie das nie im Leben hin. Sie würde nicht mal drauf wetten, dass sie die paar Nadelstiche schaffte, ohne die Weste am Hemd festzunähen.

Ach, verflucht noch eins! Sie musste sich konzentrieren. Jetzt, sofort. Chris war auch nur ein Mann. Morgens hatte er mit Sicherheit wie jeder andere Mensch den Kissenabdruck im Gesicht, fand kaum den Weg zum Klo, und er pupste garantiert keinen Feenstaub, sodass er in irgendeiner Weise etwas Besonderes war. Was da mit ihr durchging, war der tiefste Instinkt der Natur, der ihm die Keule über den Schädel zimmern und ihn in ihre Höhle schleifen wollte, um … ja, was eigentlich? Sex? Wenn Chris schon an ihrem Charakter und an ihrer beruflichen Kompetenz so viel auszusetzen fand, wollte sie nicht herausfinden, wie er loslegen konnte, wenn es um ihr Aussehen ging.

»Brauchen Sie Hilfe?«

Seine Worte weckten sie aus ihren verzweifelten Gedanken. Verflucht. Sie hatte die ganze Zeit nur seine Taille angestarrt. Der Stress der letzten Wochen hatte ihr zugesetzt. Sie litt unter Schlafmangel, lautstark krakeelenden Selbstzweifeln, die jeden Schnitt, jede Farbe, jedes Muster sogar für eine Mülltonne als Zumutung bezeichneten, und Chris gab ihr den Rest.

»Halten Sie einfach still«, presste sie heraus. »Ich muss nachdenken.«

»Sie nähen doch nur an der Weste, oder?« Die Besorgnis in seiner Stimme ließ sie aufsehen. Er stierte auf ihre Nadel, als würde sie eine Schusswaffe in der Hand halten. Eine, die sie auf die Höhe seines, äh, Schrittes hielt. Sie sah von der Nadelspitze wieder zu ihm hinauf.

»Vertrauen Sie mir nicht?«, fragte sie zuckersüß und hielt ihn am Sakko fest. Er machte nämlich einen Schritt zur Seite.

»Ich habe den Eindruck, wir haben ungelöste Konflikte miteinander.«

»Was Sie nicht sagen.«

»Vielleicht sollten wir diese einfach ausblenden und neu beginnen.«

Sein Vorschlag klang vernünftig, erst recht, wenn man bedachte, dass er anscheinend glaubte, sie würde seine Männlichkeit als Nadelkissen missbrauchen wollen.

»Vielleicht sollten Sie einfach stehenbleiben. Ich habe keine Lust, Ihnen auf Knien durch das ganze Atelier hinterherzurutschen. Dann versteche ich mich wirklich noch.«

Die Ansage schien zu wirken. Chris hörte auf, ständig von ihr abzurücken. Womöglich auch, weil sie ihn am Arbeitstisch eingekesselt hatte. Marlene rief sich zur Ordnung und konzentrierte sich allein auf ihre Nadel. Es brauchte nur wenige Stiche, dann riss sie den Rest des Fadens ab und vernähte ihn.

Als sie Anstalten machte aufzustehen, reichte ihr Chris seine Hand. Ihre Finger lagen auf seiner Handfläche, und ihre Fingerkuppen berührten sein Handgelenk, dort wo sein Puls puckerte. Er ging ruhig und gleichmäßig. Eine Ruhe, die sich auf sie übertrug, obwohl ihr Magen beschlossen zu haben schien, Saltos und Flickflacks am laufenden Band zu schlagen.

Sie sah Chris in die Augen. Sie waren so blau wie das Wasser in einer Lagune, und gerade fuhr ein Auto auf der Straße vorbei, erhellte ihr Atelier und Chris' Gesicht von der Seite. Die Sonnenstrahlen spielten mit der Farbe in seinen Pupillen, wie kleine Funken, das Funkeln auf dem Wasser und … Jetzt wusste sie, was dem Anzug fehlte!

Sie hievte sich nach oben und stützte sich an seiner Brust ab, weil sie taumelte. »Rühren Sie sich nicht vom Fleck. Nicht bewegen.«

Chris blinzelte, jedoch gehorchte er auch. Als sie hinter ihren

Tisch stürzte und ihm einen Kontrollblick zuwarf, stand er regungslos an seinem Platz.

»Sie sind doch zu etwas nütze«, stellte sie zufrieden fest.

Chris lächelte verkniffen. »Ich werde in der Nacht besser schlafen können, danke.«

Marlene hatte einen silbernen Faden aufgezogen und sich Chris' Ärmel gekrallt. Während er noch in dem Anzug steckte, stickte sie hauchzarte Muster auf den Aufschlag. Normalerweise musste sie den Stoff dazu vor sich liegen haben, aber sie hatte schlichtweg Angst, dass es zu lange dauerte, wenn sie Chris erst aus dem Anzug holte. Außerdem jagte seine Nähe das Adrenalin durch ihren Körper. Er schien zu kribbeln. Vor Erregung und vor Freude über ihre Idee. Sie atmete unregelmäßig, spürte, wie ihr der Kopf schwirrte, wenn sie zu lange die Luft anhielt, und musste sich zwingen, ihre Finger ruhig zu halten.

Sie setzte eine Applikation an seinen Ärmel, an der Sakkotasche und am Revers des Sakkos. Als sie dort ankam, berührte sie seinen Hals und musste sich auf die Zehenspitzen stellen. Ihr Atem strich über ihre Finger an seinem Hals, und sie merkte erneut seinen Puls. Nur ging er diesmal nicht ruhig und gleichmäßig, sondern eindeutig schneller. Sie schaute nach oben, auf sein Kinn, seine Lippen, und sie zwang sich, seinem Blick zu begegnen, aber er sah aus dem Fenster, seine Miene so regungslos wie eh und je.

Bittere Enttäuschung machte sich in ihr breit. Etwas in ihr hatte offenbar gehofft, dass ihm die Nähe genauso zu schaffen machen könnte wie ihr.

Sie zog ihn am Sakko und bugsierte ihn durch den Raum wie eine Kleiderpuppe.

»Hinsetzen«, befahl sie, und er setzte sich prompt. Er hatte Glück, dass er den Hocker getroffen hatte.

Als er dort eine bequeme Position suchte, war sie mit der Nadel schon an seinem Hals, und er war selbst schuld, dass sie ihn pikte! Was bewegte er sich auch?

»Au!«, beschwerte er sich.

»Ruhe.«

»Sie sind ziemlich …«

Marlene hob die Augenbrauen. »Was?«

»Nichts«, brummte er unwirsch. »Walt Disney würde uns ›das Biest und die verrückte Hutmacherin‹ nennen. Das würde ein Renner werden.«

»Im Disney-Themenpark werden bestimmt Darsteller gesucht, wenn Sie das hier vermasseln.«

Im Übrigen könnte sie sich dort genauso bewerben, wenn sie diese Kollektion versaute, doch das verkniff sie sich lieber. Chris war zusammengezuckt, und erneut hatte sie mit der Nadel seine Haut gestreift, nur beklagte er sich diesmal nicht.

Inzwischen schlug ihr Herz so hoch bis in ihren Hals, dass es nicht mehr lange dauerte, und es pochte gegen ihre Zähne.

Reiß dich zusammen, ermahnte sie sich und stickte das Muster fertig.

Auf wackeligen Beinen trat sie zurück und betrachtete ihr Werk. Nun sah der Anzug nicht mehr gradlinig aus. Es waren nur kleine Unterbrechungen, und sie gaben dem Ganzen etwas Verspieltes.

Chris hatte aufgehört, aus dem Fenster zu sehen, und hob wieder die Augenbrauen, sagte jedoch nichts.

Sie biss sich auf die Lippe. Das Sakko war gut, die Weste war auch okay. Eine Krawatte oder eine Fliege würde er zu der Vernissage nicht tragen, um nicht zu overdressed zu sein. Es würde trotzdem zu dem Ensemble eine geben, die konnte sie später noch mit Details versehen. Doch im Grunde gehörte die Hose jetzt nicht mehr so recht dazu. Sie sah aus, als wäre sie nicht mehr Teil des Ganzen.

Sie starrte auf die Nadel und den Faden in ihrer Hand hinunter. Warum eigentlich?

»Sind Sie …?«, setzte Chris an.

»Nein. Nicht bewegen.« Wahrscheinlich war sie völlig verrückt, aber es war ihr langsam egal. Marlene kniete sich neben ihn und nahm den Stoff seiner Hose zwischen die Hände. Ihr war schmerzlich bewusst, dass sie sich auf Augenhöhe mit seinem Schritt befand, und langsam wurde ihr vor Aufregung sogar schlecht.

Sie setzte zwei weitere Applikationen auf einen Oberschenkel und dann am Saum der Hose. Als sie wieder aufstand, hatte sie das Gefühl, einen Marathon gelaufen zu sein.

»Sind Sie *jetzt* fertig?«, fragte Chris. Bildete sie es sich nur ein oder war seine Stimme rauer als normalerweise?

Sie nickte und drehte sich schnell zu ihrem Tisch um. Sie verstaute die Nadel sorgfältig, obwohl sie sie sonst immer sorglos herumliegen ließ. Und so akkurat hatte sie die Reste des Garns noch nie aufgerollt, um sie auf den vorgesehenen Platz zu legen. Inmitten ihrer Unordnung war es beinahe zynisch, aber so musste sie Chris nicht anschauen.

»Interessant«, sagte er. Er hatte sich vor den Spiegel gestellt und betrachtete sich.

Marlene legte die Garnrolle auf ihren Tisch. »Sie haben heute Ihren ersten Tag, Sie könnten wenigstens etwas Begeisterung heucheln.«

Zu ihrer Überraschung zeichnete sich ein Grinsen auf seinen Lippen ab. Ein ehrlich amüsiertes Lächeln, das bis zu seinen Augen reichte und sie strahlen ließ. »Mir fehlen lediglich die Worte, diese Kunst, diese Anmut und Eleganz zu beschreiben.«

Der verarschte sie doch. »Zu spät, zu wenig überzeugend.«

»Wenn ich könnte, würde ich mich in dem Anzug selbst begatten.«

Marlene spürte, wie sich ihre Mundwinkel hoben. »Ein bisschen niveaulos, aber besser.«

»Ich höre bei der Vernissage einfach den anderen zu, wie diese sich gegenseitig den Hintern küssen. Danach wende ich es bei Ihnen an, was sagen Sie dazu?«

»Das könnte lustig werden«, sagte sie. »Chris Graham, der Schrecken der Büros, küsst seiner ehemaligen Assistentin den Hintern.«

Chris zuckte die Schultern. »Wer es sich verdient hat, bekommt es eben.«

»Und wie habe ich mir das verdient?«

Chris hob eine seiner Augenbrauen, und sie hatte das Gefühl, eine dumme Frage gestellt zu haben. Er zog seine Ärmel gerade. »Sie sind eine anerkannte Designerin, Sie bezahlen mich. Ich denke schon, dass Sie sich damit das Privileg verdient haben. Und dafür, dass die Voodoo-Puppe von mir damals in Ihrem Schreibtisch mit mehr Nadeln gespickt war als die Schneiderpuppe dort, habe ich jetzt erstaunlich wenig Löcher.«

»Ich muss erst warm werden«, murmelte Marlene.

Chris trat näher, und beinahe wäre *sie* diesmal zurückgewichen. Zum Glück war der Arbeitstisch zwischen ihnen. Seine Gegenwart tat ihr nicht gut. Seine Existenz tat ihr nicht gut, verfluchte Hütte. Sie hatte wirklich andere Sorgen. Da brauchte sie nicht noch zugekokste Schmetterlinge in ihrem Bauch.

»Wissen Sie eigentlich, dass es Chefs gibt, die schlimmer sind als ich?«

»Wissen Sie, dass es Chefs gibt, die besser sind als Sie?«

Ein Muskel zuckte in Chris' Wange, und sein Kiefer spannte sich an. »Es gibt welche, die mit Lochern nach ihren Angestellten werfen. Was hätten Sie bei so einem gemacht?«

»Die Polizei gerufen und mich in der Personalabteilung beschwert.«

Er wiegte den Kopf. »Ich kann Ihnen aus Erfahrung sagen, dass solche Menschen wissen, wie sie damit durchkommen, ohne Verwarnung und ohne Anzeige. Es ist immer das gleiche Spiel. Kusche oder du fliegst raus.«

»Ich habe gekuscht und bin rausgeflogen.«

»Gern geschehen.«

Diesen Bastard sollte bei der nächsten Dusche der Blitz treffen. Doch so ungern sie es zugab – vermutlich hatte er recht. Die Kündigung hatte sie zwar eiskalt erwischt, aber er hatte sie damit wirklich ins kalte Wasser gestoßen, und ohne diese wäre sie an einem Vormittag, an dem sie üblicherweise im Büro gehockt und sich über ihn geärgert hätte, nicht zu dem Casting gegangen, bei dem die Drag-Sängerin Angela Develle jemanden gesucht hatte, der ihr für eine Gala ein ungewöhnliches Kleid herstellte. Sie hatte sich gewünscht, der Star des Abends zu sein, und Marlene hatte ihr dazu verholfen. Sie hatte das Casting gewonnen. Angela hatte das Kleid, das Marlene bei dem Casting nur im Groben aus den verfügbaren

Stoffen zusammengesteckt hatte, beinahe nicht mehr ausziehen wollen.

Erst recht nicht, als es dann fertig gewesen war. Angela und Marlenes Kleid waren nach der Gala in den News-Portalen und in zahlreichen Mode- und Boulevard-Zeitschriften aufgetaucht. Marlene hatte plötzlich Anfragen bekommen, wo man ihre Sachen kaufen könne. Nirgends natürlich. Marlene hatte zu dem Zeitpunkt nichts gehabt. Erst als sie einen Kredit aufgenommen, sich über beide Ohren verschuldet, ein paar Näherinnen eingestellt und Stoffe gekauft hatte. Daraus hatte sie einige Stücke produziert, deren Entwürfe seit Jahren in Marlenes Schublade gelegen hatten, und es lief gut. Nicht so großartig wie nach Angelas Auftritt auf der Gala, aber konstant.

Und dann war sie Jerry und Michael begegnet, und deren Wunsch, bei ihr zu investieren, hatte sich wie ein Fingerzeig des Paradieses angefühlt. Das alles hatte sie in gewisser Weise auch Chris zu verdanken. Nur war der Weg dorthin bitter gewesen.

Marlene seufzte. »Sie haben keine Ahnung, wie oft ich gegoogelt habe, wie man seinen Chef vergiftet.«

»Dann sollte ich ja wenigstens nun auf der sicheren Seite sein.«

»Glauben Sie das nur nicht«, gab sie zurück. »Inzwischen habe ich rausgefunden, wie man es wie einen Unfall aussehen lassen kann.«

»Dafür, dass Sie sich so für Ihre Mitarbeiter einsetzen, können Sie ganz schön bedrohlich werden. Dabei gehöre ich jetzt genauso zu Ihrer Belegschaft.«

Oh, verflucht, daran hatte sie überhaupt nicht gedacht.

dreizehn

FEED THE BEAST

Chris saß mit seinem Sohn in dem Taxi, das sie nach Hause bringen sollte. Er sah durch das Fenster auf die Häuser, Passanten und Autos, die an ihnen vorbeizogen. Seine Gedanken hingen immer noch bei Marlene. Genauer gesagt bei ihrem Lächeln. Er konnte sich nicht helfen. Seit er es gesehen hatte, bekam er es nicht mehr aus dem Kopf.

»Wieso kann ich am Freitag nicht zur Vernissage mitkommen?«, maulte James.

»Weil das ein geschäftlicher Termin ist, und was beschwerst du dich überhaupt? Du hast dann das ganze Haus für dich allein.«

»Darf ich jemanden einladen?«, fragte James.

»Natürlich nicht!«

»Ich hasse dich!«

Chris schnaubte. Sein Sohn war dreizehn und verhielt sich, als wäre er fünf. »Du bist mein Kind. Mach's einfach hinter meinem Rücken.«

Das Taxi hielt vor seinem Haus, und Chris reichte dem Fahrer gerade das Geld, als er merkte, wie James ihn anstarrte. »Was?«

»Meinst du das ernst?«

»Du bist dreizehn, und solange du gute Noten hast, kannst du es auch mal krachen lassen. Nur räumt hinterher wieder auf und kalkuliert ein, dass ich gegen Mitternacht zu Hause bin. Und falls du dir ein Mädchen angeln solltest, tu nichts, wobei du später damit rechnen musst, auf Unterhalt verklagt zu werden.«

Chris stieß die Autotür auf und stieg aus. Genauso wie James. Der hatte das geschafft, obwohl er Chris immer noch beäugte, als wäre er von einem anderen Planeten.

»Sag mal, was hat Marlene mit dir in dem Atelier angestellt?«, fragte James.

Chris runzelte die Stirn. »Was meinst du?«

»Du bist seither entspannter«, behauptete James. »Du lachst.«

Chris wusste ehrlich gesagt nicht, worüber er sich mehr wundern sollte. Dass er angeblich eine komplette Wesensveränderung zustande gebracht hatte oder dass er tatsächlich das Gefühl hatte, befreiter zu sein.

Dieser Tag war eine absolute Katastrophe, doch die wenigen ruhigeren Momente gaben ihm Hoffnung. Michael hatte ihm vorhin den Arbeitsvertrag zur Unterzeichnung in die Hand gedrückt. Chris hatte zwar von Mode nicht sonderlich viel Ahnung, aber er maßte sich an, zu behaupten, er könne Potenzial erkennen. Sosehr er anfangs an Marlene gezweifelt hatte, hatte sie ihm genau das gezeigt.

Als sie an dem Anzug herumgestickt hatte, war aus der bissigen, verbohrten Furie jemand geworden, der pure Leidenschaft ausstrahlte. Er kannte dieses Funkeln im Blick. Es keimte immer dann auf, wenn jemand seine Bestimmung entdeckte. Und so was konnte nur gutgehen. Denn wer sich dieser so hingab, fand instinktiv den wahren Weg.

Nur brauchte Marlene Hilfe. Viel Hilfe. Diese Welt war nicht für Träumer gemacht. Jeder ging seinen Weg und das gern ohne Rücksicht auf die Verluste anderer. Marlene mochte eine Ausnahme sein, aber sie war damit in der Unterzahl. Ihre altruistischen Grundsätze würden die anziehen, die sie ausnutzten. Und dann floppte ihre Firma, denn selbst das beste Design nützte nichts, wenn die Zahlen nicht rentabel waren, die Arbeitenden und Materialien nicht bezahlt werden konnten, weil das Geld sich praktisch auflöste.

Wenn Chris es richtig anstellte, konnte er aus *MG nature* ein florierendes Label machen, das eine größere Firma aufkaufte. In seinem Vertrag war eine Provision festgelegt worden, wenn er einen bestimmten Umsatz erreichte – dazu zählten durchaus Rechteverkäufe und damit ebenso ein Firmenverkauf –, und wenn er die bekam, dann konnte er seine Hypothek vollständig bezahlen, den Rest in Aktien anlegen und im Zweifel von der Dividende leben. Er konnte wirklich sehr lange Urlaub machen. Außerdem wäre sein Name in der Branche bekannt, und dann könnte er bei anderen Labels – bei *größeren* Labels – einsteigen. Bei denen, die mehr zu bieten hatten als eine Handvoll Näherinnen und eine Designerin, die sich in ihrem Gutmenschentum und ihrer Wut gegen ihn verzettelte.

Marlene würde ein kleines Vermögen ebenso wenig schaden. Denn wenn man ehrlich war – zur Selbstständigkeit war sie nicht geschaffen. Sie brauchte die führende Hand derer, die wussten, wie man ein Business leitete. Wenn es darum ging, harte Entscheidungen zu fällen, würde sie immer blockieren und alles zunichtemachen.

Als ihr aufgegangen war, dass er nicht mehr ihr Feind und Vorgesetzter, sondern ihr Angestellter war, hatte sich ihre ruppige Art beruhigt. Sie war zwar in sich gekehrt, aber freundlicher gewesen. Beinahe gezwungen freundlich. Das zeigte immerhin, dass sie versuchte, ihren Zorn auf ihn zu überwinden. Und das nur, weil sie der Meinung war, ihre Hände nun ebenfalls über *ihn* halten zu müssen. Er könnte wahrscheinlich mit ihrer Kasse durchbrennen, und sie würde trotzdem auf seiner Seite stehen.

Das war nicht normal. Das war auch nicht sinnvoll.

Wenn er sich darauf konzentrierte, konnte Chris vergessen, wie nahe ihm Marlene gewesen war. Es wäre nicht gerade professionell, sich auf sie einzulassen. Den Gedanken konnte er gleich wieder streichen. Es war damals keine gute Idee gewesen, und heute war es das ebenso wenig. Wobei sie wahrlich etwas an sich hatte, das ihn reizte. Man konnte hinter dem verhuschten Etwas eine Wildkatze finden, wenn man sie nur richtig herausforderte.

Er schüttelte den Kopf über sich selbst. Solche Gedanken sollte er schleunigst fallen lassen. Marlene war tabu und wie ein rohes Ei zu behandeln. Aber nicht, weil er mit ihr flirten wollte, sondern ihren Erfolg. Denn der wäre dann seiner. Hatte er schon erwähnt, dass er es hasste, von anderen abhängig zu sein?

Chris schloss die Haustür auf und ließ James in den großen Flur mit der Garderobenleiste aus dunklem Holz treten.

»Was ist eigentlich mit deiner Mutter?«, fragte Chris. »Ist sie tatsächlich allein gefahren? Oder mit einer Freundin?«

James wich seinem Blick aus und streifte sich die Schuhe ab. »Nee, sie hat einen Freund. Und der liegt ihr in den Ohren, dass sie nie Zeit für ihn hätte. Dabei bin ich ja nun wirklich kein kleines Kind mehr, das ständig seine Mum braucht. Er hat ihr gesagt, er will eigene Kinder mit ihr. Ist ja klar, was der will – mich rausdrängen.«

»Niemand kann dich rausdrängen«, sagte Chris. »Deine Mum liebt dich. Es gibt zwar mit Sicherheit Momente, in denen sie dich zum Teufel wünscht, aber grundsätzlich liebt sie dich immer. Und daran ändert auch ein Mann nichts. Sie hat es nur nicht leicht gehabt.«

James warf ihm einen schiefen Blick zu. »Daran bist du ja wohl schuld.«

»Das streite ich nicht ab. Und selbst ich liebe dich.«

»Toll«, murrte James.

»Ich meine es ernst«, sagte Chris. »Denk nie, einer von uns würde dich nicht lieben.«

Abgesehen davon, dass James' miese Stimmung nur ein wenig abflaute, war es praktischer, einen Teenager im Haus zu haben, als Chris im ersten Moment angenommen hatte. James stand früher auf als Chris, und als dieser am nächsten Tag in die Küche kam, roch es bereits nach Pfannkuchen. Sein Magen knurrte, aber Chris hatte nicht genügend Zeit. Er fiel zu spät aus dem Bett, obwohl er den Wecker rechtzeitig einstellte. Nur drückte er eben x-mal die Snooze-Taste, und dann musste er in Rekordzeit duschen, Zähne putzen, sich rasieren (diesmal gelang es ihm, ohne sich zu schneiden) und aus dem Haus stürmen. Meistens musste er ein Taxi nehmen, weil er mit der Metro schlichtweg nicht pünktlich da wäre. Er könnte eine

Menge Geld sparen, wenn er wie ein vernünftiger Mensch frühzeitig aufstehen würde.

Dass Chris auch heute vorgehabt hatte, schnurstracks das Haus zu verlassen, weckte in seinem Sohn den Diktator.

»Du setzt dich jetzt hin und isst«, verlangte dieser. »Die habe ich für *dich* gemacht!«

Vielleicht tat James ein wenig Abstand von seiner Mutter ganz gut. Deren Tonfall hatte er so gut drauf, dass Chris tatsächlich brav samt seiner Aktentasche zurück in die Küche trottete und sich unter dem vernichtenden Blick seines Sohnes hinsetzte. Und sich nicht traute, ihm zu sagen, dass an den Pfannkuchen das Salz fehlte.

»Wann kommst du heute nach Hause?«, forschte James.

»So spät wie möglich. Bier steht im Keller, falls deine Kumpels kommen wollen.«

»Das ist total verantwortungslos.« James schnaubte. »Ich will niemanden einladen. Es wird niemand kommen. Außerdem kann ich auch niemanden einladen, heute ist schulfrei.«

»Es ist was?«, entfuhr Chris.

»Mach dir nicht ins Hemd. Ich komme mit zu dir auf Arbeit.«

Chris verschluckte sich an den Pfannkuchen, und derweil hielt ihm James sein Handy unter die Nase. »Ich habe Marlene geschrieben und gefragt, ob ich noch ein paar Fotos für Instagram machen kann. Sie hat Ja gesagt.«

Schlimm genug, dass sich sein Sohn mit Marlene besser verstand als mit Chris. Aber dass er ihre Handynummer hatte, schlug dem Fass den Boden aus. Die hatte nicht mal Chris. Und er war der Geschäftsführer.

»Woher hast du ihre Nummer?«, entfuhr ihm.

James grinste selbstgefällig. »Bei ihr zieht der Welpenblick.« Als ihn Chris ungläubig ansah, zuckte er mit den Schultern. »Du warst gestern auf dem Klo, nachdem du bei ihr aus dem Atelier gewankt bist, als hättest du einen Außerirdischen gesehen. Sie meinte, sie wolle wissen, wie meine Follower auf die Bilder reagieren, und ich solle ihr schreiben. Und gab mir eben ihre Handynummer. Und dann haben wir über Anna geredet. Die Assistentin, die vor Marlene bei dir war. Zu der du mich immer abgeschoben hast. Und dann hast du sie gefeuert, obwohl ich sie echt mochte.«

Chris rieb sich die Nasenwurzel. Wenn er so darüber nachdachte, kam er selbst auf die Idee, warum ihn Marlene verachtete.

»Ich hatte damals viel zu tun, und sie hat angefangen, die ganze Sache falsch zu verstehen. Als würde ich deine Mutter mit ihr ersetzen wollen«, sagte er und wusste selbst, dass es sich wie eine faule Ausrede anhörte.

»Logisch«, erwiderte James, klang dabei allerdings, als glaubte er ihm kein Wort.

Da hatte Chris ja unheimliches Glück gehabt. Sein Sohn und seine Chefin verbrüderten sich, um ihm vorzuhalten, wie unfassbar schlimm er war.

Wenigstens war besagte Chefin in ihrem Atelier, als sie eintrafen. James marschierte hinein, bevor Chris den Zettel bemerkte, der auf dem Empfangstisch lag.

›Ich will nicht gestört werden‹, stand dort mit schwarzem Edding geschrieben. Tja, hoffentlich meinte sie mit der Botschaft nur ihn.

Chris hatte ohnehin mit dem zu tun, was sie Buchhaltung nannte. Michael ließ sich überhaupt nicht blicken, nur Jerry kam vorbei, verschwand eine Stunde lang in Marlenes Atelier und kam mit einem abgrundtiefen Seufzen wieder heraus. Eines, das Chris Bauchschmerzen verursachte. Es hing alles von Marlene ab. Wenn ihre Kollektion der blanke Mist war, konnte auch er nichts mehr daran retten, und dann konnten sie diese Firma dichtmachen.

Es lag also in den Händen einer Wahnsinnigen, und er hatte auf diesen Teil keinerlei Einfluss. Am liebsten wäre er zu ihr gegangen, hätte ihr Fragen gestellt, wie weit sie war, ihre Klamotten von Jerry überarbeiten lassen, aber das konnte er alles nicht tun. Sie hatte das letzte Wort.

James machte weitere Bilder und wollte sie Chris zeigen, der winkte nur ab. Bevor die Kollektion und die Modenschau nicht über die Bühne gegangen waren, brauchten sie sich um den Vertrieb auf Schulhöfen keine Gedanken zu machen. Diese würden Nebeneinnahmen produzieren, doch das große Geld konnte man nur finden, wenn man mit Handelsketten kooperierte.

Die Tür zum Atelier blieb auch dann verschlossen, als James heimgegangen war. Als Chris sich etwas zum Mittagessen holte, ging er an dem Fenster vorbei und sah Marlene am Arbeitstisch stehen, zeichnen und nähen. Ihre Bewegungen waren elegant, ruhig und ihre Mimik höchst konzentriert. Sie war das komplette Gegenteil zum Nervenbündel des gestrigen Tages.

Chris sichtete den Rest des Tages die Unterlagen des Personalwesens. Es war kein sonderlich ereignisreicher Tag. Chris sprach mit den Näherinnen, und vor allem merkte er sich genau, wer viel redete und wer wenig quasselte und dafür seine Arbeit machte.

Er erstellte eine Liste mit Namen. Vier Arbeiterinnen, die er entlassen würde, aber er ging damit nicht zu Marlene. Wenn ihm eines klar war, dann, dass er vorerst bei ihr auf Granit biss.

Die Produktionshalle leerte sich am Nachmittag wieder, und er hatte Marlene den ganzen Tag nicht zu Gesicht bekommen. Sie hatte sich nicht mal blicken lassen, um sich etwas zu essen zu holen.

Nur manchmal hörte er eine Tür, und dann huschte sie lediglich auf Toilette.

Es war weit nach elf Uhr abends, da war sie immer noch in ihrem Atelier.

Chris hörte ein Rumsen und runzelte die Stirn. Ein erneutes Rumsen veranlasste ihn, aufzustehen, und es rumste weitere zwei Mal, als er zum Atelier kam und die Tür leise öffnete.

Marlene stand mitten im Raum, die Hände auf den Mund gepresst, und brüllte hinein.

Um sie herum lagen zerknüllte Papiere, Materialien, sogar Nadeln. Und jetzt sah er auch, dass ihre Hände zerstochen waren.

Sie starrte auf vier Schneiderpuppen, an denen Stoffe hingen. Entwürfe in unterschiedlichen Stadien, schätzte er mal. Es sei denn, zu diesem Kleid gehörte vorn wirklich kein Stoff.

Marlene schob sich einen riesigen Schokoriegel quer in den Mund, als sie sich ihm zuwandte, und offenbar hatte sie ihn nicht hereinkommen hören.

Sie starrte ihn mit gezwungenermaßen offenem Mund an und

lief rot an. Sie presste die Lippen aufeinander, kaute hektisch und schluckte. Und verschluckte sich. Sie fing an zu husten, ihre Augen tränten, und sie drückte sich die Faust gegen die Brust.

Mit ein paar schnellen Schritten war er bei ihr und klopfte ihr auf den Rücken, bis sie wieder Luft holte und nicht dabei klang wie ein pfeifender Wasserkessel.

Marlene rang nach Atem, und hatte er erwartet, dass sie endlich sagte, was los war, hatte er sich geirrt. Sie fixierte ihre Schneiderpuppen und schien zu hoffen, dass er verschwand. Aber den Gefallen tat er ihr nicht. Er hob die Wasserflaschen in dem Kasten neben dem Arbeitstisch an. Keine einzige war voll.

»Wie viel haben Sie heute davon getrunken?«, fragte er.

»Was geht Sie das an?«

»Können Sie nicht einmal eine Frage ohne Gegenfrage beantworten?«

Sie presste die Lippen aufeinander und schloss für einen kleinen Moment die Augen. »Eine.«

Dann hatte sie nicht mal einen Liter getrunken. Kein Wunder, dass sie blass war.

»Und gegessen?«

»Sie sind nicht mein Ernährungsberater«, fauchte sie.

»Bringen Sie heute noch etwas Brauchbares zustande?«

Er wusste selbst, dass es wie ein Verhör klang, doch bei dieser Frau musste man jede Frage präzise formulieren, damit sie überhaupt antwortete.

Marlene schüttelte den Kopf. »Ich denke nicht. Wenn ich morgen nicht alles wieder in die Tonne werfe, bin ich sogar weiter gekommen, als ich glaubte.«

»Dann packen Sie Ihre Sachen zusammen und kommen mit.«

»Sie können mich nicht herumkommandieren.«

»Dann packen Sie *bitte* Ihre Sachen zusammen und kommen mit.«

Marlene warf ihm einen bösen Blick zu, aber sie steckte ihr Handy und ihre Geldbörse in ihre Handtasche und zog ihre Schuhe an. Ihre Jacke hatte er an sich genommen und legte sie ihr über die Schultern.

Er ließ sie vorausgehen, als sie aus dem Büro traten, knipste er das Licht aus, und der Flur lag dunkel vor ihnen. Nur vorn am Empfang, wo er seinen Posten bezogen hatte, war eine Lampe an. Unsicher ging Marlene zur Eingangstür und lehnte sich dagegen. Sie stolperte regelrecht hinaus, und ihr Seufzen hörte er noch, da schaltete er die Lampe aus.

Er folgte ihr, und ihre Hand zitterte, als sie den Schlüsselbund herauskramte und abschloss.

Sie drehte sich weg, wollte den Gehweg entlanglaufen, da griff er nach ihrem Arm. »Wir gehen in die andere Richtung.«

»Zu meiner U-Bahn geht es da entlang.«

»Dort werde ich Sie auch später hinbringen«, versprach er. »Aber vorher essen Sie.«

Sie seufzte genervt und folgte schließlich dem Zug seiner Hand. Es gab in dem Viertel kleine Restaurants, die meisten davon waren leer. Einige hatten sogar schon ganz geschlossen und die Stühle hochgestellt.

Chris führte seine störrische und unterzuckerte Chefin zu einer winzigen Pizzeria, von der er wusste, dass ihr Inhaber immer da war. Er schlief in der Wohnung oben drüber, und er war eine beliebte Anlaufstelle für alle, die auf der Arbeit die Zeit und das Einkaufen vergessen hatten. Ab elf Uhr hatte er nur noch eine reduzierte Auswahl, doch die bot er dann bis drei Uhr morgens an.

Eine Glocke bimmelte leise, als Chris die Tür aufzog. Hinter ihnen trat eine größere Gruppe Bürohengste ein. Allesamt mit dunklen Ringen unter den Augen und die harsche Beleuchtung ließ die Linien und Schatten in ihren Gesichtern hart wirken.

Chris bestellte die Pizza und sah Julio dabei zu, wie er eine aus dem Ofen zog. Die ganze Zeit stand Marlene neben ihm und sagte kein Wort. Vielleicht schmollte sie auch. Allerdings war ihr Blick weniger vernichtend als abwesend. Gedanklich schien sie im Atelier zu sein. Sie wachte erst auf, als er sie anstupste, damit sie wieder nach draußen gehen konnten.

Sie setzten sich an einen kleinen Metalltisch des Freisitzes, während die Passanten an ihnen vorbeihasteten, Autos hupten und ihre Reifen über die Straßen fuhren, die vom Regen am Nachmittag noch feucht waren.

Chris hob den Deckel der Pizzapackung und schob sie Marlene hin. Diese beugte sich vor und sog den Duft ein, bevor sie sich ein Stück nahm.

»Woher wissen Sie, dass ich Anchovis mag?«

»Weil Sie sie damals für sich bestellt haben, wenn Sie für das ganze Büro bestellen sollten«, erwiderte Chris.

Marlene hob die Augenbrauen, und er rechnete schon damit, dass sie mal wieder errötete, doch es war nicht der Fall. Vielleicht war sie zu müde für auffällige Gefühlsregungen. Ihr Blick war stumpf und wanderte eher ziellos über das Gedränge auf dem Gehweg und den Verkehr. Um diese Zeit waren weniger Autos unterwegs, aber das hieß nur so viel, dass es keinen Stau gab.

Marlene balancierte das Pizzastück auf den Fingern und kostete vorsichtig die dampfende Spitze. Und er sollte verflucht sein, dass er ihr dabei zusah, als gäbe es nichts Faszinierenderes auf der Welt. Sie war nur eine Frau, die Pizza aß. Und er offenbar hoffnungslos untervögelt, denn er fragte sich, ob sie ebenso genussvoll etwas in den Mund nehmen konnte, wenn sie im Bett war.

Grandiose Themen, wirklich, herzlichen Glückwunsch, Chris.

Er schüttelte innerlich den Kopf über sich selbst und nahm eine der Pizzaecken. Für gewöhnlich mochte er keine Anchovis, und er wusste nicht, was ihn geritten hatte, sie zu bestellen. Sie hätte sicherlich auch eine Salami- oder Schinkenpizza genommen. So wie sie nach und nach die Stücken in sich hineinstopfte und das Fett von ihren Fingern leckte, hätte er zusätzlich Eiscreme mitnehmen sollen.

Sie seufzte. »Ich geb's nur ungern zu, aber es war eine gute Idee.«

»Die Welt wäre insgesamt friedlicher, wenn man etwas essen würde, bevor man durchdreht«, gab Chris zurück.

»Wann immer ich denke, Sie sind doch ganz nett, machen Sie den Mund auf und beweisen mir das Gegenteil«, murrte sie und sah auf ihre Armbanduhr. »Ich würde ja sagen, Sie wollen bestimmt nach Hause, aber James' Party läuft mindestens noch drei Stunden.«

Chris hob die Augenbrauen. »Er schmeißt tatsächlich eine Party? Heute früh wollte er nicht mal Freunde einladen.«

»Ich weiß, er hat es mir erzählt.« Marlene zuckte die Schultern, und auf ihren Lippen zeichnete sich ein unschuldiges Lächeln ab. »Dann hat er allerdings sein Handy unbeaufsichtigt liegen lassen, und ich habe in die WhatsApp-Gruppe seiner Klasse geschrieben, dass heute eine Party steigt. Ihre Adresse steht ja im Arbeitsvertrag.«

»Wow«, murmelte Chris. »Wenn ich das gemacht hätte, wäre ich der übergriffige Familientyrann gewesen.«

»Machen Sie sich keine Sorgen, das sind Sie auch so.«

»Ich habe Ihnen zu essen gegeben, was soll ich eigentlich noch machen?«, fragte er.

Marlenes Lippen verzogen sich zu einem flüchtigen Lächeln. »Warum sind Sie so erpicht darauf gewesen, dass James eine Party schmeißt?«

»Warum waren Sie es?«

»Aber ich soll nicht mit Gegenfragen antworten.«

Chris seufzte. Marlene hatte ja recht. »James hat zu wenig Freunde. Ich fürchte fast, er hat überhaupt keine Freunde. Doch mit einem großen Haus, Musik und ein wenig Alkohol kommt man zu welchen.«

»Das ist nur oberflächlich«, erwiderte sie.

»Er ist dreizehn«, erklärte Chris. »Da kann man sich durchaus ein wenig Oberflächlichkeit gönnen, solange sie Spaß macht, und oft genug wird aus etwas Oberflächlichem auch etwas Tieferes und dann mit jemandem, von dem man es nicht unbedingt erwartet hätte.«

»Weil man aus zwei verschiedenen Welten kommt?«, fragte sie.

Chris wiegte den Kopf. »Zum Beispiel.«

»Oder weil man denkt, dass der andere einen ohnehin nicht sieht?«

Chris fragte sich, ob sie wirklich von seinem Sohn und den Partys sprachen.

»Meistens stimmt das sowieso nicht«, sagte er, und seine Stimme wurde rauer.

Marlene schwieg, starrte auf die Autos, und es war schwer zu sagen, ob sie ihn überhaupt gehört hatte oder gedanklich bereits wieder im Atelier steckte.

»Was halten Sie von einem Spaziergang?«, fragte sie plötzlich.

Als er verblüfft die Augenbrauen hob, zuckte sie mit den Schultern. »Sie haben wahrscheinlich eh noch Zeit rumzubringen, und ich will nicht zurück ins Atelier. Und ehe wir jeweils allein durch New York irren, könnten wir es zusammen tun.«

»Das klingt schön«, sagte er und war selbst überrascht, dass er es tatsächlich so meinte.

SCHAUKELND ZUM GLÜCK

Marlene stand auf und sah zu, wie Chris sich ebenfalls erhob. Die Pizzaschachtel warf er in einen Mülleimer, bevor er neben sie trat. Wohin sie gingen, spielte keine Rolle, und sie würde schwören, dass Chris genauso wenig auf ihren Weg achtete. Um sich nicht zu verlieren, wenn ihnen jemand entgegenkam, gingen sie eng nebeneinander.

»Wie weit sind Sie mit den Entwürfen?«, fragte Chris, und Marlene blies die Luft aus den Wangen aus.

»Die meisten sind vollendet, aber die paar, die es nicht sind – sie machen mich echt fertig. Wie ein Puzzle, bei dem noch zwei, drei Teile fehlen, und das ausgerechnet aus der Mitte.«

»Kann ich Ihnen irgendwie helfen?«

»Nein«, sagte sie, während ihr Verstand laut ›ja‹ kreischte. Er könnte die Entwürfe anziehen, Marlene einfach nur ansehen, dastehen, ihr Herz zum Klopfen bringen, ihre Seele zum Klingen und ihre Muse zum Jubilieren.

Vielleicht verlor sie gerade den Verstand. Immerhin nicht so weit, dass sie das alles laut aussprach.

»Wen wollen Sie feuern?«, fragte sie stattdessen und blieb an einer Ampel stehen. Chris hingegen setzte den Fuß auf die Straße, schien abgelenkt, und sie legte ihm die Hand auf den Arm. Zögernd trat er wieder zurück.

»Niemanden«, erwiderte er, und sie glaubte, sich verhört zu haben.

»Sagen Sie das noch mal.«

»Niemanden.«

Marlene hatte tatsächlich damit gerechnet, dass er alle ersetzen wollte, niemals hätte sie angenommen, dass er einfach keinen Namen nannte. Die Ampel war noch rot, und Marlene überbrückte die Wartezeit, indem sie ihn vermutlich ziemlich blöd anstarrte.

Sie beugte sich vor, um besser sein Gesicht sehen zu können. »Sie wurden doch nicht entführt und Ihr Gehirn manipuliert.«

»Sehr witzig«, gab er zurück. »Ich habe vier Namen, doch ich weiß jetzt schon, was Sie hören wollen. Nehmen wir Suzanna. Es wäre vernünftig, sich von ihr zu trennen, weil sie mehr Zeit auf dem Klo als an der Nähmaschine verbringt, sie geht in vier Wochen in Mutterschutz, und wie sie mir sagte, nimmt sie sich drei Jahre Auszeit. Ihr Mann wurde wohl befördert.«

»Und Sie wollen sie wirklich noch vier Wochen lang dulden?«, fragte Marlene misstrauisch.

»Ja.«

»Chris Graham, Sie haben ja ein Herz.«

»Wenn's nur daran läge. Der Hauptgrund ist, dass ich die Diskussion gegen meine gutmütige Chefin verlieren würde, die gerade bei mir das Drahtgebiss auspackt.«

»Es tut mir leid«, sagte sie ernsthaft. »Ich werde dafür nie einen Locher nach Ihnen werfen.«

»Was habe ich für ein Glück.«

»Es gibt schlimmere Chefinnen, wissen Sie«, stichelte Marlene.

Chris beugte sich vor, und im Augenwinkel sah sie, dass die Ampel grün wurde. Niemand von ihnen scherte sich darum.

»Ist Ihnen klar, dass es bessere gibt als Sie?«, fragte er.

Marlene konnte nicht anders. Ihre Mundwinkel hoben sich, und sie musste ein Lachen unterdrücken. Chris lächelte ebenso, und es fühlte sich an, als würde die Welt mit einem Mal ein wenig heller werden, ein bisschen wärmer. Und sie ein wenig verrückter, aber was im Leben war perfekt?

Erst als sie jemand anrempelte, lösten sie den Blick voneinander, doch da war die Ampel abermals rot. Schweigend standen sie nebeneinander und warteten, dass die Autos vorbeifuhren und das Licht wieder auf Grün umsprang.

»Von hier aus ist es nicht weit bis zu meinem Haus«, sagte Chris.

Marlene neigte den Kopf. »Also, Musik höre ich schon mal nicht.«

Chris schnaubte amüsiert. »Besser ist das. Ich hatte nicht vor, der Polizei erklären zu müssen, warum mein Sohn unbeaufsichtigt feiern darf.«

»Sagen Sie Ihnen einfach, Sie sind ein Rabenvater«, stichelte sie.

»Sie meinen Scheusal und Sklaventreiber.«

Marlene seufzte. »Vielleicht sind Sie ja nur ein Sklaventreiber. Und das eben, weil es Ihr Job ist.«

»Haben Sie heimlich getrunken und mir nichts abgegeben?« Chris sah auf sie hinunter. Sie konnte sein Gesicht nicht sonderlich gut erkennen, aber ihr Blick hing ohnehin an seinen Lippen, und diese hatten sich eindeutig zu einem schiefen Lächeln verzogen. Einem Lächeln, das ihr mal wieder buchstäblich den Boden unter den Füßen wegzog.

Wenn es nach Marlene gegangen wäre, hätten sie ein weiteres Mal das Umspringen der Ampel auf Grün verpasst. Nur schien Chris anderer Meinung zu sein. Er sah nach vorn und setzte sich in Bewegung. Notgedrungen folgte sie ihm. Marlene wusste schon lange nicht mehr, wo sie waren. Sie schlug nicht vor, zu Chris' Haus zu gehen. Er schien selbst auf die Idee zu kommen, und sie konnte die Neugier durchaus nachfühlen. James war genauso störrisch wie sein Vater. Wenn er keine Party schmeißen wollte, tat er das auch nicht. Es würde Marlene also nicht wundern, wenn er seine Klassenkameraden einfach nach Hause geschickt hätte.

Chris blieb an einer Straßenecke stehen, und Marlene folgte seinem Blick zu dem Haus, das sich hinter einem schmiedeeisernen

Zaun und hohen Hecken erhob. Es war ein hübsches Gebäude. Es hatte eine helle Fassade, an den Ecken besaß es Erker und Glasfenster. Chris schob das Tor auf und hielt es ihr auf, damit sie zwischen den Hecken auf den Weg treten konnte, der zur Eingangstür führte. Durch die Scheiben erkannte man gedämpftes Licht und einige Schemen. Zwar war nun Musik zu hören, aber sie war so leise, dass Marlene nicht mal erkennen konnte, um welche Songs es sich handelte.

»Scheint eine lahme Veranstaltung zu sein«, murmelte Chris.

»Vielleicht hätten Sie ihm noch einen DJ organisieren sollen«, stichelte Marlene. »Oder wir akzeptieren einfach, dass ihm Partys nicht liegen.«

»Lassen Sie mich raten, Partys lagen Ihnen ebenso wenig.«

»Lassen Sie mich raten, Sie waren derjenige, der den Alkohol verkauft hat«, stänkerte sie zurück, und er grinste.

»Fast. Ich habe die Räume zur Verfügung gestellt und dafür Geld genommen.«

»Im Ernst?«, rief sie und schlug sich die Hand vor den Mund. Ups. Nicht, dass sie jemand hörte.

Chris rieb sich über die Wange. »Wir haben nicht weit vom Campus gewohnt, und meine Eltern waren kaum da.«

»Ich weiß nicht, ob ich das bemerkenswert oder traurig finden soll«, erwiderte sie.

Die Tür klappte auf, und Marlene sprang ins Gebüsch, um nicht entdeckt zu werden. Chris folgte ihr, es raschelte, und sie spürte seinen warmen Körper, der sich gegen ihren drückte, als sie unter einem Rhododendrenstrauch in Deckung gingen. Er war ihr so nahe, dass sie die Mandarinen riechen konnte. Bei ihm dachte sie automatisch an Weihnachten und an Geborgenheit und Liebe … und ja, das waren die falschen Gedanken. Damit wurde nichts besser.

Chris fasste nach ihrem Arm und zog sie mit sich, tiefer in das Gebüsch und den Garten hinein. Es gab ein Beet mit vertrockneten Stängeln, eine Handvoll Obstbäume und zwei große Laubbäume, und an einem hervorstehenden Ast hing eine Schaukel. Chris führte sie dorthin, und von hier konnten sie bestens in die Fenster sehen.

Den zuckenden Armen der Schemen nach zu urteilen tanzten dort welche.

Chris hatte sich auf die Schaukel gesetzt. »Sie passen ebenfalls drauf, wenn Sie wollen.«

Marlene quetschte sich neben ihn auf das Brett, und obwohl es ein wenig eng war, passten sie wirklich zusammen darauf.

»Andere stellen sich eine Bank in den Garten«, sagte sie.

»Langweilig«, erwiderte Chris.

»Oder eine Hollywoodschaukel«, schlug sie vor.

»Das ist nicht dasselbe, außerdem habe ich die Schaukel meist für mich.«

»Im Ernst?« Okay, ja, sie kreischte es vielleicht ein wenig, aber man möge ihr bitte verzeihen. Chris schaukelte! Oder verarschte er sie?

»Es ist wissenschaftlich erwiesen, dass Schaukeln entspannt und gegen Schlafstörungen hilft. Und das im Übrigen nicht nur bei Kindern, sondern auch bei Erwachsenen. Es ist besser als jedes Schlafmittel, von dem Zeug ist man nämlich noch am nächsten Morgen müde.«

»Und Schaukeln ist einfach lustiger als Schlafmittel.«

Chris drehte den Kopf und schaute sie an. »Sieh an, Sie haben es erfasst.«

»Ja, ja«, muffelte sie. »Aber es ist eben sehr schwer, sich vorzustellen, dass *Sie* schaukeln. Haben Sie schon mal Sauron schaukeln sehen?«

»Was wissen wir denn, was der in seinem Garten treibt?«

fünfzehn

PARTYS SPRENGEN LEICHT GEMACHT

Warum zum Teufel hörte man auf, sich auf Schaukeln zu setzen, wenn man erwachsen war? Das war das Dümmste, was man machen konnte.

Nein, das Dümmste war, was momentan in ihm vorging. Marlene saß so eng neben ihm, und sie zuckte auch nicht zurück, als er den Arm nach hinten schob und um sie legte, damit sie beide mehr Platz hatten.

Sie übte eine Anziehung auf ihn aus, der er gerade keine Vernunft entgegensetzen konnte.

Er hätte sie gern geküsst, und das Verlangen nahm langsam Formen an, die er selbst nicht von sich kannte. Sie blieb nahe bei ihm, und er strich hinauf bis zu ihrer Schulter, legte die Hand an ihre Wange und spürte, wie sie den Atem anhielt. Er konnte den Blick nicht von ihr lösen, von ihren Augen, ihrem Gesicht und blieb schließlich an ihren Lippen hängen. Was wäre schon ein Kuss? Oder eine kleine Affäre? In dieser Firma war alles unprofessionell, warum sollte er es nicht genauso sein?

»Dad?«

Ach verflixt.

James trat zwischen den Büschen hervor und starrte sie an. »Mann, ich dachte, hier schleichen Einbrecher rum.«

»Hi«, sagte Chris und lächelte.

»Spionierst du mir nach?«

»Nein, das ist mein Garten, und ich dachte, wenn ich schon nicht ins Haus kann, geh ich in den Schuppen.«

»Das ist eine Schaukel, kein Schuppen«, erwiderte James.

»Vielleicht hat sich der Schuppen als Schaukel getarnt?«, fragte Chris.

James trat von einem Bein aufs andere. »Bist du betrunken?«

»Also, von mir hast du den Humor jedenfalls nicht geerbt«, brummte Chris. »Du hast genauso wenig wie deine Mutter.«

»Du bist doch der mit dem Stock im Arsch und fängst plötzlich mit verzauberten Schaukeln an, die nach Narnia führen«, beschwerte sich James.

»Was ist Narnia?«, fragte Chris irritiert.

Marlene fing an zu lachen. Erst leise, dann immer lauter, bis sie sich an der Schaukel und an Chris festhalten musste.

James verdrehte die Augen und schüttelte den Kopf. »Soll ich jetzt alle nach Hause schicken?«

»Nein«, erwiderte Chris.

»Schade«, murmelte James. »Die Jungs meinten, die besten Partys wären die gesprengten.«

Oh, wenn es nur daran lag – so was konnte Chris im Schlafwandeln veranstalten.

»Dann leg noch mal eine Schippe und einen Kasten Bier drauf, und in einer halben Stunde gibt's den großen Aufriss«, schlug Chris vor, und James' Augen leuchteten.

»Genial, das machen wir.«

Er rauschte zurück ins Haus, und Marlene musste sich mittlerweile die Hand vor den Mund halten, so sehr lachte sie.

»Soll ich Sie inzwischen nach Hause bringen?«, fragte er.

»Sind Sie verrückt?«, rief sie. »Das will ich auf keinen Fall verpassen.«

Chris lächelte, und so gern er an den Moment angeknüpft hätte, in dem er sie hatte küssen wollen, ließ er es doch sein.

Die Unterbrechung hatte ihm gezeigt, dass es keine gute Idee war.

Sie schaukelten ein wenig und warteten ab. Und in jeder Sekunde war sich Chris ihrer Gegenwart überdeutlich bewusst. Schon damals – in den vier Monaten, in denen sie für ihn gearbeitet hatte –, hatte er ihre Berührungen intensiver wahrgenommen als die von anderen. Eine flüchtige Berührung, wenn sie ihm Unterlagen oder eine Tasse Kaffee gereicht hatte. Ihr durchdringender Blick, wenn sie zusammen in Meetings gesessen waren und sie eigentlich hätte Protokoll führen sollen. Er hatte Marlene gefeuert und dann aus seinem Gedächtnis gestrichen. In solchen Dingen war er gut. Er konnte ausblenden, was ihn von seinen Zielen ablenkte. Aber ausgerechnet jetzt funktionierte das nicht mehr ganz so gut.

Marlene lehnte sich gegen seinen Arm.

»Ich hätte nie gedacht, dass Sie einen so wundervollen Garten haben«, sagte sie.

»Genau genommen habe ich einen wundervollen Gärtner«, gab er zu, und Marlene schnaubte belustigt.

»Man muss nicht alles selbst können, solange man andere findet, die es gut können, nicht wahr?«

»Sie haben ja doch was bei mir gelernt.«

Marlene sah zu ihm hoch, und es kostete ihn alle Mühe, nicht ihre Wange zu berühren, über ihre Lippen zu streichen. Sie war damals schon attraktiv gewesen, obwohl sie sich alle Mühe gegeben hatte, unscheinbar zu sein und sich an ihr Umfeld anzupassen. Jetzt waren ihre Haare lang und kräftig. Zwar war es zu dunkel, um die grüne Farbe darin zu sehen, aber er wusste, dass sie da war und sie zu etwas Besonderem machte. Wie auch ihre Persönlichkeit. So unbrauchbar manche ihrer Charakterzüge in ihrer Branche waren, man konnte nicht behaupten, dass sie sie nicht verteidigte. Und zu dem stand, was und wie sie war.

Eine Bewegung lenkte Chris' Aufmerksamkeit zum Fenster. Dort winkte James hinter der Glasscheibe. Chris griff nach Marlenes Hand, und sie schoben sich von der Schaukel.

Es war Zeit für ihren großen Auftritt.

Sie betraten das Haus, Chris riss großspurig die Wohnzimmertür auf, allerdings verpuffte eine solche Wirkung ziemlich schnell, wenn man absolut ignoriert wurde. Da wollte er eine Party sprengen, und niemand nahm ihn zur Kenntnis.

Die Teenager, die sich neben der Tür zusammengerottet hatten, waren viel zu sehr damit beschäftigt, sich über die Musik hinweg anzuschreien oder einfach nur ins Leere zu starren und sich im Takt zu wiegen.

Chris ging gefolgt von Marlene durch das Wohnzimmer. Zwar sahen ihn einige fragend und abschätzend an, doch seine Autorität wurde nicht im Geringsten gewürdigt.

Er hörte Marlene etwa sagen, aber über der lauten Musik verstand er die Worte nicht.

»Was?«, brüllte er.

Sie wiederholte es, und er war schon immer mies im Lippenlesen gewesen. Er hob nur die Schultern.

Marlene legte die Arme um seinen Hals, drückte sich an ihn, stellte sich auf die Zehenspitzen, und über das Kribbeln, das sie damit in ihm auslöste, hätte er ihre Worte beinahe genauso wenig gehört wie zuvor.

»Sie müssen die Musik ausschalten.«

Er musste so einiges ausschalten. Allem voran, dass sie diese Gefühle in ihm auslöste. Das hatte zuletzt James' Mutter gekonnt, und sie war von einem Tag auf den anderen abgehauen. Erst hatte sie ihn sitzen lassen und jetzt James.

James.

Wegen dem standen sie ja inmitten des Lärms.

Marlene sah ihn aufmerksam an und öffnete den Mund, aber er entzog sich ihr. Es dudelte gerade eine Ballade, und bevor ihm das den Rest gab, ging er lieber zu seiner Anlage und zog vorsichtshalber den Stecker.

Die ersten Sekunden brüllten sich alle noch an, welcher Idiot die Musik ausgeschaltet hatte. Dann schien die Erkenntnis durchzusickern. Die Gespräche verstummten, und James' Klassenkameraden sahen sich suchend um, bis ihre Blicke an Chris hängen blieben.

Die verwirrten Gesichter brauchten sehr lange, um endlich das Verstehen zu zeigen.

Und so was sollte die Zukunft des Landes sein.

»Ihr werdet jetzt alle verschwinden«, schimpfte er. »Und ich werde mit euren Eltern telefonieren!«

»Mann, ist der unentspannt, der sollte mal wieder vögeln«, entfuhr einem aus den hinteren Reihen. Chris' Blick schoss zu ihm.

»Im Gegensatz zu dir hätte ich keine Probleme, jemanden dafür zu finden, während du erst in Clearasil baden musst«, blaffte Chris zurück. Der Junge presste die Lippen aufeinander und warf ihm einen hasserfüllten Blick zu. »Hat jemand noch so gute Einwände?«, fragte Chris in die Runde.

Niemand muckte, aber er starb in den Köpfen dieser jungen Menschen mit Sicherheit gerade einige unschöne Tode.

»Raus«, knurrte er abermals. Als James sich an ihm vorbeidrücken wollte, packte er ihn an der Schulter. »Du nicht.«

James senkte die Lider, bevor vielleicht jemand außer Chris das vergnügte Funkeln in seinen Augen sah.

Die Meute strömte zum Ausgang und warf James mitleidige Blicke zu, und über dem Schweigen hörte man noch etwas anderes. Ein langgezogenes Stöhnen aus einer weiblichen Kehle. Es brach ab und wechselte sich mit einem Keuchen und einem »oh Gott ja« ab. Die wenigen, die übrig waren, sahen sich erst fragend, dann grinsend an.

James riss die Augen auf und schlug die Hand vor den Mund. »Alter …«, entfuhr ihm. »Das kommt oben aus einem der Schlafzimmer.«

»Schlimmer. Das klingt, als käme es aus *meinem* Schlafzimmer«, brummte Chris. Seines lag nämlich direkt an der Treppe, während sich das von James am Ende des Flurs oben befand. Dort hätte man das Gestöhne wesentlich gedämpfter gehört.

Er und James schubsten sich fast schon gegenseitig zur Seite, so schnell wollte jeder von ihnen bei der Treppe sein.

Marlene drängte sich einfach an ihnen vorbei, und Chris hatte beim Hinaufgehen der Treppe einen herrlichen Blick auf ihren Hintern und wünschte, sie wäre es, die gerade stöhnte. Nur eben mit seinem Namen und nicht mit dem eines gewissen Travis.

Chris stieß die Tür auf, und James schlug sich die Hände vor die Augen.

»Das hast du nicht gemacht«, brüllte er.

Marlene stand im Flur neben der Tür, lehnte sich an die Wand und hielt sich den Bauch vor Lachen.

Im Schlafzimmer kreischte es, und Chris ersparte sich einen genaueren Blick auf das bedauernswerte Pärchen.

»Betet, dass ich nie eure Namen herausfinde«, fauchte er.

»Er heißt Travis«, rief Marlene lachend. »Und sie Camille. Ich habe unten welche über sie reden hören.«

»Travis, Camille, ihr sitzt tief in der Tinte.« Chris grinste diabolisch, während Marlene schon Schluckauf vor Lachen bekam.

»Bitte sagen Sie es nicht meiner Mutter«, bettelte Camille. »Ich blas Ihnen auch einen.«

»Wäh«, machte James.

Marlene drückte die Hand auf ihren Mund, hatte sichtlich Lachtränen in den Augen, und wenn sie weiter so gluckste, fing er auch noch an zu grinsen. So konnte man niemanden erschrecken!

»Tu mir lieber den Gefallen und biete so was nie wieder jemandem an, den du nicht magst«, sagte er zu Camille, ehe er ihnen den Rücken zudrehte. »Und jetzt zieht euch an. Ihr könnt über die Treppe verschwinden und müsst nicht den Weg über das Fenster nehmen.«

Er schloss die Tür, und Marlene hatte inzwischen wirklich Schluckauf, der ständig ihr Gekicher unterbrach. James grinste breit und bot ihm die Hand zum Highfive. In der anderen Hand hielt er sein Handy.

Er strahlte. »Die fragen, wann die nächste Party ist.«

»Freitag. Aber dann schließ mein Schlafzimmer ab«, verlangte Chris.

TRÄUME DICH LOS

Sie wusste nicht, wann sie Chris das letzte Mal so befreit hatte lachen sehen. Selbst James, der die vergangenen zwei Tage mürrisch gewesen war und nicht gut auf seinen Vater zu sprechen, umarmte diesen, um dann zurück ins Wohnzimmer zu stiefeln.

Marlene folgte ihm, um ihm beim Aufräumen zu helfen, doch es gab nicht sonderlich viel zu tun. Die wenigen Bierflaschen, die auf dem Fenstersims oder dem Couchtisch standen, sammelte James ein und schob dann das Sofa wieder an seinen angestammten Platz. Es gab nicht mal irgendwo einen Fleck, dass jemand was verschüttet hätte. Das Wohnzimmer sah aus, als hätte nicht eine Horde Teenager noch vor ein paar Minuten hiergestanden und getanzt.

Die Küche sah ebenso unberührt aus. Die Spülmaschine lief, nur auf dem Küchentresen reihten sich zwei Bierkästen auf.

»Das ist die sauberste Party aller Zeiten«, stellte sie erstaunt fest.

»Na ja …«, meinte James gedehnt und rieb sich über den Nacken. »Ich habe zwischendurch die Flaschen und die Gläser eingesammelt und den Geschirrspüler angestellt.«

Marlenes Mundwinkel zuckten, gleichzeitig seufzte sie auch. »Hast du dazwischen mal Spaß gehabt?«

»Ganz ehrlich?«, fragte James. »Ich hätte lieber ein Buch gelesen.«

»Das ist okay«, sagte sie.

James sortierte die leeren Flaschen so akribisch in die Kästen, als müsste er sie nach Füllstand anordnen. »Für dich vielleicht, nicht für meinen Dad. Der hat seine eigenen Vorstellungen.«

»Die haben Eltern immer. Sie sind nicht böse gemeint, meistens jedenfalls nicht.«

James hob die beiden Kästen vom Tresen und stellte sie neben eine Tür, die wohl zum Keller führte. Er sprach so leise, dass sie ihn kaum verstehen konnte und nahe an ihn heranrücken musste. »Meine Mum hat mich zu ihm abgedrückt und die Reise gebucht, damit ich mehr ›männlichem Einfluss‹ ausgesetzt bin.«

»Wieso?«

James drehte sich um, beugte sich vor und spähte zur Tür hinaus, aber Chris schien sein Bett neu zu beziehen. »Weil die mich in der Schule ›Schwuchtel‹ und Schlimmeres nennen und weil ich was ausprobiert habe.«

»Drogen?«, platzte aus ihr heraus.

»Was? Nein. Keine Drogen.« Inzwischen starrte James die Kisten beinahe in die Versenkung, und seine Hand zitterte. »Kleidungstechnisch. Ich wollt' halt wissen, wie es sich anfühlt, was anderes zu tragen. Was nicht zwangsläufig männlich ist.«

»Oh …«, entfuhr Marlene. So langsam verstand sie es. James suchte und fand sich zunehmend selbst – und entsprach nicht dem, was andere als Norm definiert hatten.

»Du bist nicht der Einzige, dem es so geht«, flüsterte sie ihm zu. »Es ist für andere schwer zu verstehen, wenn jemand nicht so ist, wie es ihrer Vorstellung entspricht. Sie sind mit klaren Einordnungen aufgewachsen. Wer aussieht wie ein Mann, ist ein Mann. Wer aussieht wie eine Frau, na ja, ist eben eine Frau. Mit allen Klischees. Klischees machen es einfacher, andere einzuordnen.«

»Du meinst, man muss weniger nachdenken?«, fragte James.

»Genau. Es passiert nicht mit Absicht. Es ist das, was wir lernen, womit wir aufwachsen. Und viele machen sich nicht die Mühe, es zu hinterfragen. Die, die es tun, sind umso mehr wert.«

»Verrat es Dad nicht«, bat James leise. »Ich wollt's ja nicht mal dir sagen. Aber …« Er starrte auf seine Hände. »Ich habe das Gefühl, du bist in Ordnung. Und …«

»Und du brauchtest jemanden zum Reden«, ergänzte sie flüsternd. »Keine Sorge, dein Geheimnis ist bei mir sicher.« Sie würde einen Teufel tun, es Chris zu sagen. Das war allein James' Entscheidung. Es war seine Wahl, wer es wissen sollte, und es war seine Wahl, den Zeitpunkt dafür festzulegen.

James räumte den Geschirrspüler aus, der in diesem Moment fertig wurde, und Marlene trat hinaus in den Flur. Beinahe wäre sie zurückgeschreckt, Chris legte jedoch den Finger auf den Mund. Er lehnte an der Wand, und sein Gesicht war so verschlossen, dass sie nicht im Geringsten deuten konnte, was in seinem Kopf vor sich ging. Er sprach kein Wort, er löste sich leise und marschierte zurück ins Wohnzimmer, wo er die Heizung abdrehte und das Licht ausschaltete.

»Dann ruf ich mir jetzt ein Taxi«, sagte Marlene.

»Sie können hier schlafen«, erwiderte Chris. »Wir haben morgen ohnehin den gleichen Weg.«

Im ersten Augenblick wollte sie Nein sagen, doch etwas ließ sie zögern. Marlene spürte, dass die Müdigkeit an ihr zerrte, und die Aussicht, eine knappe Stunde mit dem Taxi fahren zu müssen, ließ ihre Glieder sich erst recht schwer anfühlen. Im Atelier hätte sie Wechselsachen. Es wäre nur vernünftig, hierzubleiben. Sie kam eher ins Bett. Chris holte sie morgen mit Sicherheit frühzeitig aus den Federn, so war das Risiko, wertvolle Zeit zu verschlafen, auch gering. Das alles wog das Gefühl auf, dass sie mit Sicherheit kaum gut träumen würde, wenn sie ihn nur ein paar Zimmer weiter wusste. Also nickte sie einfach und verzichtete auf jegliche Diskussion.

Chris zeigte ihr das Gästezimmer und überließ ihr eine Zahnbürste. Selbst zu Hause schien er für jeden Fall vorbereitet. Er hatte zwei neuverpackte Zahnbürsten in seinem Schrank, und sie fragte sich, ob er die nur dahatte, weil er hin und wieder spontan Frauen mit nach Hause nahm.

Das Flattern in ihrem Magen wich dem Gefühl Übelkeit erregender Eifersucht. Ein Gefühl, das sie beharrlich ignorierte, und sie war froh, als sie nach einer kurzen Dusche und dem Zähneputzen die Tür des Schlafzimmers hinter sich schließen konnte. Es war ein harter Tag gewesen.

Marlene legte sich auf das Bett und starrte an die Decke. Ihre Gedanken kreisten um James. Nach dem, was sie heute von Chris kennengelernt hatte, glaubte sie nicht, dass er seinen Sohn weniger liebte, wenn er erfuhr, dass sich dieser für Frauenkleidung und womöglich für Männer interessierte. Aber den anderen Chris, den sie bisher gekannt hatte, gab es eben auch. Und der nahm kein Blatt vor den Mund, und vor allem konnte er jemanden mit einem Blick vor den Kopf schlagen. Etwas, was James nicht gebrauchen konnte. Er brauchte einen sicheren Hafen, und seine Mutter verweigerte ihn bereits. Wenn Chris es ebenso tat, würde es James noch empfindlicher treffen.

Sie merkte gar nicht, dass sie wegdämmerte. Es fiel ihr erst auf, als sie hochschreckte. Sie hatte von James geträumt, von Chris und von einem weiten Herrenmantel aus einem silbrig glänzenden Stoff, funkelnd wie eine Schneeflocke. Marlene erhob sich. Sie musste das unbedingt zeichnen, sonst vergaß sie es. Sie kannte das schon von sich. Mitten in der Nacht kam ihr eine blendende Idee, dann war sie zu müde zum Aufstehen, und am nächsten Morgen erinnerte sie sich nicht mehr.

Marlene durchsuchte das ganze Zimmer, doch nirgends fand sie Papier. Im Notfall ging auch Toilettenpapier, trotzdem brauchte sie einen Stift. Sie hatte ihr Notizbuch im Atelier vergessen, weil Chris so gedrängelt hatte. Ach, verflixt.

So leise wie möglich öffnete sie die Tür und trat in den Flur. Im Wohnzimmer gab es sicherlich etwas. Aber als sie die Treppe hinuntertappte und das Licht anschaltete, erschrak sie fast zu Tode. In der Tür zur Küche stand Chris und blinzelte wie sie in das helle Licht. In der Hand hielt er eine dampfende Tasse, er trug einen Schlafanzug aus Satin, der sich um seine Schultern schmiegte, seine breite Brust betonte und lässig über seine Hüfte hing, um den Saum seiner Hose zu verdecken, die wiederum locker an seinen Beinen herabfiel. Seine Füße waren nackt, und er rieb sich die Augen.

Er stöhnte. »Sie sollen doch schlafen.«

»Dito.«

Er grinste schief. »Ich muss in ein paar Stunden nur Zahlen hin- und herschieben. Sie müssen was erschaffen. Ich glaube, Sie haben den Schlaf dringender nötig. Also, husch, zurück ins Bett.«

Beinahe hätte sie auf ihn gehört, ernsthaft. Sie war schon dabei, sich umzudrehen, bis ihr einfiel, warum sie überhaupt aufgestanden war.

»Ich brauche Papier«, sagte sie. »Zum Zeichnen.«

Chris fragte nicht. Er ging zu einer Anrichte, zog die oberste Schublade auf und holte einen Block und einen Stift heraus. Marlene riss es ihm fast aus den Fingern und kniete sich vor den Wohnzimmertisch. Dort legte sie den Stift ab und zeichnete den Mantel, den sie in ihrem Traum gesehen hatte, so detailliert wie möglich.

Mit zitternden Fingern setzte sie den Stift ab und hielt es Chris unter die Nase. »Wie finden Sie es?«

»Wundervoll«, sagte dieser, aber sein Blick lag weniger auf dem Papier als auf ihr.

TIPPS GIBT'S GRATIS DAZU

Chris wurde die ganze Nacht die Gedanken an Marlene nicht los. Sie hatte nur an seinem Couchtisch gesessen und gezeichnet. Etwas, was Chris für einen Mantel gehalten hatte. Was an diesem außergewöhnlich sein sollte, wusste er beim besten Willen nicht, also hatte er nichts gesagt. Er musste sich unbedingt mit anderen Designern beschäftigen, damit er ein Gefühl dafür bekam, was Marlene umtrieb. Darauf musste er sich konzentrieren. Nicht an den Anblick ihrer konzentrierten Miene, ihrer zitternden Finger und ihre entrückte Ausstrahlung. Chris hatte die ganze Zeit über, die sie gebraucht hatte, um zu zeichnen, keinen Muskel bewegt. Aus Angst, er könnte ihre Konzentration stören. Das war doch völlig verrückt.

Vielleicht aber auch nicht. Während Marlene die beiden folgenden Tage kaum ihr Atelier verließ, machte Chris nicht nur ihre Buchhaltung, sondern seine Hausaufgaben. Er sah sich die Kollektionen jedes bekannten Labels der letzten zehn Jahre an. Zusammenfassend schienen die Kreationen zunehmend verrückter zu werden. Er fand mehrere Artikel über Marlene. Sie hatte bisher nie eine offizielle Modenschau gehabt, sondern die Näherinnen produzierten die Stücke, die Marlene nach und nach vorgestellt und in den Shop aufgenommen hatte. Mit ihrer Fashion-Show nächste Woche könnte sie in allen wichtigen Modezeitschriften landen. Oder komplett ignoriert werden. Hatte jemand überhaupt schon der Presse Bescheid gesagt? Als er sie danach fragte, verwies sie auf Michael und Jerry. Und als er diese fragte, überfiel ihn Jerry mit einem zwanzigminütigen Wortschwall, der so viel hieß wie ›ja, natürlich, Dummerchen‹. Michael und Jerry organisierten die Show. Sie hatten die Kontakte, sie hatten die Erfahrung – sie hatten alles in der Hand. Und damit Marlene.

Während diese sich selbst isolierte, machte sie sich abhängig, und das ging Chris gewaltig gegen den Strich. Es kostete ihn sehr viel Zeit und noch mehr Nerven, Jerry die Details zu der Show aus der Nase zu ziehen. Chris lobte ihn über den grünen Klee, ließ sich von Jerry Ratschläge zu seiner ›stockkonservativen‹ Garderobe geben, zog mit ihm ein wenig über Marlene her (und bekam darüber beinahe vom Zähneknirschen Kieferschmerzen) und fing zu allem Überfluss auch noch an, mit ihm zu flirten, wann immer Michael nicht hinsah. Nicht, dass Chris Interesse an Jerry hatte. Ihm war lediglich jedes Mittel recht. Er wusste nicht, warum er Jerry und Michael nicht traute. Es war ein unbestimmtes Gefühl.

»Sie glauben gar nicht, was Sie mir für einen Gefallen tun, wenn Sie ihn mir vom Hals halten.« Marlene vergewisserte sich erst, dass Jerry und Michael fort waren, bevor sie zu ihm an den Empfang kam.

»Jerry hilft Ihnen doch bei Ihren Entwürfen?« Chris ließ es absichtlich wie eine Frage klingen, und Marlene seufzte schwer.

»Nennen wir es ›helfen‹«, brummelte sie und warf ihm schließlich den dunkelgrünen Anzug in den Arm. »Es ist erstaunlich, ich habe ihn, seit Sie ihn angezogen haben, nicht mehr verändert. Das ist für mich eine enorme Leistung – ich ändere immer etwas, wenn ich es in der Hand habe. Es ist, als wäre ich endlich mit einem Stück meiner Kollektion rundum zufrieden.« Ihr Gesicht rötete sich, und sie schien noch mehr sagen zu wollen, schüttelte dann jedoch den Kopf. »Wir sehen uns auf der Vernissage.«

»Ich hole Sie ab«, erwiderte er.

»Okay«, murmelte sie und wollte erneut den Mund öffnen, aber er kam ihr zuvor.

»Ich kenne Ihre Adresse. Sie stand damals im Arbeitsvertrag.«

Da sie nicht widersprach, ging er davon aus, dass sie nicht umgezogen war. Sie sagte überhaupt nichts. Marlene betrachtete ihn prüfend, und es war sicherlich wirklich seltsam, dass er ihre Adresse kannte. Er wusste auch nicht, warum er sie sich gemerkt hatte. Es lag nicht daran, dass er die Gegend kannte, oder gar die Straße. Es war eher so, als wäre es damals die Rückversicherung gewesen, doch mal irgendwie in ihrer Nähe zu sein und ihr ›zufällig‹ über den Weg zu laufen. Letztendlich hatte er das nie getan, sondern sie lieber weit von sich geschoben. In jeglicher Hinsicht.

Zehn Minuten vor acht hielt das Taxi in einer Gegend, die nicht gerade zu den vorzeigbaren Vororten gehörte. Die Fassaden waren teilweise mit Graffitis beschmiert, die Zäune windschief, sofern sie überhaupt vorhanden waren. Am Ende der Straße hatte sich eine Meute Jugendlicher zusammengerottet, und er könnte schwören, dass dort hinten ein Mann ein Fahrrad klaute.

Chris bat den Fahrer, zu warten, und stieg aus, um bei Gallagher zu klingeln. Der Summer ertönte, und Chris drückte gegen die Tür, um einzutreten.

Im Treppenhaus setzte sich der Ghetto-Charme der Straße fort. Fast alle Briefkästen waren verbeult, einige waren sogar schwarz, als hätten sie gebrannt.

Die Steintreppe zu dem Hochparterre war krummgetreten, genauso wie die Treppen in die oberen Etagen. Sie knarzten unter seinen Schritten, und im dritten Stock sah er eine Tür einen Spalt offenstehen.

Marlene hatte entweder Mumm oder einen Baseballschläger. Jeder könnte in diesem Augenblick in ihre Wohnung eindringen. Als Chris eintrat, wartete sie nämlich nicht im Flur, er musste ihn entlanggehen, bis er sie in der Küche fand, und dort drehte sie ihm auch noch den Rücken zu.

Die Wohnung war für die bescheidenen Verhältnisse hübsch

eingerichtet. Man merkte, dass eine Designerin am Werk war. Die Wände waren hell getüncht und mit grünen Akzenten abgesetzt. Auf dem Tisch lag ein Stapel Einladungskarten für Marlenes Fashion-Show. Chris hatte sie drucken lassen, damit sie diese nachher verteilen konnten. Wenn man Jerry glauben durfte, kamen heute Abend sowieso all diejenigen Designer, Fotografen und Models, die auch auf einer Fashion-Show nicht fehlen durften.

Als sich Marlene umdrehte, steckte sie sich gerade Ohrringe an die Ohrläppchen. Sie trug ein schwarzes Kleid, das mit langen Fransen gesäumt war. Diese reichten ihr über die nackten Beine bis zu den hohen schwarzen Schuhen. Bedauerlicherweise handelte es sich nicht um Heels, sondern um klobige Boots. Als würde sie in ein Bootcamp gehen und dort erwarten, durch Schlamm waten zu müssen.

Sie setzte noch einen schwarzen, breitkrempigen Hut auf und nahm eine Handtasche an sich, in die bloß eine Streichholzschachtel zu passen schien.

»Ich würde ja fragen, wie Sie es finden, aber Sie starren meine Schuhe in die Versenkung«, erreichte ihn ihre Stimme.

»Trägt man das heute?«, erwiderte er.

»Seit ungefähr einem halben Jahr.«

»Warum?«

»Weil es bequem ist. Oder wollen *Sie* in zehn Zentimeter hohen Absätzen den Abend durchstehen?« Marlene legte den Kopf schief und hob die Augenbrauen. »Ich schätze, Sie haben Schuhgröße zweiundvierzig, ich habe welche da.«

Er lächelte gezwungen. »Tragen Sie nur Ihre Soldatenstiefel. Möglicherweise müssen Sie ja heute Abend irgendwo einmarschieren.«

Ihre Mundwinkel zuckten. »Dann sollte ich vielleicht die größere Handtasche mitnehmen, für die Artillerie.« Sie tippte sich an das Kinn. »Wobei ich ja Sie habe. Sie brauchen nur den Mund aufzumachen, und man bewirft uns mit weißen Fahnen.«

»Hm«, machte er. »Scheusal, Muse, Pitbull. Über die vielen Funktionen könnte ich langsam verwirrt sein. Vor allem, wenn sie so gegensätzlich sind.«

Sie hob die Hände. »Was kann ich dafür, dass Sie facettenreich sind?« Ihre Augen funkelten, und auch wenn sie wirklich die große Handtasche nahm, der Hut überdimensional war und die Schuhe eher an Elefantentreter erinnerten, schmiegte sich der silberne Kettengürtel um ihre Taille und betonte, wie schmal sie war. Er wusste nicht, ob es an den Größen der Accessoires lag, doch ihre Taille wirkte beinahe zu schmal.

Sie sah nach unten. »Ein Korsett.«

»Fallen Sie mir später wie Schneewittchen um?«, fragte er.

»Finden Sie jemand Hübschen, der mich wachküsst.«

»Ich bin Ihr CEO, das mache ich dann schon selbst.« Diese Worte kamen schneller aus seinem Mund heraus, als er überhaupt darüber nachgedacht hatte. Er war von diesem ›Besitzanspruch‹ überrascht, aber letztendlich traf er zu. Der Gedanke, ein anderer könnte sie küssen, gefiel ihm nicht. Und das war extrem unpraktisch.

Marlene schien nicht minder erstaunt zu sein, nach einem kurzen Zögern lächelte sie ihn jedoch an und ging an ihm vorbei.

Der Flur war leider zu kurz und zu dunkel, um einen Blick auf ihren Hintern zu erwischen, und langsam sollte er damit aufhören. Marlene war hübsch, und es hatte nicht die geringste Bedeutung. Punkt.

Es war völlig gleichgültig, dass er in einem anderen Leben, in einer anderen Konstellation an ihr interessiert gewesen wäre.

Wenn Chris es tatsächlich schaffen sollte, sie zu verführen, hatte er anschließend mehr Probleme am Hals, als er bewältigen konnte. Sie würde sich nicht mit einer Nacht zufriedengeben. Selbst mehrere Nächte – denen er wahrscheinlich nicht abgeneigt wäre –, würden nur das Gefühl einer Beziehung suggerieren, und dazu war er nicht bereit. Er band sich nicht. Er tat auch nicht so, als würde er es tun. Es artete nur wie bei James' Mutter darin aus, dass sie anfangen würden, sich zu streiten. Und diese Auseinandersetzungen würden sich auf die berufliche Ebene verlagern.

Es war also die denkbar schlechteste Idee, und mit diesem Vorsatz stiegen sie in das wartende Taxi ein. Marlene auf die eine Seite der Rückbank, Chris auf die andere und er war froh, dass zwischen ihnen genügend Platz war. Wenn er sie sah, dachte er wieder an ihre Hand auf seinem Oberschenkel, als sie an diesem herumgenäht hatte, und er war immer noch heilfroh, dass er die eingelaufene Unterhose getragen hatte. Nicht auszudenken, wenn sich in seinem Schritt abgezeichnet hätte, dass ihn nicht mal die Gefahr der Nadel davon abschrecken konnte, sie anziehend zu finden.

Als sich das Taxi in Bewegung setzte, durchbrach Chris die Stille. »Sie sollten sich schleunigst ein neues Domizil suchen.«

»Warum?«

»Weil Sie Geschäftspartner zum Essen einladen werden. Nicht nur in Restaurants. Wenn Sie jemandem das Gefühl geben wollen, besonders wichtig zu sein, laden Sie ihn zu sich nach Hause ein.«

Marlene biss sich auf die Lippen. »Ich kann mir aber keine teure Wohnung leisten, in der ich irgendwelche Soirees veranstalten kann.«

»Ihr Label *MG nature* soll doch für Luxus stehen, oder nicht?«

»Ja.«

»Dann müssen Sie es auch im Umfeld von Luxus präsentieren. Zumindest vor einem Eindruck davon.«

»Ich soll Schulden machen, um was zu mieten, was ich mir nicht leisten kann?«

»Manche machen das«, erwiderte Chris. »Das nennt sich Investition.«

»Haben Sie noch mehr solche Lektionen?«, fragte sie schnippisch.

»Mit Sicherheit. Aber das Gute ist, dass es begleitendes Mentoring ist. Ich werde Ihnen also den Vortrag ersparen und die Informationen bei Bedarf einstreuen«, stichelte er.

»Was habe ich doch für ein Glück«, murmelte sie.

achtzehn

LÜGEN MACHT EXKLUSIV

Dem Himmel sei Dank, hielt dieser unerträgliche Mann den Rest der Fahrt den Mund. Marlene konnte schließlich kaum während der Taxifahrt einen Mord begehen. Und sie war verdammt nah dran. Selbst den pazifistischsten Menschen brachte Chris dazu, sich die Zeit und die Fahrt mit Mordgedanken zu vertreiben, nur um nicht zu ihm hinübersehen zu müssen.

Sie nagte an ihrer Unterlippe, und sie würde seine Worte liebend gern wegschieben, doch sie konnte es nicht. Diese ganzen Spielarten waren ihr nicht geläufig. Marlene wusste, dass sie Glück gehabt hatte, bei dem Casting gewonnen zu haben. Solche Castings waren ungewöhnlich und unüblich. Und sie wusste auch, dass sie sich mit den Schönen und Reichen, mit Designern, Art Directors, Fotografen, Models, und was es nicht alles gab, am liebsten auf eine freundschaftliche Basis stellen musste, um mehr Aufträge zu erhalten, sich anzubiedern gefiel ihr jedoch einfach nicht. Sie konnte das nicht.

Dabei wünschte sie sich nichts mehr, als Erfolg zu haben. Nicht wegen des Geldes, nicht wegen des Ruhmes, sondern weil es ein unfassbar schönes Gefühl war, Dinge zu kreieren und damit Freude zu schaffen, sogar Leidenschaft und Begierde. Also ja, ihr Ego sehnte sich nach Anerkennung, danach, dass man sich um ihre Kreationen riss, sie in den Himmel lobte und zum Firmament der Designer und Designerinnen emporhob. Aber das erreichte sie nicht von ihrem Atelier aus. Dort schuf sie mit ihren Entwürfen und Kollektionen die Basis. Eine Basis, von der die Menschen erst mal erfahren mussten, um sie toll zu finden. Und dort begann der Punkt, an dem sie sich unwohl fühlte. Small Talk, Netzwerken – in dieser Branche lief vieles über Beziehungen, über Hörensagen und über fünf Ecken. Selten setzte sich jemand hin und suchte im Internet nach einer Modeschöpferin, die doch bitte, danke, gern den großen Durchbruch haben wollte. Damit sie auch ein wenig Fairness in die Branche bringen konnte. Sie wollte ohne Ausbeutung der Umwelt und der Menschen produzieren, sie wollte Bewusstsein dafür schaffen, dass sie alle ein Teil des Planeten waren und nicht sein Sklaventreiber.

Und ja, sie wollte sehr gern mal ihre Kleider bei einer Oscar-Verleihung getragen sehen. Da war sie nicht besser als andere. Die Aussicht, dass James ihre Klamotten auf die Schulhöfe brachte, hatte für sie keinen besonderen Reiz.

Die Taxifahrt endete vor dem Gebäude des *Fashion Institute of Technology*. Es war kein hübsches Gebäude. Die wenig ansprechende grau-braune Fassade konnte man in der Dunkelheit zum Glück nicht erkennen, dafür waren die Fenster hell erleuchtet. Es handelte sich um einen regelrechten Klotz. Eckig, ohne jeglichen Schmuck. Nur der Eingang war zurückgesetzt, und die obere Etage wurde von einer Stahlsäule gestützt.

Das Foyer machte dafür umso mehr her. Chris hatte ihr beim Aussteigen geholfen, und an dem roten Teppich warteten zwar keine Reporter, ein wenig Hollywood-Feeling kam durch den Bodenbelag und die Geländer durchaus auf.

Marlenes Herz schlug vor Aufregung schneller, und jemand anderes hätte sich bestimmt mühelos mit Chris unterhalten – ihr fehlten ehrlich gesagt die Worte und die Inspiration. Sie war damit beschäftigt, die Umgebung in sich aufzunehmen. Das Licht war für ihren Geschmack zu hell, in dem hohen, gefliesten Foyer hallten die Stimmen der Gäste und erhöhten den Geräuschpegel, bis sich in

Marlene das Gefühl meldete, schlichtweg überfordert zu sein. Das war immer so bei solchen Veranstaltungen. Sie nahm die ganzen Details – das Licht, die einzelnen Stimmen, sogar den Wortlaut mehrerer Gespräche gleichzeitig wahr. Für einen Detektiv wäre das sicherlich eine beneidenswerte Gabe, für sie war es ein Hindernis. Weil sie nur schwer einen Fokus setzen konnte. So blieb sie auch einfach stehen, statt mit Chris weiterzugehen.

Chris hatte eine Hand in die Hosentasche gesteckt, die andere ruhte an dem geschlossenen Knopf seines Sakkos, und er musterte die Menge mit einer Ruhe und einer Arroganz, als wären sie sein Gefolge.

An seinem Arm hing ihre Handtasche, in der die Einladungen für ihre Fashion-Show steckten. Selbst mit einer wuchtigen, schwarzen Frauenhandtasche sah er unheimlich sexy aus. Vielleicht sollte sie einfach ihre Handtasche zu dem Anzug kombinieren? Die femininen Seiten der Männer fanden schließlich immer mehr Eingang in die moderne Mode, und so müssten die Herren der Schöpfung nicht ständig auf die Handtaschen ihrer Frauen zurückgreifen.

Also *sie* fand das praktisch.

»Es wäre praktisch, wenn wir nähertreten würden.«

Chris' Stimme ließ sie zusammenzucken. Sie hatte gar nicht gemerkt, dass er zu ihr zurückgekommen war. Er hob die Augenbrauen, als sie blinzelte.

»Neue Idee gehabt?«

Sie wiegte den Kopf. »So ähnlich. Was würden Sie als Mann davon halten, eine Handtasche zu tragen?«

Zwischen seinen Brauen bildete sich die steile Falte. Na toll, ihm gefiel es nicht. »Gibt's das nicht schon?«

»Durchaus, aber ich finde alle Männerhandtaschen bisher hässlich. Fransen stehen Ihnen gut.«

»Bei Ihnen weiß ich nie, ob Sie mir ein Kompliment machen oder mich beleidigen.«

»Wenn ich Sie beleidige, sollten Sie das merken.«

»Mir bricht das Scheusal immer noch das Herz.«

»Das Scheusal hat kein Herz.«

Chris legte sich die Hand auf die Brust. »Dafür trampeln Sie gerade kräftig darauf herum.«

Der wollte sie doch auf den Arm nehmen. Immerhin konnte sie eines sagen – durch die Ablenkung hatte sie sich nicht mehr auf das Stimmengewirr konzentriert, und ihr Puls hatte sich beruhigt. Sie fühlte sich nicht mehr so hoffnungslos überfordert, denn mit Chris hatte sie jemanden, auf den sie sich voll und ganz fokussieren musste, um ihn beleidigen, äh, mit ihm reden zu können. Herrlich, ihre Strategie, um im sozialen Leben klarzukommen, hieß Chris Graham. Vielleicht sollte sie einfach einen Therapeuten buchen. Wenn Chris ihre Firma knallhart zu einem Global Player gemacht hatte, hatte sie eventuell das Geld dafür. Oder er hatte es irgendwie geschafft, sie zu ersetzen.

»Da sind Jerry und Michael.« Chris deutete an ihr vorbei, und sie drehte sich um.

Jerry hatte sich selbst übertroffen. Er trug einen dunkelblauen Samtsmoking, um den Hals hatte er statt einer Krawatte einen Schal geschlungen. Seine Hose war eng geschnitten und endete über seinem Knöchel, sodass man die Tätowierung dort sehen konnte. Michael hingegen trug einen ganz normalen schwarzen Smoking in der ›richtigen‹ Beinlänge.

»Michael steht dann wohl für den stockkonservativen Stil«, stellte Chris fest. »Ich meine natürlich klassisch.«

»Und wie Sie hat er das Glück, attraktiv zu sein.«

»Aber ist er auch ein Scheusal so wie ich?«

Chris‘ Mundwinkel zuckten und zur Hölle, warum fiel ihr keine tolle Erwiderung ein? Ihre Gehirnzellen waren mal wieder nicht schlagfertig, sondern schmolzen ächzend unter seinem Blick dahin.

Es kam Marlene also nur recht, dass sie unter den Anwesenden noch jemanden erspähte, den sie kannte. Angela Develle.

Marlene war darüber so erleichtert, dass sie Chris einfach stehen ließ. Angela Develle hieß eigentlich Hunter Ness, und ihre letzte Single war zehn Wochen lang in den Charts gewesen. Ob es vermessen wäre, wenn Marlene sie bat, ihr für die nächste Gala wieder ein Kleid designen zu dürfen? Jetzt trug Angela ein neongrünes One-Sholder-Kleid, das für Marlenes Geschmack zu wenig

Fransen enthielt. Aber sie hatte auch einen Fransen-Fimmel, wie Jerry gesagt hatte. Immerhin hatte sie sich bei Chris' Anzug zurückhalten können.

»Hi«, sagte Marlene und musste sich räuspern. Angela hatte sie überhaupt nicht angesehen. »Hallo Angela«, sprach sie nun lauter, und Angela wandte endlich den Blick von ihrem Glas ab und fixierte sie.

»Hey Girl«, begrüßte Angela sie. »Möchtest du ein Autogramm?«

»Nein«, erwiderte Marlene verwirrt. »Ich wollte nur fragen … na ja, wie es dir geht? Wir haben uns ja eine Weile nicht mehr gesehen.«

Angela runzelte die Stirn. »Kennen wir uns?«

»Ähm … ich habe ein Kleid für dich entworfen. Du weißt schon, das für die Tale-Gala.«

»Oh, das warst *du*.« Die Betonung des Wortes ›du‹ fand Marlene ein wenig seltsam. Auch, dass sich Angela überhaupt nicht an sie zu erinnern schien. Das war verflixter Mist – Angela war neben Jerry und Michael der einzige Kontakt, den Marlene in der Branche hatte!

»Dieses Kleid hier haben Sie ja schon mal nicht entworfen.«

Marlene schloss die Augen, als sie Chris' Stimme hörte. Mist, den konnte sie gerade nicht gebrauchen.

»Nein, es ist nicht von mir«, gab sie leise zu.

Angela musterte Chris von oben bis unten.

»Wirklich bemerkenswert«, sagte Angela gedehnt, und zum ersten Mal, seit Marlene sie angesprochen hatte, strahlte Angela erfreut.

Chris lächelte, aber sein Lächeln erreichte seine Augen nicht. »Ich wünschte, ich könnte das zurückgeben«, sprach er so affektiert, dass selbst Marlene irritiert blinzelte, und sie hatte Chris bereits mehrfach in Hochform erlebt. »Was Sie da tragen, kann ja wohl nur als netter Versuch bezeichnet werden. Wer zur Hölle hat Sie ausgestattet? Sie sollten denjenigen feuern.«

Marlene klappte der Mund auf, Angela schaute genauso schockiert aus ihrem neongrünen Kleid.

»Was tun Sie denn da?«, zischte Marlene in Chris' Richtung. Als sich Angela umdrehte, um von dannen zu rauschen, und Marlene den Arm hob, um sie zurückhalten zu können, fasste Chris nach ihrer Hand.

»Sparen Sie sich die Mühe.« Er hielt einen Kellner an und nahm ihm zwei Champagner-Gläser ab.

»Sie können sie doch nicht vor den Kopf stoßen!«

»Warum nicht?«, fragte Chris.

Marlene seufzte. »Sie ist eine bekannte Drag-Queen.«

»Und wenig hilfreich, wenn sie nicht in der Lage ist, sich an jemanden zu erinnern.« Chris drückte ihr ein Glas in die Hand. »Halten Sie sich nicht mit solchen Leuten auf. Sie werden Ihnen niemals helfen. Dafür bekommen diese dann später von uns keine Hilfe.«

Marlene seufzte erneut. Was sollte eine Angela Develle schon von ihr brauchen?

Chris beugte sich vor, und sein Atem streifte ihre Wange. »Man sieht sich immer zweimal im Leben und oft genug mit vertauschten Rollen. Dann ist es wichtig, dass *Sie* nicht vergessen.«

Ein Schauer jagte über ihren Rücken, und ihr Mund wurde trocken. Ihre Finger verkrampften sich um den Stiel ihres Glases, und ihre Gedanken flitzten quasi im Kreis. Er meinte nicht nur Angela, er meinte auch sich selbst.

Marlene öffnete die Augen und begegnete dem direkten Blick der Frau, die neben Angela gestanden hatte und ihr nicht gefolgt war. Marlene erinnerte sich nur vage an sie. Sie hatte sie einmal gesehen, als sie das Kleid für Angela angepasst hatte.

Jetzt lächelte diese sie an und zwinkerte ihr zu.

»Nehmen Sie es Angela nicht übel. Sie hat heute einen schlechten Tag.« Sie reichte Marlene die Hand und anschließend Chris. »Jenn Rouse«, stellte sie sich vor.

»Chris Graham«, sagte ebenjener und legte den Arm vertraulich um Marlenes Schultern. »Und Marlene Gallagher. Sie haben sicher schon von ihr gehört.«

»Natürlich«, meinte Jenn. »Und in dem Fall ist es nicht gelogen, damit ich nicht zeigen muss, dass ich keine Ahnung habe.« Sie grinste breit, und Chris erwiderte ihr Lächeln, bevor er ihr verschmitzt zuzwinkerte.

»Sie haben mich erwischt.«

Jenn hielt ihr leeres Glas hoch. »Ich habe einfach noch nicht genug intus.«

Chris nahm ihr das leere Glas ab und gab ihr sein eigenes. »Dann holen Sie schnell auf. Ich glaube, die anderen haben einen Vorsprung, den wir nur schwer verkürzen können.«

In diesem Moment hörte Marlene Jerrys Lachen. Er lachte meistens zu laut und so, als würde er gleich vor Luftnot umkippen. Michael stand daneben, das Gesicht zu einer undurchdringlichen Maske versteinert, und wahrscheinlich wünschte er sich genauso weg wie Marlene.

»Sie sollten ebenso aufholen«, sagte Chris leise, und er war ihr eh viel zu nahe. Das Glas hielt sie immer noch in der Hand, und während sich Chris ein neues besorgte, stieß Jenn mit ihr an.

»Darauf, dass man mit euch hoffentlich besser reden kann als mit dem Rest«, verkündete Jenn ihren Toast und exte das Glas. Chris trank ebenso, nur Marlene sah unschlüssig in die Flüssigkeit. Sie mochte Champagner nicht sonderlich. Aber sie wollte sich nicht selbst quälen, indem sie das Ganze nüchtern durchstehen musste. Wenn alles ein wenig in Watte eingepackt war, rasteten ihre Synapsen vielleicht wieder an der richtigen Stelle ein.

»Haben Sie sich die Bilder angesehen?«, fragte Jenn.

»Nein«, erwiderte Chris. »Mir hat bereits das Plakat gereicht, es ist scheußlich.«

Also, wenn *sie* das sagen würde, würden Jerry und Michael vor Empörung ausrasten, darauf würde Marlene ihre gesamte Kollektion verwetten!

Jenn hingegen lachte perlend. Marlene hatte dieses Adjektiv immer für Schwachsinn gehalten, vor allem in Bezug auf ein Lachen, doch Jenn schaffte es tatsächlich, so zu klingen, als würden Perlen aneinanderklappern.

Jerry tauchte zwischen ihnen auf und legte Chris und ihr die Arme auf die Schultern. »Da seid ihr ja, meine beiden Schätze.

Marlene, ich bin entzückt, dass du dich aus deinem Atelier gewagt hast. Ich dachte ja, du kneifst.«

Marlene wünschte, sie könnte jemand kneifen. Wann hatten die sich alle dazu verabredet, ihr zu zeigen, wie furchtbar inkompetent sie war? Für Angela war sie so unscheinbar gewesen, dass sie sich nicht mehr erinnerte. Chris sah sich genötigt, ihr ständig Tipps zu geben, und lächelte sich mit Jenn so intensiv an, dass man nun wirklich kein Hellseher sein musste, um die Funken fliegen zu sehen. Und Jerry tat so, als würde sie sonst in einer Hütte im Wald hausen.

»Ich find's toll hier«, log Marlene, setzte ihr Glas an und trank es mit einem Schluck aus. Sie nahm Chris seines aus der Hand und stürzte es ebenso hinunter.

»Anscheinend braucht ein Genie doch seinen Alkohol«, spottete Chris.

»Wenn Sie dafür sorgen, dass ich stets ein volles Glas in der Hand habe, bekommen Sie eine Gehaltserhöhung«, murmelte Marlene.

»Nein, ich behalte lieber die Handtasche«, stichelte er, und Jenn strich über Marlenes Handtasche, die immer noch an Chris' Arm hing.

»Hübsches Stück«, verkündete sie. »Was muss ich Ihnen bieten, damit Sie mir beides überlassen. Handtasche und …« Sie betrachtete Chris erneut von oben bis unten. »Den Anzug. Selbstgenäht?«

»Sie war es.« Chris zeigte auf sie. »Ich habe zwei linke Daumen.«

»Oh, ich verstehe, Sie sind also ihre Muse.«

»Nein, ich kam nach dem Anzug.«

Die zwei grinsten sich so diebisch an, als würden sie gerade auf Klingonisch einen Raubüberfall planen. Marlene wurde schlecht. Genau deswegen hasste sie solche Veranstaltungen, weil sie ohnehin immer nur überflüssig danebenstand.

Sie trat einen Schritt zurück, vielleicht konnte sie sich auf der Toilette ein paar ruhige Minuten erschwindeln. Doch bevor sie auch nur in die Richtung kam, fasste Chris sie am Arm.

»Wir verteilen erst die Einladungen, dann schleichen Sie sich davon, okay?«

»Ich bin mir ziemlich sicher, dass *ich* die Anweisung geben müsste«, erwiderte Marlene.

»Warum tun Sie es dann nicht?«

»Ach, Sie können das viel besser.«

Chris warf ihr einen schiefen Blick zu und zog eine der Einladungskarten aus ihrer Handtasche, um sie Jenn zu überreichen. »Sie haben die Ehre, dabei sein zu dürfen, wenn Sie wollen. Als eine von zweihundert geladenen, handverlesenen Gästen.«

Jenn hob das Kinn an und lächelte süffisant. »Und was bekomme ich da zu sehen?«

Chris erzählte mit einem Enthusiasmus von ihrer Kollektion, dass Marlene ernsthaft überlegte, wo zum Teufel er mehr davon zu Gesicht bekommen hatte als den Anzug. Die Antwort war: überhaupt nicht. Er trug ein Stück der Kollektion, kannte davon sonst nichts anderes und sprach darüber, als hätte sie King Charles' Kronjuwelen designt.

Dabei war er so laut, dass er die Aufmerksamkeit der Umstehenden gewann. Nach und nach rückten sie zu ihnen heran und hörten Chris zu.

Eine Frau hatte ihr Handy gezückt und tippte darauf herum.

»Wann soll die noch mal sein?«, rief sie.

»Wie heißen Sie?«, fragte Chris.

Die Frau sah zwar irritiert aus, öffnete dann allerdings den Mund. »Alicia Solis.«

Chris drehte sich zu Marlene und sah sie fragend an. »Steht sie auf unserer Liste?«

»Es gibt –« ›… keine Liste‹, wollte sie sagen, ehe sie Chris unterbrach.

»Stimmt, ich habe nicht daran gedacht, ich habe die Liste ja auf meinem Handy.«

Blinzelnd sah Marlene zu, wie er sein Smartphone zückte, darauf herumdrückte und scrollte. Was zum Kuckuck …? Dabei hielt er das Handy so, dass Alicia Solis es nicht sehen konnte, Marlene hingegen schon. Chris las gerade ein Nachrichtenportal?

»Tut mir leid, Sie stehen nicht auf der Liste. Aber Sie könnten vielleicht als Jenns Begleitung kommen?«

Bitte was? Chris warf der besagten Jenn einen Blick zu, diese hob die Augenbrauen, doch als er ihr verschwörerisch zuzwinkerte, lächelte sie und hob ihr Glas.

»Ich freue mich darauf. Wie viele, sagtest du, dürfen kommen?«

»Nur zweihundert.«

Jetzt drängelten sich einige um sie und warfen Chris ihre Namen zu. Das durfte nicht wahr sein. Waren die wirklich alle so blöd? Jerry und Michael standen am Rand. Während Jerry verkündete, dass er natürlich käme, lächelte selbst Michael und klopfte einem Mann, der von Chris damit beschieden worden war, dass er nicht auf der Liste stand, gönnerhaft auf die Schulter.

»Beim nächsten Mal lasse ich dich auf die Liste setzen«, behauptete er.

Was zum Kuckuck …? Die drehten alle durch. Es gab keine Liste. Chris entschied willkürlich, wer kam, und trotzdem rissen die, die vor seinen Augen Gnade fanden, ihm die Einladungen triumphierend aus den Händen. Es ebbte erst ein wenig ab, als der Künstler, auf dessen Vernissage sie sich immerhin befanden, eine Rede halten wollte.

Chris wurde noch ein paar Einladungen los, Jerry und Michael verzogen sich mit einem anerkennenden Nicken zu der Traube, die sich nun um den Redner scharte.

Jenn nahm Chris das Handy aus der Hand und warf einen Blick auf das Display. »Oh, Sie böser, böser Junge. Sie lügen ja wie gedruckt.«

Chris lächelte so charmant, dass es ein Wunder war, dass sich Marlene und Jenn nicht aneinander anlehnen mussten, weil ihnen die Knie weich wurden. Das war doch nicht normal!

»Helfen Sie uns, den Rest loszuwerden, und Sie bekommen den Anzug«, sagte Chris samtweich zu Jenn.

»Mit Inhalt?«

Chris' Mundwinkel zuckten. Was immer er gerade sagen wollte, Marlene unterbrach ihn.

»Ja«, platzte sie heraus. »Sie bekommen nur den Inhalt, weil ich die Verpackung noch für meine Modenschau brauche.«

»Sie verschenken mich?«, fragte Chris.

»Sie haben sich selbst verschenkt.«

»Ich habe den Anzug verscherbelt.«

»Der Firmeneigentum ist.« Marlene zuckte die Schultern. »Und das ist nun mal strafbar. Zumindest bei mir.«

»Geben Sie mir die Karten«, sagte Jenn und riss sie Chris schon fast aus der Hand. Sie zwinkerte ihnen zu, steckte sich die Karten in die eigene Handtasche und pirschte sich an die anderen heran.

Chris grinste selbstgefällig. »Dreißig Minuten und wir haben alle Einladungen losbekommen.«

»Wir haben keine Liste, und Sie manipulieren Menschen«, stellte Marlene fest.

Chris besaß nicht den Anstand, einen Funken Reue zu zeigen. »Wenn sie glauben, es wäre ein absolut geheimes Event, zu dem eingeladen zu werden eine Ehre ist, werden sie mit Freuden kommen, statt die Einladung einfach wegzuwerfen.«

»Sie sind ziemlich von sich überzeugt.«

»Ein wenig Selbstsicherheit könnte Ihnen ebenfalls nicht schaden.«

Marlene legte den Kopf in den Nacken und drehte ihn zur einen und dann zur anderen Seite. »Ich weiß, dass Sie recht haben, aber ich hasse Sie trotzdem dafür.«

»Tragischer wäre es, wenn ich nicht wüsste, dass Sie das Potenzial hätten. Vor mir schrecken Sie nicht zurück.«

»Sie kann ich auch nicht leiden«, murmelte Marlene.

»Wie oft wollen Sie mir an diesem Abend noch das Herz brechen?« Er war ihr so nahe, dass sie seinen Atem an ihrem Ohr spürte und sich die kleinen Härchen aufstellten.

»Sie sind ein Arsch.«

»Ich bin der, der versucht, Ihre Modenschau mit Publikum zu füllen.«

»Wenn Sie sich hier einen guten Ruf erarbeitet haben, bekommen Sie ein besseres Angebot und sind weg«, beharrte sie. »Sie sind nicht loyal.«

Chris zögerte, und in diesem Moment wusste sie, dass sie ins Schwarze getroffen hatte. Mit seinem Auftritt stellte er vor allem *sich* gut dar. Dass sie davon profitierte, war nur ihr Glück, weil eines mit dem anderen zusammenhing. Chris würde sie über den Tisch ziehen, sobald er die Gelegenheit dazu bekam. Wenn er ein besseres Angebot hatte, konnte sie ihm ja nicht mal verübeln, zu gehen und woanders anzufangen. Doch sie wurde das Gefühl nicht los, dass er dann noch einen großen Misthaufen mit einer Schleife für sie bereithielt.

Aber da hatte sie wenigstens eine tolle Neuigkeit für ihn. »Eines sollten Sie wissen«, sagte sie leise. Sie stellte sich auf die Zehenspitzen, stützte sich auf seinem Arm ab, und sein Geruch drang in ihre Nase, ließ sie beinahe vergessen, was sie sagen wollte. Sie sollte sich das schleunigst abgewöhnen! »Jenn Rouse ist eine Drag-Queen.« Als Chris erstarrte, ließ sich Marlene auf die Fersen sinken und klopfte ihm auf die Schulter. »Was immer Sie tun, passen Sie auf, dass der Anzug nichts abbekommt.«

NAMEN SIND SCHALL UND RAUCH

Fassungslos sah Chris zu, wie sich Marlene einfach umdrehte und zu den Toiletten ging. Mit dem sicheren Schritt einer Frau, die ihm gerade eins reingewürgt hatte. Was zum Teufel war ihr Problem? Sie würde eine volle Hütte haben, und trotzdem war sie nicht zufrieden. Sie könnte froh sein, wenn er sich einen anderen Job suchte, und er würde sich garantiert nicht wehren, wenn ihn jemand abwarb.

Permanent angegiftet zu werden war auch für jemanden wie ihn nicht erstrebenswert und das nur, weil sie nicht darüber hinwegkam, dass er sie gefeuert hatte.

»Ich habe das Gefühl, sie mag dich nicht«, flüsterte ihm jemand ins Ohr, und Chris wich zurück.

Jenn war neben ihn getreten und versuchte wirklich, nicht zu lächeln, doch ihre Mundwinkel zuckten ständig nach oben. Wenn Jenn in Wahrheit ein Mann war, dann hatte dieser die Fähigkeiten des Make-ups entweder auf ein neues Level gehoben oder besaß von Natur aus feine Gesichtszüge. Von einem Bartschatten war nichts zu sehen. Die Wimpern waren eindeutig falsch, aber das waren sie bei vielen Frauen hier. Drag war für ihn immer mit Übertreibungen einhergegangen wie bei Angela, die knalligen Glitzerlidschatten trug, unnatürlich glänzende Wangen, eine Perücke und absurd lange Fingernägel.

Jenns Haare sahen völlig natürlich aus, ihre Augen waren dezent geschminkt, und sie hatte auf umrandete Lippen verzichtet, die aussahen, als wäre man direkt aus dem Pornomagazin gefallen.

»Äh, du bist eine Drag?«, fragte Chris, auch auf die Gefahr hin, sich gerade furchtbar unbeliebt zu machen. Vielleicht hatte ihn Marlene ja nur auf den Arm genommen.

Jenn lachte. »Klar, hört man das nicht?«

»Es gibt durchaus Frauen mit tiefen Stimmen«, sagte er zögernd.

Jenn presste sich die Hand auf den Ausschnitt. »Du glaubst gar nicht, was das für ein Kompliment ist.« Sie klapste ihm gegen die Brust und klimperte mit den Wimpern. »Hättest du mich abgeschleppt?«

»Ich hätte dich auf einen Drink eingeladen.«

»Kannst du trotzdem.«

Als sie sein Zögern bemerkte, grinste Jenn umso breiter. »Krieg dich wieder ein, ich habe einen Freund. Der hatte heute nur keine Lust, herzukommen. Er macht ebenfalls Drag, aber nur, wenn ihm wirklich der Sinn danach steht.«

Jenn zupfte ihr Dekolletee zurecht. Als es nicht recht funktionierte, steckte sie einfach ihre Hand hinein und wühlte darin herum, wie andere in ihrer Handtasche.

»Sitzt alles natürlich?«, fragte sie, als sie endlich die Hand herauszog.

»Die linke muss ein wenig höher.«

»Oh, danke.« Jenn rückte auch diese an die richtige Stelle, und Chris nickte. »Und jetzt erzähl mir, warum dich die Designerin hasst, deren Anzug du trägst«, forderte ihn Jenn auf.

»Das ist eine lange Geschichte.«

»Die Kurzfassung lautet sicher: Du warst ein Idiot.«

»War ich nicht.« Und ja, er klang bockig! Weil er bockig *war*.

»Oh, du bist in der Verleumdungsphase«, stichelte Jenn, und offenbar sah er genauso säuerlich aus, wie er sich fühlte, denn sie stieß ihn mit dem Ellenbogen in die Seite. »Sie sollte dich behalten.

Während ich rumgegangen bin, habe ich das Getuschel gehört. Jerry behauptet, dass er und Marlene ganz eng zusammenarbeiten, und greift das Lob für das Design ab. Marlene hat niemand wahrgenommen, dafür macht *dein* Name hier die Runde. Es wird allerdings spekuliert, dass du ein New Face bist.«

»Ein was?«

»Ein neues Gesicht auf dem Laufsteg.«

»Das fehlte mir gerade noch.«

»Sag das nicht, Schätzlein.« Jerry hatte sich an sie herangepirscht und hielt ihm einen Teller mit Häppchen unter die Nase. »Du würdest auch auf dem Laufsteg einen guten Job machen, ich meine, sieh dich an. Und vor allem sieh die anderen an. Sie gaffen immer wieder her. Du verkaufst das Stück grandios. Ich wurde schon gefragt, wo man es sich gegenseitig aus den Händen reißen kann.«

»Dann sollten wir denen unbedingt Marlene vor die Nase setzen«, stellte Chris fest. Marlene musste mit allen reden. Sie mussten wissen, wie Marlene hieß, wie sie aussah, dass sie die Krallen ausfahren konnte. So was machte interessiert. Wer fuhr bitte nicht auf Klatsch und Tratsch ab?

»Und da beginnt das Problem.« Michael deutete an Chris vorbei, und dieser drehte sich um. Durch die bodenlange Glasfront war Marlene zu sehen, die gerade die Straße entlangging.

»Ich fass es nicht, sie haut einfach ab«, platzte er heraus.

Jenn legte ihm beruhigend die Hand auf den Arm. »Euer Job ist doch erledigt, oder?«

Nein. Ja … »Nein!«, entfuhr Chris. »Sie könnte sich mit anderen unterhalten. Mein Name ist jetzt bekannt. Das nächste Mal brauche ich mich bei vielen hier nur noch mit ›hey, ich bin Chris Graham, der Typ in dem grünen Anzug‹ vorzustellen, und sie werden sich an mich erinnern. An den Anzug. An mich. Sie werden das Design allerdings mit mir verbinden, nicht mit ihr. *Ihr* Name sollte bekannt sein, nicht meiner.«

Jerry hob die Augenbrauen. »Du erkennst langsam das Problem, was wir mit ihr haben.«

»Sie hat Potenzial«, steuerte auch Michael bei. »Und vergeudet es.«

»Sie kann sich nicht anpassen«, ergänzte Jerry.

»Ihr meint anbiedern«, gab Chris trocken zurück.

Jerry hob die Schultern. »Das gehört in dieser Branche nun mal zum Handwerk. Viele aufgeblasene Egos, die wahnsinnig gern gestreichelt werden. Und nun sag mir mal, inwiefern sich das von anderen Branchen unterscheidet.«

Leider musste ihm Chris dabei recht geben. Überall, wo Geschäfte untereinander gemacht wurden, ging es um Sympathie, um Angeberei und um Freundschaften. Ob echt oder unecht, war völlig irrelevant. Es ging um Intrigen, und Chris hatte einen Riecher dafür, wenn jemand versuchte, ein faules Ei zu legen. Und dieser Riecher schlug auch jetzt an.

Jerry und Michael investierten in Marlene, obwohl sie nicht für diese Geschäftswelt gemacht war. Jerry hängte sich in Marlenes Designs rein. Chris nahm an, dass er ihr mehr als nur gute Ratschläge gab. Doch dann erinnerte sich Chris an ihr Gesicht, als sie an dem Anzug genäht hatte und den Mantel gezeichnet. Sie brauchte Jerry nicht. Wenn sie sagte, er würde ›helfen‹, schien sie eher das Gegenteil zu meinen. Als würde Jerry ihr im Weg stehen.

Überbesorgt zu sein war allerdings Jerrys gutes Recht. Es ging um sein Geld. Um sehr viel Geld. Eventuell spekulierten sie wie Chris darauf, dass Marlenes Label von einem Konzern aufgekauft wurde. Aber das konnte Jahre dauern. Michael schien nicht jemand zu sein, der lange auf sein Geld warten wollte. Jerry schien hingegen nicht jemand zu sein, der sich um Geld scherte. Er war kreativ und von sich eingenommen. Wenn er loszog und behauptete, Marlene hätte ihm eine Menge zu verdanken, war das dann nur seinem übersteigerten Ego zuzuschreiben? Hatte er vielleicht den gleichen Artikel wie Chris gelesen, in dem es hieß, Jerrys Designs wären nicht mehr frisch und mutig genug?

»Entschuldigt mich«, sagte Chris. »Ich muss mit Marlene reden.«

»Na viel Erfolg«, wünschte ihm Jerry in einem Tonfall, der nicht im Geringsten überzeugt klang.

DAS PROBLEM NENNT SICH LIEBE

Marlene war sich ihrer Schwächen durchaus bewusst. Dazu zählten zu viele Leute. Dazu zählte sinnloser Small Talk. Dazu zählten auch das Einschmeicheln, Loben und Ego-Streicheln. Dazu zählte, nur stumm danebenstehen zu können, während einem sowieso niemand zuhörte.

Ihre Gedanken verirrten sich zu ihren Entwürfen. Sie musste zurück ins Atelier, sonst schaffte sie es nicht rechtzeitig. Aber sie fühlte sich zu aufgewühlt, um sich konzentrieren zu können. Also entschloss sie sich, erst einen Spaziergang zu unternehmen.

Marlene bummelte die Straße entlang und entdeckte einen kleinen Park. Die Laternen brannten hell, zumindest rund um den See herum. In den benachbarten Straßen wimmelte es vor Restaurants und Bars. Sie hörte die lauten Stimmen und roch die Aromen aus den Küchen.

Pärchen und Passanten kamen ihr entgegen. Es war noch nicht so spät, dass man damit rechnen musste, im Dunkeln überfallen zu werden, solange man sich nicht gerade ins Gebüsch wagte.

Marlene schlenderte zu dem See und setzte sich auf eine Bank. Obwohl es kühl war, wollte sie nirgends anders sein. Sie zog die Beine an, schob den Rock darum, damit der Wind sie nicht auskühlen konnte, und legte das Kinn auf ihren Knien ab. Ganz bewusst nahm sie mehrere tiefe Atemzüge und versuchte alles, was in ihrem Kopf vor sich ging, an sich vorbeiziehen zu lassen. Die bevorstehende Modenschau. Die Tatsache, dass sie zu wenig vollständige Entwürfe und zu wenig Zeit hatte. Jerry, der ihr ständig reinredete. Michael, der ihr nur mit einem Blick zu verstehen gab, wie wenig er von ihr hielt. Und Chris, bei dem es sich anfühlte, als brächte er ihr Leben seit Wochen durcheinander, dabei war er vor ein paar Tagen zum ersten Mal seit Jahren wieder in ihr Leben getreten. Samt seinem Sohn und mit Momenten, die ihn zu etwas anderem machten als zu einem arroganten Widerling, der über Leichen ging.

Sie presste die Stirn gegen ihre Knie und wollte diese Gedanken einfach ziehen lassen. Aber alles setzte sich in ihrem Geist fest, und was sonst immer gut funktionierte, um ihren Kopf freizubekommen, ließ sie völlig im Stich. Marlene wusste nicht, wie lange sie so dasaß und immer wieder versuchte zu meditieren. Wann immer sie bei Chris ankam, war es mit der Ruhe vorbei. Es konnte doch nicht sein, dass dieser Mann sie mehr fertigmachte als jeder unvollendete Entwurf.

Morgen musste sie sich unbedingt von Sonnenaufgang bis Sonnenuntergang in ihrem Atelier verkriechen und *abschließen*. Keine Störungen, kein Chris, am besten auch kein Jerry. Doch den müsste sie schon mit einem Gewehr fernhalten. Obwohl Chris ihn ihr die letzten beiden Tage für beachtliche Zeit vom Hals gehalten hatte, betrachtete Jerry jeden Vormittag ihre Entwürfe und änderte nach Gutdünken daran herum. Dann wartete sie, bis er gegangen war, und änderte es zurück. Aber danach war sie so verwirrt, dass sie nur noch vor Augen hatte, was Jerry geändert hatte. Und obwohl sie wusste, dass es nicht gut war, zweifelte sie daran, ob sie nicht doch auf ihn hören sollte.

Vielleicht sollte sie Chris davon überzeugen, seine Ablage einfach direkt vor der Tür ihres Ateliers zu machen. Nein, das war eine miese Idee. Dann wusste sie, dass er vor der Tür saß. Wie zur Hölle sollte man sich da konzentrieren?

Schon wieder dachte sie nur an ihn. Ihr Herz schlug härter in ihrer Brust, und ihre Atmung beschleunigte sich. Wann immer sie an ihn dachte, fühlte sie die pure Aufregung. Sie hatte unglaublich lange daran gearbeitet, dieses Gefühl zu vergessen, nachdem er sie entlassen hatte. Die Tatsache, dass er sie rausgeworfen hatte, war wirklich hilfreich gewesen, jegliche verbliebene Sympathie zunichtezumachen. Danach hatte sie sich eher vorgestellt, wie er vor ihr auf Knien lag, und sie konnte jede Domina verstehen, die es mochte, Männern den Hintern zu versohlen. Bei Chris würde sie auch gern mal draufhauen.

Marlene legte den Kopf in den Nacken, und ihr entfuhr ein inbrünstiges »Fuck!«.

»Sie sagen es.«

Marlene schrak so zusammen, dass sie beinahe von der Bank gefallen wäre. Neben ihr saß jemand, und dieser Jemand trug einen Anzug, den *sie* geschneidert hatte. Das konnte nicht wahr sein. Sie zwinkerte noch mal. Er blieb immer noch da. Wenn er sie nicht gerade verfolgt hatte, konnte er das keinesfalls sein. Sie bildete sich ihn nur ein und zwickte ihm in die Nase.

»Au!« Mit diesem Ausruf wich er zurück, und das Blut schoss ihr so rasch in den Kopf, dass ihre Kopfhaut kribbelte. Mist, er war es wirklich.

Marlene rutschte von der Bank und pfiff auf ihr Kleid. Es war von Vorteil, bequeme Schuhe zu tragen, so konnte sie schneller rennen.

»Warten Sie, was ist überhaupt in Sie gefahren?«, fragte Chris.

Sie spürte seine Hand und wie er sie zurückzog, doch sie riss sich los. Und zwar so heftig, dass sie nach hinten taumelte und sich auf den Hintern setzte.

Chris ragte über ihr auf und wollte ihr aufhelfen, aber ihr entfuhr ein genervtes »Fassen Sie mich bloß nicht an«.

»Hey, gibt's hier Probleme. Wirst du belästigt?« Ein Mann hatte sich vom Weg gelöst und eilte zu ihnen. Er ballte die Fäuste und warf Chris einen finsteren Blick zu.

»Das ist ein Missverständnis«, behauptete dieser ruhig.

»Das hör ich jedes Mal«, knurrte der andere.

Wenn Marlene jetzt nichts sagte, kassierte Chris mindestens

einen Schlag ins Gesicht. Allerdings wäre das nun auch nicht sonderlich fair. Ach, verdammt.

Mühsam rappelte sie sich auf. »Es ist wirklich ein Missverständnis. Er arbeitet für mich.«

Beide Männer sahen sie schweigend an, bis der Fremde schließlich zögernd ging.

»Wie lange saßen Sie neben mir?«, fragte Marlene und klopfte sich den Dreck vom Kleid.

»Ein paar Minuten.«

Im Ernst? Er setzte sich neben sie und sah ihr dabei zu, wie sie versuchte, ihn aus ihrem Gedächtnis zu streichen? »Das ist verrückt.«

»Das ist nicht verrückter als alles, was *Sie* anstellen.«

»Oh, wir kommen zur Predigt, was ich alles falsch gemacht habe«, murrte sie.

»Allerdings.« Jeder andere Mensch hätte jetzt wenigstens die besagte Predigt für sich behalten, aber nein, Chris Graham musste mal wieder den Lehrer heraushängen lassen.

»Ist Ihnen klar, dass die alle über diesen blöden Anzug reden? Und wer ist natürlich nicht da? Die, die ihn entworfen hat. Sie sollten sie mit Ihren Visitenkarten bewerfen. Ihnen von den anderen Entwürfen erzählen.«

»Die sehen sie bei der Show.«

Chris gab ein Geräusch von sich, das wie eine verzweifelte Mischung aus Winseln und Knurren klang. Im Ernst, selbst ein angefahrener Hund klang gesünder.

»Ich fass es nicht«, schimpfte er. »Wie kann man nur dermaßen unfähig sein? Was glauben Sie, was das wird? Dass Sie sich nur in Ihrem Atelier verkriechen können, und wie durch Zauberhand findet die Welt heraus, wie toll Ihre Kollektionen sind?«

»Oh, leider nicht«, gab sie zurück. »Dafür wurden *Sie* ja engagiert.«

»Aber mich will keiner sehen«, fauchte Chris. »Es geht nicht um mich. Es geht um Sie. Und was machen Sie? Spielen lieber die Prinzessin im Turm, die statt ihrer Haare immer mal einen Entwurf aus dem Fenster wirft!«

»Bei *dem* Prinzen will man auch keinen Besuch!«

Ihre Stimmen schallten über den Park, und ein paar Passanten waren stehen geblieben, um ihnen völlig ungeniert zuzuhören.

»Können Sie mal an was anderes denken?«, rief Chris. »Ich habe Sie gefeuert, kommen Sie darüber hinweg. Es geht um Ihre Firma, es geht um Ihre Karriere. Sie haben schon einmal versagt, wollen Sie das noch mal?«

Er könnte ihr genauso gut eine Ohrfeige verpassen, es täte nicht weniger weh. Inzwischen klang Chris so frustriert, wie sie sich seit heute Morgen fühlte. Und er ließ ihr nicht die Gelegenheit, irgendwas zu sagen.

»Wenn Sie Ihr Konzept durchsetzen wollen – Fair-Trade, alles moralisch so einwandfrei wie möglich –, dann brauchen Sie Geld. Nicht nur von Jerry und Michael. Sie brauchen mehr Investoren, mehr Menschen, die an Sie und Ihre Arbeit glauben, und die müssen Sie überzeugen. Es ist richtig, dass Sie das nicht unbedingt selbst tun müssen. Ja, dafür haben Sie mich. Aber hören Sie auf, mich zu hassen.«

»Ich hasse Sie nicht.« Gott, es wäre alles so viel einfacher, wenn sie Chris einfach nur hassen würde. Es wäre auch alles einfacher, wenn er ihr gleichgültig wäre. Doch das war er nicht. Das war er ab dem ersten Tag nicht gewesen, und wahrscheinlich würde er es nie sein. Wusste der Himmel, warum. Natürlich lag es ebenfalls an seinem Aussehen, an seinem Charisma, an seinem so verflixt tollen Lächeln. Es lag daran, dass er ein Fels in der Brandung sein konnte. Etwas, was sie nie gehabt hatte. Es lag daran, dass er Menschen begeistern konnte. Für sich, für andere. Und daran, was man in seinen Augen sah, wenn er von jemandem sprach, den er liebte. Allein schon wie er James ansah. Auf den ersten Blick ein wenig verärgert, aber darunter lag sehr viel mehr. Und man erkannte es nur, wenn man genau hinsah. Und sein Gerede ausblendete.

Chris stand vor ihr und hatte die Hände in den Taschen seines Anzugs vergraben. »Wo liegt dann das Problem?«

Marlene seufzte nur. Das zu erklären wäre schlimmer als ein Ritt in die Hölle.

»Nur wenn Sie darüber reden, können wir es klären«, beharrte er.

Oh nein, es würde überhaupt nichts klären. Damit wurde alles nur schlimmer!

»Marlene«, sagte er eindringlich.

»Sie werden keine Ruhe geben, oder?«

»Nein.«

Na toll. Aber letztendlich hielt er ohnehin schon so wenig von ihr, dass es kaum noch schlimmer werden konnte. Also trat sie vor, ehe sie vielleicht noch der Mut verließ oder die Vernunft wieder Herr über ihre Sinne wurde, und fasste die Aufschläge seines Sakkos. Sie stellte sich auf die Zehenspitzen und küsste ihn. Sie hatte ehrlich erwartet, dass er nun zurückwich, ihr erklärte, dass sie jetzt völlig durchknallte – ein Vorwurf, der ziemlich berechtigt war – und dass sie bitte aufhören solle, sich dermaßen dumm zu verhalten.

Aber er sagte überhaupt nichts. Er wich auch nicht zurück. Eine Schockstarre konnte sie trotzdem ausschließen, denn er legte die Hand auf ihre Wange, und gerade als sie sich lösen wollte, küsste er sie zurück. Die Schmetterlinge in ihrem Bauch erwachten aus ihrer Winterstarre und drehten durch. Gleichzeitig fragte sie sich, ob das nicht nur ein sehr realistischer Traum war. Als sie blinzelte und Chris aufhörte, sie zu küssen, waren da immer noch das Prickeln auf ihren Lippen und das Adrenalin in ihren Adern.

»Du bist doch hoffentlich keine Drag-Queen?«, fragte Chris.

Marlene spürte, wie sich ihre Mundwinkel hoben. »Nein.«

»Dann ist ja gut.«

einundzwanzig

DIE SÜNDENLISTE WÄCHST

Am Montag war es das erste Mal seit Tagen, dass Marlene nicht mit Bauchschmerzen zu ihrer eigenen Firma ging. Mehr noch. Sie fühlte sich beschwingt, und als sie an einem Schaufenster vorbeikam, sah sie, dass sie lächelte. Sie biss sich auf die Lippe und senkte den Kopf, während sich ihre Mundwinkel immer höher zogen. Sie war verliebt, und zum ersten Mal fühlte es nicht nach etwas an, wofür sie sich schämen sollte.

Chris konnte durchaus ein liebenswerter Mensch sein, wenn er wollte. In seinem Arm zu liegen fühlte sich an, als wäre es genau das Richtige für sie. Wow, ihre Hormone leisteten wirklich alle Arbeit, ihre Vernunft auszuschalten. Jedes Bedenken, das sie bisher gegenüber ihrem Ex-Chef gehabt hatte. Aber immerhin bekam sie so die Hoffnung, dass er sie doch nicht wie eine faule Feige fallen ließ, sobald ihm jemand etwas Besseres anbot.

Und sie war voller Zuversicht, dass sie heute viel schaffen würde. So viel, dass sie vielleicht die Nacht durchschlafen konnte und nicht grübeln musste.

Es war früh am Morgen, es ging gerade mal die Sonne auf. Umso überraschter war sie, als sie sich Jerry und Michael gegenübersah, kaum dass sie die Tür geöffnet hatte.

»Na endlich, ich dachte, du kommst nie«, rief Jerry.

»Es ist erst halb sechs«, erwiderte sie.

»Es sind nur noch zwei Tage bis zur Modenschau.«

Als ob sie das nicht selbst wüsste, Jerry hatte sich bisher allerdings nun wirklich nicht mit Arbeitseifer hervorgetan. Sie legte ihre Tasche auf dem Tresen ab. Jerry lächelte zwar, aber es erreichte seine Augen nicht, und er hatte die Hände in den Taschen vergraben, seine Schultern wirkten steif und verspannt. Michael sah so mürrisch aus wie sonst, und wäre Jerry nicht so offensichtlich neben der Spur gewesen, hätte sie an ihm schon mal nicht gemerkt, dass etwas nicht stimmte.

»Was ist los?«, fragte sie.

»Wir müssen Chris entlassen«, sagte Michael.

»Genau genommen musst *du* ihn entlassen«, platzte Jerry heraus, und Marlene starrte die beiden nur fassungslos an. Vor ein paar Tagen hatten sie ihr diesen Mann praktisch aufgedrängt, und kaum erlaubte sie ihren Gefühlen, sich verdammt noch eins frei zu fühlen, wollten die ihn wieder auf die Straße setzen?

»N-«, setzte sie an, aber Jerry hob die Hand.

»Hör dir erst mal an, was los ist«, schlug er vor und reichte ihr eine Zeitung. Es war der Wirtschaftsteil, und sie musste die größeren Überschriften überfliegen, um endlich auf den Artikel zu stoßen, der Jerry und Michael offenbar in Aufregung versetzte.

Chris Graham wegen Insolvenzverschleppung verdächtigt.

Bei dem scheidenden Bluhir-Konzern kam es in den letzten Tagen zu einem Skandal. Verbindlichkeiten und Kredite wurden nicht beglichen, die letzten Gehälter der Arbeitenden nicht ausgezahlt. Kundengelder konnten nicht ausgezahlt werden, weil die Konten leergeräumt waren. Die Staatsanwaltschaft vermutet das Geld auf Konten in Panama.

»Ich habe natürlich alles meinem CEO überlassen«, rechtfertigt sich Henry Bluhir, der einstige Inhaber von Bluhir

---

»Ich habe euch gesagt, dass er als Chef ein Scheusal war«, rief Marlene aus.

Michael riss ihr die Zeitung aus der Hand. »Das ist mir herzlich gleich gewesen, aber Insolvenzverschleppung und Veruntreuung ist etwas ganz anderes.«

Marlene wollte lieber nicht über die Verachtung in diesen Worten gegenüber jedem Arbeitenden hier nachdenken, sonst erreichte ihre Laune den Erdmittelpunkt, wenn sie weiter so sank.

»Chris mag ja nicht gerade umgänglich sein, doch ich glaube nicht, dass er ein Betrüger ist«, erwiderte sie, und trotzdem sang in ihrem Inneren eine kleine Stimme, dass sie selbst befürchtet hatte, von ihm über den Tisch gezogen und reingelegt zu werden. Ja, gab sie innerlich zu. Aber nicht so. Nicht mit einem Straftatbestand.

»Jedenfalls wirst du ihn entlassen. Wir haben zum Glück von Matt Goodwell einen anderen Kandidaten empfohlen bekommen«, verkündete Jerry und legte ihr den Arm um die Schultern. Er küsste sie auf die Wange. »Du schaffst das. Ich schau mir mal an, was du gestern alles zustande gebracht hast.«

Jerry hakte sich bei Michael unter und zog ihn mit sich. Keine Minute später fiel die Tür des Ateliers ins Schloss, und sie stand allein da. Sie hatte noch nie jemanden gekündigt! Genau genommen hätte sie Chris ja nicht mal freiwillig eingestellt. Sie hatte nie zu ihm Ja gesagt. Er war trotz des Gespräches mit ihr zu impertinent gewesen, um einfach wegzugehen, und hatte dann von Michael den Vertrag bekommen.

»Ich kann das nicht«, sagte sie zu der Zeitung. Erneut las sie den Artikel, er änderte sich nicht im Geringsten. »Das ist doch überhaupt nicht wahr!«

Chris war schonungslos ehrlich. Der krallte sich eher den nächsten Insolvenzverwalter und schnauzte ihn an, seinen Job richtig zu machen. Niemand reagierte auf ihren Einwand. Sie hörte nur Jerry in ihrem Atelier frustriert aufstöhnen und hätte ihm am liebsten die Zeitung an den Kopf geworfen. Alles, was er an ihren Entwürfen änderte, musste sie rückgängig machen. Schön, vielleicht nicht alles, aber einiges. Jerry schien immer noch in der Modewelt von vor fünf Jahren festzuhängen.

Allerdings hatte er das Geld, und er hatte in Wahrheit das Sagen. Auch wenn sie Marlene nun die undankbare Aufgabe zuschoben.

Marlene legte den Kopf in den Nacken und rieb sich die Stirn. Der Tag hatte so verdammt gut angefangen und jetzt das.

Sie hatte nicht mal Zeit, sich etwas Gutes zu überlegen, denn sie sah durch die Scheibe, wie Chris die Tür ansteuerte, und keine Sekunde später stand er bereits vor ihr. Seine Miene war so undurchdringlich wie sonst, doch sie bildete sich ein, ein warmes Funkeln in seinen Augen zu sehen.

»Wir müssen reden«, sagte sie leise und wünschte, sie müsste das nicht sagen. Alles, was sie mit Chris anstellen wollte, hatte nichts mit Reden zu tun.

Weil ihr Atelier besetzt war und sie nicht wollte, dass Jerry und Michael lauschten, ging sie mit Chris in die Halle der Näherinnen. Diese würden erst in einer Stunde anfangen, und Marlene lehnte sich gegen einen Arbeitstisch. Chris sammelte an einem anderen Fadenüberreste ein und warf sie in den Papierkorb.

»Lass das liegen«, rief sie fast, und Chris sah überrascht auf. »Ich mach das dann schon.«

Er hob die Augenbrauen, und sie stöhnte leise. Schön, sie würde es dann nicht tun, wenn sie allerdings weiter Zeit verloren, platzte sie noch.

Sie hielt Chris die Zeitung hin und hätte am liebsten die Augen geschlossen. Dann wäre ihr erspart geblieben, wie Chris die Überschrift las, die Stirn runzelte, und je länger er las, umso wechselhafter wurde sein Mienenspiel. Ungläubigkeit, Empörung und schließlich Wut.

»Dem reiß ich den Hintern auf, dass er hintenraus besser atmen kann als durch den Mund!«

Immerhin bestätigte es ihren Verdacht. Chris hatte damit herzlich wenig zu tun, nur brachte ihr das nicht das Geringste. Jerrys und Michaels Anweisung war klar gewesen, und die saßen verflixt noch eins am Geldhahn.

»Du musst doch eine Anklage erhalten haben«, sagte sie.

Chris warf die Zeitung zu den Garnresten in den Mülleimer.

»Bisher nicht. Aber ich wäre nicht der Erste, der das durch die Zeitung erfährt. Die Presse ist manchmal schneller als die Post. Was mich wundert, ist, dass es bisher keine Vernehmung gab. Zumindest haben sie *mich* nicht vernommen. Oder mein Haus durchsucht. Was dann wohl heißt, dass sie denken, sie hätten genügend Beweise.« Er kratzte sich über die Wange und den Hals. »Ich kann nur abwarten, ob es tatsächlich zu einer Anklage kommt.« Er zuckte die Schultern, sonderlich zufrieden oder gar optimistisch sah er nicht aus.

»Da ist noch etwas.« Sie seufzte und verfluchte sich selbst für ihre kippende Stimme. »Michael und Jerry haben den Artikel gelesen.«

Chris neigte den Kopf und sah sie aufmerksam an. »Und?«

»Sie wollen dich nicht mehr.«

Chris schnaubte. »Ich werde ihnen klarmachen, dass es nicht der Wahrheit entspricht.«

»Sie haben jemand anderen.«

Chris, der sich zum Gehen gewandt hatte, erstarrte. »Was?«

»Sie haben schon einen neuen Geschäftsführer, und du sollst so schnell wie möglich gehen.«

»Wir haben einen Vertrag miteinander.«

Sie räusperte sich. »Einen, der sofort gelöst werden kann, wenn Zweifel an der Integrität bestehen.«

Chris schüttelte den Kopf und fuhr sich durch die Haare.

»Ich will das nicht«, sagte sie leise, und Chris lachte auf.

»Du willst nie jemanden kündigen, und wenn ich dir das Geld vor der Nase aus der Portokasse geklaut hätte. Außerdem bist du nichts ohne Jerry und Michael, und selbst wenn könntest du dich nicht durchsetzen.«

Marlene zuckte zusammen, aber was sollte sie widersprechen? Er hatte recht. Trotzdem fühlte sie sich scheußlich, und wahrscheinlich sollte sie froh sein, dass er seine Aktentasche nahm und zur Tür ging.

Dort drehte er sich noch einmal zu ihr um. »Sag ihnen, ich hätte was Großes hieraus machen können, ohne über deine Wünsche hinwegzutrampeln. Ich bin sicher, der Neue bekommt das besser hin.«

zweiundzwanzig

FAHNDER UND KOMIKER

Wenn einen das Leben fickte, dann richtig hart und mit dem größten Dildo, den es finden konnte. So würde es jedenfalls Matt Goodwell sagen. Wenn Chris ihn anrufen würde, weil er mal wieder einen Job brauchte, lachte der bestimmt wie beim letzten Mal los.

Eine Vorstellung, die so grauenhaft war, dass Chris schlecht wurde.

Chris verließ das Büro, das Atelier und er wusste selbst nicht, wohin er ging. Er ging einfach. Eine Straße entlang, dann um die Ecke, geradeaus, abbiegen, an einer Ampel warten und die Straße überqueren. Er kam an unzähligen Geschäften, Restaurants und Bürotürmen vorbei. An Parks, Parkhäusern, Feuerwachen, Krankenhäusern. Chris hatte keine Ahnung, wie lange er so einfach nur lief.

An Ampeln blieb er mechanisch stehen, und Chris hatte das Gefühl, in einer Blase zu leben. Als wäre er nicht mehr in sich, sondern stand ein wenig abseits, beobachtete sich und schüttelte den Kopf. Und immer wieder diese eine Frage: Was zum Geier hatte er falsch gemacht?

Dabei war die Antwort so simpel: Er hatte Jahre seines Lebens dem Unternehmen eines Arschlochs gewidmet, das ihn jetzt als

Prügelknaben vor Gericht und in die Verantwortung zerren wollte. Und dieses hatte ihn mit salbungsvollen Worten auf die Straße gesetzt, um ihm anschließend heimlich das Messer in den Rücken zu rammen.

Chris ging schneller, immer schneller, bis er rannte. Er raste an Passanten vorbei und über manche rote Ampel. Leider erwies ihm niemand den Gefallen, ihn zu überfahren.

Dann könnten sie wenigstens ›zum Glück hat Gott jetzt das Problem‹ auf seinen Grabstein meißeln.

Schweiß strömte ihm den Rücken hinunter und lief ihm über die Stirn in die Augen. Es war nicht gerade ein guter Tag für einen solchen Marathon, doch er konnte nicht anhalten.

Irgendwann brannten seine Fußsohlen, seine Schultern waren verspannt, und der Schmerz schoss ihm über den Hinterkopf bis in die Stirn. Trotzdem blieb er nicht stehen. Erst als er das Gefühl hatte, seine Füße bestünden nur noch aus Blasen.

Dann setzte er sich in den ersten Bus, den er fand. Er hatte kein Busticket, aber er hatte Glück, dass niemand kontrollierte. Könnten sie Schwarzfahren auf seine Sündenliste ergänzen. Ein Scheusal und ein Sklaventreiber zu sein reichte ja nicht. Nein, sein Sohn hatte Angst davor, ihm zu sagen, was mit ihm los war. Und jetzt war er auch noch ein Betrüger.

Nicht mal sein Ego hielt so viele Vorwürfe aus. Da half es nicht im Geringsten, dass Chris nicht wusste, was er nun tun sollte. Matt anzurufen wäre verschwendete Energie. Solange diese Vorwürfe bestanden, stellte ihn niemand an. Er musste sich einen Anwalt suchen, und sogar dafür fehlte Chris die Kraft.

Das Einzige, was ihm im Moment gelang, war, aus dem Bus auszusteigen. Und selbst das kostete ihn sehr viel Mühe. Am liebsten wäre er sitzen geblieben und einfach weitergefahren. Egal wohin.

Dabei hatte es sich Freitagabend angefühlt, als könnte alles gut werden. Da war dieser Artikel bereits im Umlauf gewesen. Er hatte nichts geahnt. Er hatte das Wochenende damit zugebracht, an Marlene zu denken und James ein Vater zu sein, dem er sich anvertrauen konnte. Trotz der gemeinsamen Zeit hatte James nichts gesagt, und trotz der süßen Küsse am Freitag hatte ihn Marlene rausgeworfen.

Irgendwann gelang es Chris, den Weg nach Hause einzuschlagen. Es überraschte ihn weniger, als es vermutlich sollte, als er an der Straßenecke Streifenwagen stehen sah und auch zivile Fahrzeuge. Seine Tür stand offen, und anscheinend hatte niemand von den Beamten Lust gehabt, darauf zu warten, dass er doch bitte endlich nach Hause kam.

Sie hatten sich Zugang verschafft, aber immerhin war seine Eingangstür heil. Sie mussten James noch erwischt haben. Dieser starrte ihn mit großen Augen vom Sofa aus an, als schon jemand auf Chris zutrat und ihm den Ausweis unter die Nase hielt.

Chris winkte ab und gab dem Kerl gleich seine Aktentasche und sein Handy. Als er einen Blick auf das Display warf, bemerkte er die vielen Anrufe von James.

Er setzte sich neben seinen Sohn auf das Sofa und sah zu, wie sein Haus auf den Kopf gestellt wurde. Ein Dutzend Beamte durchkämmten jedes Zimmer, jede Schublade. Einer hatte Chris' Laptop an seinen eigenen angeschlossen, und Chris wusste, dass sie seine Festplatte und alle Dateien kopierten.

»Was suchen die?«, fragte James.

»Beweise.«

James brachte es trotz seiner Verunsicherung fertig, die Augen zu verdrehen. »Ja, aber wofür?« Er runzelte die Stirn. »Die suchen doch hoffentlich keine Leiche? Dad, was hast du jetzt wieder gemacht? Ich habe dir gesagt, dass Mord keine adäquate Konfliktlösungsmethode ist!«

Damit lenkte James die Aufmerksamkeit aller auf sich, und sein Sohn grinste schief. Chris biss sich auf die Unterlippe. Loszulachen wäre nicht sonderlich gut. Auch Fahnder wollten ernst genommen werden.

»Keine Leiche«, erwiderte Chris so ruhig wie möglich. »Beweise für Insolvenzverschleppung und Betrug.«

»Ach so«, murmelte James und ließ sich gegen die Rückenlehne sinken. »Wäre schön bescheuert, das hier aufzubewahren. Oder hast du deswegen eine Kiste im Garten vergraben?«

Chris hätte seinem Sohn am liebsten den Mund zugehalten. Andererseits … Warum sollte James für den Schock nicht eine kleine Entschädigung bekommen? Zwei der Fahnderinnen warfen sich einen Blick zu. Eine ging durch die Terrassentür nach draußen und winkte einen ihrer Kollegen heran, damit er ihr folgte. Chris war sich sicher, dass sie den Garten bereits in Augenschein genommen hatten, aber nun würden sie nach kürzlich aufgegrabener Erde suchen.

»Letztens habe ich gelesen, dass jemand tausende Dollarscheine im Sofa versteckt hatte«, sinnierte James.

»Um Himmels willen, sei bloß ruhig, lass mir wenigstens mein Sofa.« Chris seufzte, und James grinste.

»Wenn sie es auseinandernehmen, könnten sie es gleich saubermachen. Wirklich, die ganzen Krümel sind ein wenig widerlich.«

»Du klingst wie deine Mutter«, knurrte Chris und bereute seine Worte im selben Moment. James zuckte zusammen und sah plötzlich niedergeschlagen aus. Chris hätte gern gefragt, was los war, nur war hier und jetzt nicht der richtige Zeitpunkt.

Sie bekamen ohnehin Gesellschaft von einem der Beamten, der ihm seine Tasche und sein Handy zurückgab. Auf einem Vordruck hatte er die Daten von Chris' Personalausweis eingetragen.

»Sie müssen nichts sagen, womit Sie sich selbst belasten«, erklärte er. »Wenn Sie nichts sagen, werden Sie allerdings wahrscheinlich auf das Revier vorgeladen.«

Toll, er wollte ihm sagen, dass er es wesentlich unbequemer haben konnte.

»Fragen Sie, was immer Sie fragen wollen«, erwiderte Chris.

»Henry Bluhir und *Bluhir Versicherungen* mussten Insolvenz anmelden. Da konnten die Verbindlichkeiten schon lange nicht mehr bedient werden.«

»Laut den Zahlen, die ich aus der Buchhaltung bekommen habe, wurden immer alle Rechnungen und Raten rechtzeitig beglichen. Herman ist der Leiter der Buchhaltung gewesen, Henry hat ein wachsames Auge darauf gehabt. Genauso wie ich. Ich konnte niemals Unstimmigkeiten feststellen. Die Jahresabschlüsse entsprachen den gesetzlichen Vorgaben, sie wurden ja auch von Wirtschaftsprüfern kontrolliert. Nur die von den letzten zwei Jahren fehlten noch, weil es bei den Wirtschaftsprüfungen Verzögerungen gab. Aber weil es nicht zwingend gesetzlich notwendig war, haben wir es eben verschoben.«

»Genau diese Verschiebungen sind das Problem«, sagte der Beamte, doch so ausdauernd fragend ihn Chris ansah, er schien dem nichts hinzufügen zu wollen. »Wussten Sie von den Konten auf Panama?«

»Nein.« Chris schüttelte den Kopf.

»Sie haben eine Abforderung der Bankauszüge unterschrieben.«

»Auf keinen Fall«, knurrte Chris unwirsch.

»Wir haben Ihre Unterschrift unter einem solchen Dokument.«

»Dann ist es nicht meine«, beharrte Chris. »Ich lese mir durch, was ich unterschreibe. Henry hat sich nach Panama abgesetzt, er hat mir gesagt, dass er dorthin ziehen will. Von Firmenkonten dort war mir nie etwas bekannt.«

Das hätte er doch gemerkt! Henry und Herman wussten, dass er nie ein Dokument unterzeichnete, was er nicht gelesen hatte. Das war sein Grundsatz. Einer, an den er sich immer hielt. Genauso an jeden anderen, der sicherstellte, dass man ihn eines Tages eben nicht wegen Insolvenzverschleppung und Veruntreuung dranbekommen konnte. Es sei denn … Mist … Chris erinnerte sich an den Tag, als Henry ihm gesagt hatte, er wolle *Bluhir Versicherungen* auflösen. Herman hatte ihm etwas zum Unterschreiben hingelegt, und Chris konnte sich beim besten Willen nicht erinnern, was es gewesen war. Er war zu abgelenkt gewesen.

Nie im Leben war Chris gerade so froh um seine kontrollierte Mimik gewesen. Sie hatten zwar seine Unterschrift, doch wenn er beharrte, sie wäre gefälscht, dann mussten sie ihm trotzdem das Gegenteil beweisen.

»Was ist mit der Kiste, die Ihr Sohn erwähnt hat?«, fragte der Beamte.

»Die war ein Witz. Draußen hat seit Ewigkeiten niemand gegraben, nicht mal der Gärtner.«

Der Fahnder warf James einen warnenden Blick zu. »Solche ›Witze‹ können miese Konsequenzen haben.«

»Für Sie«, erwiderte James gelassen. »Wenn Sie tatsächlich anfangen zu graben.«

Chris legte James die Hand auf den Arm, dieser beugte sich jedoch nach vorn und fixierte den Beamten. »Mein Dad betrügt nicht«, sagte er. »Im Ernst. Er bringt wirklich eher jemanden um, als zu betrügen.«

»Danke«, brummte Chris. »Und fürs Protokoll: Ich habe bisher keinen umgebracht.«

Der Fahnder schürzte die Lippen. »Ich versteh schon. Ihr Sohn ist ein Komiker.«

Ja, und Chris liebte ihn dafür. Ohne James wäre das Ganze erst recht nicht zu ertragen.

ALLES WILL MAN SELBST MACHEN

Marlene starrte auf die Models, die heute zum Casting gekommen waren, und konnte sich doch nicht konzentrieren. Sie meinte immer noch zu hören, wie die Tür hinter Chris ins Schloss fiel und sich seine Schritte entfernten.

Es fühlte sich seltsam an.

Vor ein paar Tagen wäre sie froh darüber gewesen. Der Kerl, der ihr kurz nach dem Studium ein Trauma verpasst hatte, war weg. Man konnte wahrlich behaupten, dass das Karma bei ihm zugeschlagen hatte. Aber weder war sie erleichtert, noch empfand sie Schadenfreude.

Als sie zu Jerry und Michael ins Atelier gegangen war, hatte Jerry ihre Stücke eins nach dem anderen ausgebreitet und ihr in einem endlosen Monolog erzählt, was sie daran ändern sollte. Bei manchem hatte sie genickt, bei anderem den Kopf geschüttelt. Jedes Mal hatte Jerry es ignoriert.

Dann hatte er den Mantel in die Hand bekommen, den sie nach dem Entwurf genäht hatte, den sie in der Nacht in Chris' Haus gezeichnet hatte.

»Also, diese Stickereien sind viel zu dezent. Entweder man lässt es ganz weg oder man macht es als explosives Statement. Pailletten sind das Richtige. Damit macht man ein Glitzermeer.«

»Ich will kein Glitzermeer«, gab sie zurück. »Meine Absicht ist, dass man die Stickereien nur im richtigen Licht sieht und wenn man sich dreht, vor allem wenn man genauer hinschaut.«

»Niemand schaut heute genauer hin.« Mit einer Handbewegung wischte Jerry ihren Einwand weg und drückte ihr den Mantel in die Hand. »Pailletten«, sagte er streng. »Es sei denn, du hast Strasssteine, das ist auch okay.«

»Nein«, beharrte sie und musste sich beherrschen, ihre Wut zu unterdrücken.

Jerry seufzte. »Liebes, ich weiß, du bist angespannt. Wir werden heute eine Menge zu tun haben und viele Models sehen. Diese Models müssen etwas präsentieren, etwas mit Wow-Effekt. Nicht nur eine gute Absicht. Nein, es muss reinschlagen. Sonst bist du erledigt. Also vertrau mir. Ich habe schließlich seit zwanzig Jahren Erfahrung.«

»Wann kommt denn *deine* neue Kollektion?«, fragte Marlene spitz, und Jerry hob die Augenbrauen.

»Wenn ich sie fertig habe«, erwiderte er. »Aber erst kümmern wir uns um deine.«

»Deine letzte Kollektion liegt drei Jahre zurück.«

Jerry hob die Arme. »Manchmal küsst die Muse nicht ganz so zuverlässig.«

»Vielleicht hast du ja den Anschluss verloren.«

Inzwischen seufzte Jerry so theatralisch, als wäre sie seine pubertierende Tochter. »Ich versuche, dir zu helfen. Ich versuche, alles zu tun, damit sich unser Investment lohnt. Denn ich glaube nicht, dass du uns das Geld einfach zurückzahlen kannst. Es hängt alles an der Show, daran, welche Kontakte du knüpfen kannst, in welchen Zeitschriften Bilder auftauchen, sich die Stars darum reißen, deine Kleider und Ensembles zu tragen. Und dann kaufen auch die anderen. Die, die nicht auf dem roten Teppich stehen, aber sich genauso fühlen wollen. Von irgendwas musst du deine Arbeiterinnen nächstes Jahr entlohnen oder willst du wieder auf uns zurückgreifen?«

Marlene presste die Lippen aufeinander, bis sie taub wurden. Sie hasste es, dass Jerry sie erpressen konnte. Am liebsten würde sie ihm und Michael das Geld tatsächlich zurückzahlen. Doch erstens konnte sie das nicht, zweitens fand sie so schnell keinen anderen Geldgeber. Jerry brauchte nur loszugehen und überall zu verbreiten, wie schwierig es war, mit ihr zu arbeiten. Anschließend würde sie niemand mehr ansehen. Und Chris, den sie vorschicken konnte, war nicht mehr da.

Also kniff Marlene buchstäblich und mit höchstem Widerwillen den Schwanz ein, und Jerry nutzte diesen Triumph bei der Auswahl der Models erneut aus.

Es gab einige interessante Gesichter. Frauen, die einen mit einem Blick fesseln konnten. Welche Konfektionsgröße sie trugen, war Marlene egal. Die meisten Stücke konnte sie anpassen. Manchmal wählte Jerry eine Frau aus, die Marlene nicht unbedingt genommen hätte, aber sie konnte damit leben. Nur bei einer bekamen sie sich in die Haare.

»Sie hat nicht nur *ein* Handicap«, beschwerte sich Jerry, während das Mädchen vor ihnen stand. »Ich verstehe nicht, warum die Agentur sie geschickt hat. Hattest du schon mal einen Laufstegjob?«, fragte er die junge Frau.

Masha schüttelte den Kopf. »Bisher waren es nur Shootings. Dort waren alle Kunden zufrieden mit mir.«

»Shooting ist was völlig anderes. Den Babyspeck kann man wegretuschieren. Die Laufschiene verdecken. Eine Perücke. Makel sind grundsätzlich toll, außergewöhnlich, nur bietest *du* davon zu viele.«

Marlene hätte Jerry am liebsten eine runtergehauen. Selbst Michael schien es zu weit zu gehen.

»Jerry«, mahnte dieser. »Zügle dich. Du weißt, dass die Branche immer diverser wird.«

»Ja, indem man ein Mädchen mit *einer* Besonderheit auf den Runway stellt und sich dafür feiern lässt. Guck sie dir an. Sie hat eine Laufschiene, sie trägt mindestens Kleidergröße vierundvierzig und raspelkurze Haare. Fehlt nur noch die Tätowierung.« Jerry seufzte übertrieben. »Also, für ein Punk-Label bist du ideal, nicht für das Luxus-Segment.«

»Aber sieh dir mal ihren Blick an, ihre Präsenz. Sie kann alles tragen. Sie ist cool, sie ist stark. Sie ist genau das, was ich brauche«, widersprach Marlene.

Jerry hob beide Hände. »Nein.«

»Doch.«

»Wir hatten die Diskussion heute schon.« Jerry flötete es in einem lockeren Ton, Marlene entging die unterschwellige Botschaft trotzdem nicht. Als sie nichts sagte, nahm Jerry die Sedcard eines anderen Models. »Wir nehmen die.« Das Mädchen, auf dessen Bild Jerry tippte, war zweifellos ebenfalls interessant, mit schwarzen Haaren, sehr markanten Augenbrauen und einer römischen Nase, doch sie war nicht so ein Original wie Masha.

Diese nahm ihre Modelmappe und ging ohne einen Gruß nach draußen. Inzwischen bekam Marlene Kopfschmerzen, weil sie sich so verspannte, um Jerry nicht an die Gurgel zu gehen.

Wenigstens waren die Male-Models Marlene beinahe egal. Sie verglich jeden mit Chris, und das war nun nicht im Geringsten hilfreich. Sie waren alle groß, besaßen breite Schultern, einen muskulösen Körper, und ihre Gesichter waren glatt, objektiv schön und sie waren alle gut. Alle verfügten über eine Ausstrahlung, dass man sich nach ihnen umdrehte, und sie liefen, als wären sie von Adonis persönlich geschaffen worden.

Nur ein Typ passte nicht dazwischen. Er war zwar auch hochgewachsen, aber nicht im Geringsten trainiert und trug einen Anzug, der vielleicht mal in den Achtzigern modern gewesen war.

»Ah, da bist du ja«, rief Michael. Hatte sich dieser sonst zurückgehalten, ging er nun auf den Kerl zu und schüttelte ihm die Hand. Er drehte sich zu Marlene um. »Das ist dein neuer Geschäftsführer«, verkündete er.

»Wow«, machte Marlene. »Diesmal muss ich nicht mal mit ihm ein Gespräch führen, bevor ihr ihn zum CEO ernennt?«

»Na ja, bei der letzten Wahl deines CEOs warst du ja nicht sonderlich erfolgreich«, stichelte Jerry. »Außerdem hast du alle

Hände voll zu tun. Im Grunde brauchst du unbedingt einen Assistenten. Den kannst du von mir aus aussuchen, wenn du willst.«

Am liebsten hätte sie Jerry den gönnerhaften Ton aus dem Leib geschüttelt.

»Herman hat in derselben Firma gearbeitet wie Chris!«, rief sie aus.

»Aber er war nur der Buchhalter«, steuerte Michael bei.

»Und Matt hat ihn als unglaublich vertrauenswürdig beschrieben«, flötete Jerry.

Die verarschten sie doch, oder? Sie hatten ihr Chris aufgedrängt, und jetzt setzten sie ihr den nächsten Kerl vor die Nase. Den sie genauso wenig wollte, wie sie Chris gewollt hatte! Nur hatte der es wenigstens drauf, ihre Interessen zu vertreten, ehe er sie über den Tisch zog. Dieser Kerl hier ignorierte sie ja völlig. Was durchaus hilfreich war. Denn so konnte Marlene zu ihren Näherinnen gehen. Sie stellte sich an Suzannas Tisch und sah der Blondine direkt in die Augen. Marlene vermied den Blick auf Suzannas ausladenden Bauch und ihr schlechtes Gewissen.

»Chris sagte, dein Mann wurde befördert«, begann sie.

Suzanna nickte mit einem Lächeln und strich sich über den Bauch. »Zum Glück.«

Sie seufzte, und Marlenes Herz klopfte schneller.

»Dann ist es hoffentlich nicht so schlimm, dass ich dich entlassen muss«, sprach sie aus und biss sich auf die Unterlippe.

Suzanna blinzelte, und in der Halle wurde es mucksmäuschenstill.

»Was?«, fragte sie.

»Ich muss dich kündigen. Fristlos. Bitte pack deine Sachen und geh. Es tut mir leid.«

Suzanna sah zwar schockiert aus, aber Marlene dankte sämtlichen Göttern, dass sie nicht weinte. Vermutlich stand sie zu sehr unter Schock. Selbst Marlene fühlte sich wie gelähmt, als sie ihr zusah, wie Suzanna ihre Sachen packte und ging. Allerdings warf ihr diese sogar zum Abschied eine Kusshand zu.

»Ihr könnt weitermachen«, sagte sie zu den anderen und lächelte schief. »Keine Sorge. Solange es die Firma gibt, bleibt ihr.« Sie wusste nur nicht, wie lange das der Fall war, wenn sie und Jerry so weitermachten.

»Also, Suzanna wird mir nicht fehlen«, platzte Sophia, eine der verbliebenen Näherinnen, heraus. »Sie hat mich mit ihrem Gerede abgelenkt.« Im Ernst? Das sagte die ihr *jetzt*?

Marlene vergewisserte sich, dass Jerry, Michael und Herman miteinander beschäftigt waren.

»Also, dieses Konzept ist ja kompletter Bullshit«, brummte Herman gerade. »Nachhaltig, vegan, keine CO2-Emissionen, ein Fond zur Förderung der Arbeitsbedingungen der Arbeiterinnen in Drittländern. Für wen hält die sich? Den Papst?«

»Ignorier das einfach«, hörte sie Michaels Stimme. »Nachhaltig ist okay, ohne Chemie auch. Vegan und diesen Firlefanz von wegen Fair-Trade kannst du komplett in die Tonne drücken. Aber natürlich, ohne dass sie es merkt.«

Dafür, dass sie nichts merken sollte, redeten die ziemlich laut! Marlene schnappte sich ihre Tasche und sprang auf der Straße das erste Taxi regelrecht an.

Atemlos nannte sie dem Fahrer die Adresse, und als der Wagen anfuhr, lehnte sie sich zurück. Sie folgte ihrem Instinkt, und ihr Instinkt hatte sie bisher nie betrogen. Ihr war nur beigebracht worden, nicht darauf zu hören, und damit war heute Schluss.

Das Taxi hielt vor dem Eckgrundstück, das von dem schmiedeeisernen Zaun gesäumt wurde. Hinter den Bäumen und Büschen sah sie die helle Fassade. Das Tor zur Straße stand offen, und sie ging den Weg bis zur Eingangstür. Sie klingelte, und als sich niemand rührte, klingelte sie erneut. Sie hörte Schritte im Flur, und schließlich wurde die Tür einen Spaltbreit geöffnet.

Chris tauchte vor ihr auf, sichtlich überrascht, aber wahrscheinlich konnte sein Erstaunen kaum mit ihrem mithalten. Er trug kein Hemd, lediglich eine Hose. Seine Haare waren zerzaust, als hätte er sie sich gerauft, und die wichtigste Meldung: Er trug kein Hemd!

Die Haut seiner Brust und seiner Schultern war heller als die an seinem Hals, wo es ein paar Sonnenstrahlen geschafft hatten, den notorischen Bürohengst zu bräunen. Ein paar Härchen zierten seine Brust. Genug, um zu verkünden: ›seht her, ich rasiere mir definitiv nicht die Brust‹, und zu wenig, um unattraktiv zu sein. Genau die richtige Menge.

In ihren Ohren rauschte es. Am liebsten hätte sie die Hand ausgestreckt und ertastet, ob die Haut so weich war, wie sie sich anfühlte.

»Ich, ich«, begann sie. »Ich muss wirklich mit dir reden.« Und schon wieder war Reden das, was sie am allerwenigsten mit ihm tun wollte.

JA, ICH WILL

Respekt. Marlene konnte sehr lange starren, ohne zu blinzeln. Ihm wäre längst die Kontaktlinse im Auge ausgetrocknet und herausgefallen. Als sie endlich den Mund aufmachte, klang ihre Stimme derartig rau, dass er sie am liebsten auf der Stelle geküsst hätte.

Chris ließ Marlene eintreten und nahm sich eine Strickjacke von der Garderobe, um sie anzuziehen.

Müffelte er?

War wahrscheinlich eh egal. Was immer sie vorhatte, sie würde ihn ja kaum aus dem Stand verführen, und wenn doch, dann konnte man unter der Dusche schon damit beginnen. Eventuell hätte er die zwei Gläser Whiskey nicht trinken sollen. Er trank selten, und jetzt wusste er auch wieder, wieso – die Welt schaukelte zu sehr, und man konnte sich kaum konzentrieren.

Reiß dich zusammen, fuhr er sich selbst im Geiste an.

Marlene ging ins Wohnzimmer und blieb dort unschlüssig stehen.

»Setz dich«, sagte er. »Willst du einen Kaffee?«

»Kaffee klingt gut«, murmelte sie.

Dem Himmel sei Dank. Der Kaffee brachte vielleicht seine beschwipsten Gehirnzellen in Schwung. James war oben in seinem

Zimmer und machte Hausaufgaben. Da Chris noch nie so viel Freizeit am Stück gehabt hatte, war ihm nichts Besseres eingefallen, als Netflix anzuschalten und den Whiskey zu öffnen. Ob Kendyl das mit ›männlichem Einfluss‹ gemeint hatte?

Chris konzentrierte sich darauf, die Kaffeemaschine anzuwerfen, zwei Tassen unter den Automaten zu stellen und die richtige Taste zu drücken. Sie mahlte die Bohnen und vibrierte, als würde sie abheben wollen, bevor die schwarze Flüssigkeit in die Tassen gluckerte.

Chris stellte Zucker und Milch auf ein Tablett, die Tassen dazu, und erst als er schon alles ins Wohnzimmer trug, fiel ihm auf, dass das eine gewagte Aktion war. Doch er schaffte es, das Tablett auf dem Wohnzimmertisch abzustellen, ohne eine Tasse umzukippen. Nur die Zuckerdose. Die Würfel sammelte er einfach vom Teppich und warf zwei in seine Tasse. Koffein und Zucker – eines davon half mit Sicherheit.

Marlene starrte ihre Tasse an, ohne sie anzurühren. »Jerry macht keinen Hehl mehr daraus, was meine Aufgabe ist. Ich bin der kreative Kopf, der die Grundlagen liefert, an denen er dann herumpfuscht, während sein, nein, *mein* neuer Geschäftsführer mein gesamtes Konzept über den Haufen wirft.«

»Und wer ist der neue Geschäftsführer?«, fragte er.

»Herman.«

Chris zuckte so zusammen, dass der Kaffee aus der Tasse über seine Hand schwappte. »Doch nicht …«

»Genau der. Herman Fraser, ehemals angestellt bei *Bluhir Versicherungen*.«

»Herman steckt genauso in dieser Insolvenzverschleppungssache drin.«

»Er ist nur der Buchhalter gewesen«, wiederholte Marlene. »Und er wurde von Matt persönlich als vertrauenswürdig empfohlen.«

»Toll«, brummte Chris und versuchte, die bittere Pille herunterzuwürgen. Anscheinend hielt ihn Matt nicht für vertrauenswürdig. Vielleicht war er deswegen nicht ans Telefon gegangen, als Chris ihn nach dem Verschwinden der Beamten doch noch angerufen hatte.

»Hast du einen Anwalt?«, fragte Marlene.

»Ich kann einen Freund anrufen, sobald irgendwas schriftlich eintrudelt«, antwortete Chris. »Sie waren hier, sie haben was gesucht, allerdings nichts gefunden. Ich weiß nicht, wie es weitergeht.« Er schüttelte sich die restlichen Kaffeetropfen von der Hand und wischte sie an seiner Hose ab. James würde ihn jetzt strafend ansehen, Chris war das im Moment egal. Er lehnte sich zurück und massierte sich die Stirn.

»Du musst dich durchsetzen«, sagte er. »Sei laut, sei stur. Bei mir kannst du es doch auch.«

»Genau das habe ich versucht«, erwiderte Marlene. »Aber Jerry quasselt dann von seinem Geld, während Michael eine Miene zieht, dass sogar die Geldeintreiber der Mafia nervöses Augenzucken bekommen.«

Noch vor zwei Stunden hätte Chris über ihre Empörung gelacht und gefragt, was sie denn erwartete, wenn sie nun versuchte nachzuholen, was sie von Anfang an versäumt hatte – ihre Bedingungen zu diktieren. Die Wahrheit war – sie könnte kämpfen, und Jerry und Michael fanden einen Weg, ihr von hinten einen Knüppel zwischen die Beine zu werfen. Arschlöcher identifizierte man ziemlich schnell, wenn man selbst eines war. Nur war er nicht auf der höchsten Ebene angelangt, sonst hätte er in Henry den Betrüger erkannt.

»Ich will, dass du wieder für mich arbeitest«, sagte sie und drehte die Tasse auf der Untertasse.

»Ihr habt einen neuen CEO. Oder willst du den vor die Tür setzen?«

Sie nagte an ihrer Unterlippe. »Das geht nicht. Aber ich brauche einen Assistenten.«

»Vor ein paar Tagen hast du mir gesagt, du hättest nicht mal das Budget für einen Buchhalter«, stichelte er.

»Ich habe Suzanna entlassen, ich hoffe, du gibst dich mit ihrem mickrigen Gehalt zufrieden.«

Sie sagte es so trocken, dass Chris sich im ersten Augenblick sicher war, sich verhört zu haben.

»Du hast was?«

»Suzanna entlassen, damit ich dich einstellen kann.«

Er konnte nicht anders. Er starrte sie mit offenem Mund an.

Marlene rutschte auf dem Sofa vor, dass sie tatsächlich nur noch haarscharf auf der Kante hockte, und starrte ihn eindringlich an. »Chris, ich brauche dich. Du musst mir helfen, dieses Spiel zu spielen. Ich will einen anderen Investor finden, einen, mit dem ich auf Augenhöhe bin, und wenn das einer kann, dann du.«

»Ich bin der Betrüger, schon vergessen?«

Marlene sah ihn schweigend an, und Chris winkte ab.

»Ich sollte wirklich erst mal Urlaub machen.« Er hätte es von Anfang an machen sollen. Das hätte ihm zwar nicht die Verdächtigung erspart, aber die Tatsache, nach ein paar Tagen vor die Tür gesetzt zu werden.

Marlene stand auf, stellte sich vor ihn und stützte sich auf den Armlehnen seines Sessels ab. Sie war ihm so nahe, dass er jede Sommersprosse auf ihrem Gesicht zählen konnte – und sie mit Sicherheit den Alkohol in seinem Atem roch.

»Ich kenne das Gefühl, versagt zu haben. Ich kenne das Gefühl, wie es ist, weggeworfen zu werden, als wäre man nichts wert.«

Chris zuckte zusammen, und er war sich ziemlich sicher, dass sie auf ihn und ihren Rauswurf durch ihn anspielte.

»Ich weiß aber auch, wie es ist, wenn man seine getretenen Überreste zusammenrafft, aufsteht und weitermacht. Du kannst dich jetzt dafür entscheiden, eine Auszeit zu nehmen. Eine Auszeit, in der du sowieso nichts anderes machen wirst, als ohnmächtig darauf zu warten, was aus diesen Vorwürfen wird. Zeit, in der du in Selbstmitleid versinken wirst, an dir zweifeln, bis du dich selbst hasst. Oder du stehst auf und machst weiter. Mit mir.«

Als Chris nichts erwiderte und ihre Worte erst mal nur in seinem Kopf herumspukten, ohne dass er zu einem brauchbaren Schluss kam, runzelte sie die Stirn. Sie sah ihm in die Augen, als würde sie ihm ihre Worte in die Seele hämmern wollen.

»Ich bin nicht dumm. Ich weiß, wer ich bin. Ich weiß, was ich kann, und vor allem weiß ich, was ich nicht kann. Ich kann nicht verhindern, dass Michael und Jerry immer mehr meine Firma übernehmen und mich zum Aushängeschild degradieren, was man ja nicht mal raushängen kann, weil es eben gesellschaftliche Zusammenkünfte nicht mag. Ich kann es nicht, weil sie mir niemals die volle Wahrheit erzählen werden und weil ich nicht die Zeit habe, ihnen hinterherzuspionieren. Doch ich weiß, was ich tun kann, um trotzdem zu gewinnen. Ich brauche einen Verbündeten. Du kennst keinen Skrupel, zumindest lässt du dich davon nicht aufhalten. Es wird einen Gerichtsprozess wegen *Bluhir Versicherungen* geben. Es wird keinen Designer, keinen Kreativdirektor besonders interessieren. Dennoch wird er lang genug dauern, um deinen Namen zu vergessen. Bleib an meiner Seite und im Gedächtnis. Dann kannst du nach dem Prozess machen, was du willst. Es hat für uns beide Vorteile.«

Dieser Vorteil war ihm egal. Wenn er ehrlich zu sich war, wollte er überhaupt nicht in eine andere Firma. Unter Umständen weil er gerade ziemlich angeschickert war. Vielleicht weil Marlenes Nähe in ihm einiges auslöste, nur nicht den Drang, ihr den Rücken zu kehren.

»Gut, ich mach's«, sagte er.

Marlene starrte in sein Gesicht, aber nicht in seine Augen und biss sich auf der Unterlippe herum, dass sie rot wurde. Sie antwortete nicht, sondern schaute nur. Bis ein Ruck durch sie ging und sie blinzelte.

»Nun ja, war auch eine dumme Idee.« Sie zuckte die Schultern. »Also, alles Gute.«

Ähm, was? Marlene wandte sich von ihm ab und ging zur Tür.

»Warte, ich habe doch Ja gesagt.«

Marlene hielt inne und drehte sich ihm wieder zu. »Echt?«

»Ja.«

Sie zwinkerte erneut. »Damit habe ich nicht gerechnet. Du willst wirklich mein Assistent werden, also zumindest erst mal offiziell?«

»Ja.«

Ihre Augen weiteten sich, und ein Lächeln legte sich auf ihre Züge. Sie lief die paar Schritte zu ihm zurück, schlang ihm die

Arme um seinen Hals und drückte ihre Nase gegen seine Wange. Der Schauer, der ihn durchfuhr, brachte ihn dazu, sie küssen zu wollen. Und wie gestern Abend konnte er nicht widerstehen. Er liebkoste ihre zerbissene Lippe, spürte, wie sie die Berührung erwiderte und das Drücken in seinem Magen einem Gefühl der Leichtigkeit wich.

»Danke«, flüsterte sie.

»Dank mir erst, wenn wir sie zum Heulen gebracht haben«, sagte er leise.

»Boah, nehmt euch ein Zimmer«, rief James, der gerade die Treppe herunterkam und sich die Augen zuhielt.

Marlene lachte, und das Strahlen in ihren Augen – es konnte ihm wirklich gefährlich werden.

fünfundzwanzig

NUR ANFÄNGER LASSEN SICH ERWISCHEN

Sie konnte nicht fassen, dass Chris zugesagt hatte. Obwohl er ›nur‹ ihr Assistent sein würde. Sie wüsste sonst nicht, wie sie ihn zurückbringen sollte, ohne Jerry zu offensichtlich auf seinen übertriebenen Schlips zu treten. Im Grunde konnte er dagegen nicht viel sagen. Es war seine Idee gewesen, dass ihr jemand half, damit sie die Entwürfe rechtzeitig fertigbekam und die Models auch noch ihre Stücke anprobieren lassen konnte.

Chris rechnete trotzdem mit Gegenwind von Jerry und Michael. So war wohl zu erklären, warum er sie am nächsten Morgen mit dem Taxi abholte und ihr während der Fahrt einen Vortrag hielt.

»Die Körperhaltung ist das Wichtigste«, dozierte Chris gerade. »Und deine Stimme. Was du sagst, hat tatsächlich nicht so viel Relevanz wie dein Auftreten. Erzähl ihnen, ein Pferd hätte zwei Köpfe, solange du dabei überzeugend bist und dich nicht erschüttern lässt, werden sie es dir glauben.«

»Das ist furchtbar«, erwiderte sie.

»Das ist die Wahrheit«, gab er zurück. »Ein gewisser Prozentsatz wird logischerweise nicht auf dich hereinfallen, und das sind die Wertvollen. Mit denen solltest du dich umgeben.«

»Machst du das hin und wieder als Test?«, fragte sie. »Um zu wissen, mit wem *du* dich umgeben willst?«

»Mittlerweile nicht mehr.«

»Mittlerweile?«, rief sie aus.

Er zuckte die Schultern. »Früher habe ich das hin und wieder getan. Natürlich nicht mit der Geschichte über das zweiköpfige Pferd, dafür ähnlich offensichtliche Dinge.«

Wenn das wahr war, brauchte sie sich nicht mehr zu wundern, warum Chris ein Misanthrop war, wie er im Buche stand.

Als sie bei der Fabrik ankamen und ausstiegen, wollte Marlene schon ins Atelier gehen, doch Chris hielt sie zurück. Er zog sie in die Herrentoilette, weil in die der Damen in diesem Moment eine Näherin ging, und schloss die Tür. Er dirigierte Marlene vor den Spiegel und stellte sich hinter sie. Er legte die Hände auf ihre Schultern und drückte sie zurück, danach auf ihren Rücken und strich ihn hinauf, um dann die Finger von vorn gegen ihr Brustbein zu drücken, bis sie das Gefühl hatte, zwar aufrecht zu stehen, und gleichzeitig, als trüge sie in ihrem BH keine Brüste, sondern ausufernde Mülltonnen mit sich herum. Chris schob an ihrem Kopf herum, und insgesamt fühlte sich die Haltung fremd an.

»Stell dich breitbeinig hin und stütz die Fäuste in die Hüften, wie Superman.«

»Das ist ein Scherz?«, fragte sie vorsichtig.

»Nicht im Geringsten. Mittlerweile haben sogar Forscher rausbekommen, dass die Superman-Pose das Selbstvertrauen stärkt.«

Als ob sie nicht schon genug an der Menschheit zweifelte. Trotzdem folgte sie seinen Anweisungen und kam sich völlig bescheuert vor.

»Jetzt sieh mir in die Augen, sag meinen Namen und versuch mich von irgendeinem Fakt zu überzeugen. Augenkontakt und die Nennung des Namens sind wichtig.«

Sie atmete tief ein und sah ihm über den Spiegel hinweg in die Augen. Auf der Stelle herrschte in ihrem Kopf völlige Leere. Es fehlte nur noch der trockene Busch, der durch das Bild rollte. Er erwiderte ihren Blick mit einer Gelassenheit, um die sie ihn erneut beneidete. Gab es überhaupt etwas, das ihn aus der Fassung brachte? Nicht mal bei der Kündigung hatte er die Beherrschung verloren. Sicher, er war wütend gewesen, aber in Anbetracht der miesen Nachrichten hatte er ja beinahe stoisch reagiert. Der einzige Hinweis darauf, dass es ihn doch berührte, war die Tatsache, dass er getrunken hatte und eben halbnackt an die Tür gekommen war.

Oh Gott, jetzt dachte sie an seinen Anblick an seiner Haustür.

»Es wäre hilfreich, wenn du dich konzentrieren könntest.«

Seine Worte schreckten sie auf, und sie erneuerte den Blickkontakt.

»Chris …«, setzte sie an.

»Tiefer.«

»Chris.«

»Noch tiefer.«

»Herrgott, ich bin doch kein Braunbär!«

Chris grinste. »Ich bin sicher, du wärst ein hübscher.«

»Chris«, sagte sie erneut, aber bevor sie etwas hinzufügen konnte, wurde plötzlich die Tür aufgestoßen. Kamal starrte sie überrascht an.

»Was machst du denn hier?«, rief er aus, und dann fiel sein Blick auf Chris. »Und du?«

»Wir üben«, erwiderte Chris aalglatt.

»Will ich wissen, was man auf dem Klo üben kann?«

»Will ich wissen, was in deinem Kopf gerade in der Kloake an Gedanken herumschwimmt?«

Marlene stieß Chris instinktiv den Ellenbogen in die Rippen.

Kamal wurde rot, und Marlene legte ihm die Hand auf den Arm. »Sag bitte niemandem, dass Chris hier ist.«

Kamal zuckte mit den Schultern. »Ich werde mich bestimmt nicht einmischen. Der Neue hat gesagt, er kündigt die Hälfte von uns. Wir sollen die nächste Woche gut arbeiten, die besten behalten ihren Job.«

»Ich bring ihn um«, platzte Marlene heraus, und Chris' Griff um ihre Oberarme verstärkte sich.

»Nur mit der Ruhe, wir haben nicht mal angefangen.«

Kamal schloss die Tür wieder, und Chris sah nach, ob die Luft rein war. Sie huschten ins Atelier. Jerry und Michael waren gerade nicht dort, doch es war nur eine Frage der Zeit, bis sie kommen würden.

»Herman taucht nicht vor neun auf«, sagte Chris, aber seine Worte gingen in ihrem Aufschrei unter, als sie sah, was Jerry noch am gestrigen Abend mit ihren Entwürfen angestellt hatte.

Sie rauschte zu einer der fünf Schneiderpuppen, griff nach dem Ärmel und drehte sich zu Chris um. »Siehst du das?«

»Eine Bluse?«

»Er hat den Kragen zu hoch angesetzt! Und was soll dieser Schnitt im Ärmel?«

»Äh … Muss eine Bluse nicht so aussehen?«

»Das ist keine Bluse, sondern ein Hemd. Im Ernst, du willst in der Modebranche arbeiten und hast keinen Schimmer von Mode?«, fuhr sie ihn an. »Und mich wirfst du raus, weil ich keine Ahnung von Zahlen habe.«

Chris blinzelte, und er erwiderte tatsächlich nichts. Hatte sie gewonnen? Gab es bei so was überhaupt einen Gewinner?

»Ich brauche Garn, meinen Zuschneider und hol gleich noch den Wildlederstoff«, zählte sie auf. Chris sah sie an, als hätte sie ihm klingonische Begriffe genannt. »Im Nebenraum«, sagte sie.

Chris hob die Augenbrauen, doch er gehorchte wortlos, und ganz ehrlich? Sie könnte sich daran gewöhnen, ihn herumzukommandieren. Vor allem, weil er das Richtige holte.

Beim Garn brachte er zwar ihren halben Vorrat, immerhin war die richtige Farbe darunter, die zu dem Wildlederstoff passte.

»Zieh das an«, bat sie ihn. »Du bist das ideale Model.«

Und er war auch ihre Muse, aber das behielt sie lieber für sich. Sie sortierte ihre Nadeln, während er sich umzog, und als er heraustrat, sog sie die Luft ein und konzentrierte sich allein auf ihn. Sie forschte in sich nach dem kribbelnden Gefühl der Aufregung. Sie überlegte, was noch besser seine blauen Augen hervorheben könnte. Was dafür sorgen konnte, dass all seine Vorzüge unterstrichen wurden. Und es kam wie von selbst zu ihr. Sie wollte seine maskuline Erscheinung unterstreichen, und doch wollte sie ihm etwas Weiches geben. Seine Haltung, sein klarer, strenger Blick wirkten kantig, als gehörte er nicht in diese Welt und als könnte ihm diese nicht gerecht werden. Als könnte er nur daheim sich zurücklehnen und wäre ständig auf der Flucht vor sich und den anderen.

Vielleicht war es ja auch so. Er kämpfte immer. Jeden Tag, jede Sekunde. Er kämpfte darum, dass niemand hinter seine Fassade sah, den Hauch seines Humors bemerkte oder wie sehr er seinen Sohn liebte. Marlene könnte schwören, dass ihn die Scheidung getroffen hatte. All das sah sie, wenn er sich unbeobachtet fühlte, und das war so gut wie nie. Wenn sie das in den Kleidern widerspiegeln konnte, hatte sie ihren Job verdammt noch eins richtig gemacht.

Mit den Nadeln steckte sie den Wildlederstoff fest, den sie über den schwarzen Baumwollstoff nähen würde. Er zog sich über Chris' Taille, bis hoch zu seinem Herzen. Eine offene, klaffende Wunde, die man notdürftig geflickt hatte. Die er trug wie einen Orden und wo er trotzdem Sorge hatte, man könnte sehen, wie er darum gekämpft hatte, diese Verletzung zu überstehen.

Ja, zugegeben, es war ein wenig pathetisch, aber sie war Künstlerin. Kaum einer von ihnen tickte ganz richtig.

Chris hielt still, und diesmal stach sie ihn nicht. Oder wenn doch, beschwerte er sich zumindest nicht. Als sie fertig war, richtete sie sich auf und streckte den Rücken durch.

»Zieh es aus, dann kann ich den Rest festnähen«, bat sie ihn.

Wortlos öffnete er die Knöpfe, streifte den Stoff von seinen Schultern und zog ihn aus. Er reichte ihr das Hemd, und als sie zum Tisch ging, blieb er nicht wie das letzte Mal stehen, sondern folgte ihr. Er war groß genug, dass er ihr problemlos über die Schulter sehen konnte. Und wie beim letzten Mal bebten ihre Finger, als sie den Stoff unter den Halter der Nähmaschine schob.

»Hast du genug getrunken?«, fragte er. Verflixt, es war ihm nicht entgangen.

»Ich denke schon.«

Das war eine Lüge. Sie hatte natürlich wieder zu wenig getrunken, doch deswegen zitterte sie nicht. Marlene wusste, woran es lag. Es lag an ihm, und wie er hinter ihr stand, konnte sie kaum einen klaren Gedanken fassen. Ihre Finger arbeiteten, aber sie wusste nicht mal so recht, was sie da tat. Sie lauschte auf seinen Atem. Mit jedem Luftholen sog sie seinen Duft ein.

Völlig in sich versunken nähte sie und zuckte zusammen, als die Tür aufklappte.

Jerry und Michael traten ein, gefolgt von Herman.

Der starrte auf Chris, als hätte er eine Erscheinung. Jerry riss den Mund auf, und Michael hob immerhin seine Augenbrauen.

»Ähm«, machte Herman. »Habe ich etwas verpasst?«

»Darf ich euch vorstellen? Mein neuer Assistent«, verkündete Marlene und konnte sich mit Mühe den triumphierenden Unterton verkneifen.

»Das kann nicht dein neuer Assistent sein«, entfuhr Jerry. »Du hast ihn gerade erst gefeuert.«

»Nein, wir haben darüber gesprochen, dass seine vorherige Position nicht die richtige ist, diese aber schon.«

Jerry hob die Brauen und musterte Chris so anzüglich, dass sich Marlene an dessen Stelle in eine große Decke eingehüllt hätte. »Die Position muss man ja niemandem erläutern.«

Marlene spürte, wie das Blut in ihre Wangen schoss.

»Neidisch?«, fragte Chris und hatte wirklich die Stirn, amüsiert zu klingen.

»Wir könnten uns ja mal über *deine* Position unter mir unterhalten«, spottete Jerry, und Marlene ging dazwischen.

»Das sind nicht die Werte, die dieses Unternehmen vertreten soll«, platzte sie heraus. »Er hält als mein Model her, das ist alles. Ich verbitte mir jede weitere Unterstellung. Ich kann beschäftigen, wen ich will. Ihr habt gesagt, ich brauche einen Assistenten, jetzt habe ich einen. Und nun möchte ich hören, wie unser neuer CEO sich die Ausrichtung *meines* Labels vorstellt.«

»Das hat er uns schon erläutert.« Michael winkte ab. »Belaste dich nicht damit, du hast mehr als genug zu tun, darüber können wir zusammen nach der Modenschau reden.«

»Nein, ich möchte es hören«, verlangte Marlene. »Bevor ihr etwas beschließt, wovon ich nichts weiß. Und Chris wird dabei sein.«

»Ich bin verwirrt, bleibt er dabei halbnackt?«, fragte Herman.

»Bei einer Präsentation soll man sich die Teilnehmer doch nackt vorstellen, wenn man Angst hat«, meinte Chris und hob die Hände. »Gern geschehen.«

Herman schüttelte den Kopf, und über seine Lippen huschte ein lakonisches Lächeln. »Hätte nicht gedacht, dass ich dich mal in der Konstellation antreffe, alter Junge. Von allen bist du ja noch am besten von *Bluhir* weggekommen. Wenn man bedenkt, was du getan hast …«

Der letzte Satz schwang zwischen ihnen hin und her, nicht bereit zu verklingen und anderen Themen Platz zu machen. Marlene könnte schwören, dass die Anspannung schlagartig zunahm und sich wie Blei über sie legte.

»Das sind unbewiesene Unterstellungen«, erwiderte Chris kühl.

»Hoffentlich sieht das Gericht das auch so«, spottete Herman.

»Mit Sicherheit.«

Chris machte sich nicht mal die Mühe, die Arme vor der Brust zu verschränken. Er starrte Herman mit der Selbstherrlichkeit eines James Bond in die Versenkung. Je länger er nichts sagte, umso nervöser schien Herman zu werden. Dieser öffnete den Mund, schloss ihn wieder und räusperte sich, bevor er erneut ansetzte. »Nun äh, gehen wir in ein Büro?«

Jerry zuckte die Schultern, und Michael ging einfach zur Tür. Herman und Jerry folgten ihm, und Marlene warf Chris einen Blick zu. Erst jetzt wirkte er angespannt, und er knirschte mit den Zähnen. Sie reichte ihm sein Hemd, doch er winkte ab und zwinkerte ihr zu. »So ist es lustiger.«

Marlene war sich ziemlich sicher, dass er mit dem gleichen Selbstvertrauen zum Playboy-Shooting marschieren würde, wie er gerade in Hermans Büro schlenderte, während sie sich noch fragte, ob sie das Kommende überhaupt hören wollte.

Allerdings sagte Herman kein Wort über Kündigungen. Er sprach von asiatischen Lieferanten, aber auch davon, dass es sich nicht um mit Chemie behandelte Stoffe handele, sondern um welche, die von Bauern in Handarbeit hergestellt wurden. Zu einem Preis, den man bestenfalls als armselig bezeichnen konnte.

»Davon können die nie ihre Familien ernähren«, wandte

Marlene ein, und Herman lächelte begütigend und vor allem herablassend.

»Wenn unser Geschäft besser läuft, können wir ihnen eine Erhöhung anbieten.«

Aha. Als ob Marlene mit diesem Argument ins nächste Restaurant gehen könnte und dort nur einen lächerlich geringen Preis bezahlen. Doch Herman dozierte weiter, und Jerry und Michael sahen sich so zufrieden an, dass Marlene schlecht wurde.

Chris saß scheinbar entspannt auf dem Stuhl, nahm keinerlei Anstoß daran, dass sich Gänsehaut auf seiner Brust ausgebreitet hatte, weil es kühl war, und noch weniger störte ihn, dass ihn Jerry genauso verstohlen anstarrte.

Ob sich Chris morgens mit der Superman-Pose im Spiegel begrüßte? Der Gedanke ließ sie lächeln, und in diesem Moment sah er zu ihr. Zuerst wirkte er irritiert, aber dann huschte ein leichtes Lächeln über seine Lippen, bevor er wieder Herman unverwandt ansah.

Marlene drehte den Kopf nach vorn und tat es ihm gleich. Herman schien zunehmend nervöser zu werden, und Marlene musste zugeben – das machte Spaß.

Als Herman fertig war, schien er regelrecht erleichtert.

»Fragen?«, wollte er wissen.

»Einige«, sagte Chris, wurde allerdings von Michael unterbrochen.

»Jerry und ich müssen los, und ich hatte gehofft, ich kann mich mit Herman im Taxi unterhalten.«

Sie würdigten Chris nicht eines letzten Blickes, sondern marschierten zur Tür, als fürchteten sie, dass Chris ihnen sonst die Fragen stellen könnte. Dieser schwieg allerdings, bis die drei gegangen waren.

»Ist dir was aufgefallen?«, fragte Chris.

»Kamal sprach von Kündigungen, Herman hat nichts davon gesagt.«

»Er hat dir erzählt, was du hören willst«, erwiderte Chris. »Darum geht es nicht. Ich meine, was auf seinem Bildschirm zu sehen war. Als er die Präsentation geschlossen hat, lag dahinter eine offene Bilddatei. Von einem Logo. Dort stand allerdings nicht *MG nature*, sondern *Jerry B & M Nature*. Also Jerrys Name zuerst, während man dir nur das M für deinen Vornamen gelassen hat.«

»Sie müssen doch wissen, dass ich dazu Nein sage.«

»Das wissen sie auch. Deswegen sagen sie dir nichts davon.«

»Aber sie können das Logo nicht heimlich verwenden. Spätestens vor der Show sehe ich es.«

Chris schnaubte. »Ich nehme an, dass sie noch ein anderes haben, das allein deinen Namen trägt. Während der Show hingegen werden sie das andere zeigen.«

»Das ist Betrug«, rief sie aus.

Chris trat auf sie zu und zog sie in seine Arme. »Du designst, und ich werde mich jetzt informieren, wer unserer Gäste zur Modenschau als Investor in Frage kommt.« Sein Gesicht war ihr so nah, dass sie sich nur ein wenig strecken und ihn küssen könnte. »Die Frage ist nur, ob ich mich wieder anziehen soll oder ob du mich weiter als Inspiration brauchst.«

sechsundzwanzig

ALLES REINE ÜBUNGSSACHE

Marlene entschied sich gegen die Inspiration, und Chris zog sich an. Den Rest des Tages verbrachte jeder in seiner eigenen Gedankenwelt, obwohl sie im Atelier nicht weit voneinander entfernt saßen. Marlene nähte, und Chris bekam einige Stücke ihrer Kollektion zu sehen. Er fand sie … interessant. Marlene hatte völlig recht – er hatte keinen Schimmer von Mode.

Jerry und Michael kehrten an diesem Tag nicht mehr zurück, genauso wie Herman. Dieser Idiot hatte nicht mal den Anstand, sich mit seiner offiziellen Chefin auseinanderzusetzen und so zu tun, als wäre er auf ihrer Seite, statt sich wie eine Marionette von den Investoren benutzen zu lassen.

Draußen dämmerte es bereits, als Marlenes Telefon klingelte. Es klingelte so oft, dass er schon glaubte, Marlene wollte nicht rangehen, sondern nur das Display anstarren, schließlich nahm sie den Anruf doch an.

»Hallo Dad«, sagte sie schwach und lauschte einen Moment. Er konnte nur ihre Seite verstehen, die Satzfetzen, die sie immer wieder einwarf. »Nein, Dad, ich brauche deine Hilfe bei den Entwürfen nicht … Ich weiß, dass du mir helfen kannst. … Ja, du warst damals sehr erfolgreich. Ich weiß, dass du viel Erfahrung hast.

Es ist nicht nötig, dass du herkommst. Es reicht, wenn du am Mittwoch da bist. ... Jerry hilft mir, ja. ... Ich finde nicht, dass seine Änderungen gut sind.« Hier folgte eine längere Pause, bei der sich Marlenes Gesichtsausdruck zunehmend verhärtete. »Ja, ich werde auf ihn hören, und natürlich bin ich dankbar, dass du ihn mir vermittelt hast.«

Oh, daher wehte der Wind. Jerry war von ihrem Vater auf Marlene gestoßen worden, und er hatte ihr Potenzial erkannt. Marlene legte die Hand auf die Augen, und als sie schließlich auflegte, sah sie nicht zu ihm, sondern rannte regelrecht aus dem Zimmer und in die Abstellkammer.

Er wartete zehn Minuten. Sie kam nicht zurück.

Chris stellte den Laptop weg und ging zur Tür. Als er sie öffnete, war die Tür zur Rumpelkammer geschlossen. Er hörte ein Geräusch, das er beim besten Willen nicht deuten konnte. Zögernd legte er die Hand auf die Klinke, unentschlossen, ob er sie stören oder lieber allein lassen sollte. Aber da vernahm er das unterdrückte Geräusch erneut, und es klang wie ein Schluchzen.

Also trat er ein und fand Marlene auf dem Boden sitzend vor. Sie hatte die Knie angezogen und das Gesicht in die Hände gedrückt. Zwischen ihren Fingern klemmte ein Taschentuch, das schon mal bessere Tage gesehen hatte und sich wahrscheinlich fragte, ob es gerade in den Regen gekommen war.

Marlenes Schultern bebten, und noch mehr zuckte sie zusammen, als er sich zu ihr beugte und sie am Arm berührte. Sie starrte ihn entsetzt an und wischte sich über die Wangen.

»Ich ... ich«, stammelte sie. »Ich komm gleich wieder.«

»Das ist nicht nötig«, sagte Chris. »Du kannst hier einziehen, wenn dir der Sinn danach steht.«

Er brachte es bloß nicht fertig, sie allein zu lassen. Ihre Augen waren geschwollen, die Wimperntusche markierte die Tränenspur, und ihre Nase war rot.

Chris setzte sich neben sie und holte aus seiner Tasche ein weiteres Taschentuch, das er ihr reichte. Zögernd nahm sie es entgegen und legte das andere weg.

»Was ist los?«, fragte er.

»Ich fühl mich furchtbar«, gestand sie. »Ungenügend, wertlos und als wüssten es alle besser als ich. Jerry, Michael, mein Dad. Du. Ich fühl mich, als könntest *du* sogar besser designen als ich.«

»Bei mir käme nur das kleine Schwarze mit unzureichenden Proportionen raus.«

Marlene lächelte nicht, sie reagierte überhaupt nicht auf ihn.

»Wenn du nicht designen könntest, würde Jerry sich nicht die Mühe machen, dich über den Tisch zu ziehen«, sagte Chris.

»Dafür kann ich keine Firma leiten. Ich kann keine Kontakte knüpfen. Gegen Jerry und Michael kann ich mich auch nicht durchsetzen, und allgemein bin ich das, was man einen netten Versuch nennt.«

»Man kann nicht alles können. Du bist nur nervös, dass niemand deine Entwürfe mögen könnte. Aber so wird es nicht sein. Sie werden sie lieben. Dein Kleid für Angela haben sie geliebt. Warum sollte es jetzt anders sein?«

»Warum werden Jerrys Kollektionen plötzlich nicht mehr so gefeiert wie sonst?« Sie schniefte. »Weil sie einfach nicht mehr gut genug sind. Er macht immer noch das Gleiche wie vor zehn Jahren, und es interessiert niemanden mehr.«

»Das wird dir nicht passieren«, wiederholte Chris. »Jerry müsste eine Pause machen und später sein Comeback umso mehr feiern. Stattdessen will er lieber deine Arbeit für sich beanspruchen. Und warum? Weil sie gut ist.«

»Ich wünschte, ich könnte ihm sein Geld zurückgeben und ihn zum Teufel schicken. Ich hasse es, mich mit ihm zu streiten. Ich hasse Streit allgemein«, sprudelte aus ihr heraus. »Dann bin ich allerdings nicht nur das Geld los, sondern mein Dad wird enttäuscht sein. Er kommt am Mittwoch extra aus Mailand, um sich die Show anzusehen. Er ist seit über vierzig Jahren Modefotograf. Er hat die Titel für *Vogue*, *Elle* und wie sie nicht alle heißen gemacht, große Kampagnen für *Valentino*, *Burberry* etc. Er will, dass ich auf Jerry höre. Aber *ich* will nicht auf Jerry hören. Jede Auseinandersetzung zehrt an meinen Kräften. Ich denke darüber nach, während die anderen sie schon längst vergessen haben und sich daran erfreuen, wie toll sie sind. Auch wenn man sich versöhnt hat, bleibt es in meinem Hinterkopf, es hinterlässt einen schalen Geschmack, und dann will ich nur noch weg. Ich will mich verkriechen und für keinen eine Angriffsfläche bieten.«

»Meinst du nicht, dass das ziemlich feige ist?«, erwiderte Chris. »Du lässt etwas zurück, was du liebst, nur weil du nicht streiten willst?«

»Weißt du, wie es ist, wenn man nach einem Streit so lange ignoriert wurde, bis man sich entschuldigt hat, unabhängig davon, ob man recht hatte oder nicht?« Sie schniefte wieder.

»Nein«, gab er zu. »Nein, das weiß ich nicht. Und ich bin dankbar, dass ich das nicht weiß.«

Sie nickte mit Tränen in den Augen und zog die Nase hoch.

Chris sah sie von der Seite her an und dabei zu, wie sie das Taschentuch in ihren Fingern in millimeterkleine Fitzelchen zerteilte. Sie hasste Streit, und er konnte nachvollziehen, warum es so war. Welche Wunden in ihr existierten, konnte er nur erahnen. Heilen konnte sie womöglich nicht mal die Zeit, und erst recht nicht schafften sie das bis zur Modenschau. Also brauchte sie eine andere Strategie – und er kannte eine.

Es war die sogenannte charmante Weise der Manipulation. Seien wir ehrlich, alle manipulierten auf die eine oder andere Art ihr Gegenüber, um den eigenen Willen durchzusetzen.

Chris blieb neben ihr sitzen, bis sich Marlene so weit beruhigt hatte, dass sie sich die Tränen aus dem Gesicht wischte und ihre Augen nicht mehr aussahen, als hätte sie eine Allergie.

Er rappelte sich auf und reichte ihr die Hand. Sie wich seinem Blick aus, hielt ihren auf den Boden geheftet, und als er die Tür öffnete, seufzte sie, straffte die Schultern und schlug die Richtung zum Atelier ein. Chris fasste sie an der Hand und zog sie in die entgegengesetzte Richtung.

»Wir gehen jetzt essen.«

»Ich muss noch …«

»Später. Das hier ist ein Essen, bei dem du was lernen wirst, und ich denke, du wirst dich danach besser fühlen.«

Marlene legte den Kopf schief, und ihre zweifelnde Miene sagte ihm, dass sie lieber alles andere machen würde, als mit ihm essen zu gehen. Aber er hörte das Knurren in ihrem Bauch. Sie aß zu wenig, sie trank zu wenig, und sie machte sich zu viele Gedanken darüber, was andere denken könnten.

Dabei hatte Marlene alles, was es brauchte, um erfolgreich zu sein. Sie hatte eine feste Stimme, wenn sie sich nicht in die Ecke gedrängt fühlte. Sie besaß ein Gespür für ihre Mode (jedenfalls nahm er das an), sie wusste ebenso, wann sie ihrem Instinkt folgen konnte und wann nicht. Sie war hübsch, und sie besaß eine ruhige Ausstrahlung und Erotik. Sie könnte sie alle um den Finger wickeln, und mit jedem Tag, den er mit ihr verbrachte, wurde er sich sicherer, dass es ihr zumindest bei ihm gelang.

Schweigend folgte sie ihm nach draußen, und wieder steuerte sie das Viertel an, in dem sich die Restaurants versammelten. Die ganze Zeit ließ er ihre Hand nicht los. So langsam wie sie lief, müsste er fürchten, dass sie sonst einfach stehen blieb und ihm verloren ging. Dass sie zurück zu ihren Entwürfen rannte und ihn nicht mehr an sich heranließ, außer er zog sich aus und sie küsste die Muse. Eigentlich wollte er sie viel lieber küssen, streicheln und erkunden, was sie noch alles schenken konnte, und er wusste nicht, ob er das Gefühl wirklich zulassen sollte. Klug war es nicht, aber es erschien ihm genauso unklug, es länger zu verleugnen.

Bevor er darüber nachdenken konnte, suchten sie sich in der Pizzeria, bei der sie auch beim letzten Mal gewesen waren, einen Zweiertisch in einer Nische. Er war nicht weit vom Fenster entfernt, und Marlene beobachtete die Passanten, die draußen am Fenster vorbeigingen. Die Hände hatte sie auf den Tisch gelegt und spielte gedankenverloren mit ihren Fingern.

Chris lehnte sich zurück und bedeutete dem Kellner, noch nicht zu ihnen zu kommen. Marlene sollte ihre Zeit haben, die sie brauchte, um gedanklich überhaupt wieder in die Realität finden zu wollen.

Sie tat es nach ein paar Minuten mit einem Stoßseufzer. Sie strich über eine Serviette und bügelte mit den Fingern praktisch die Seiten glatt.

»Und was soll ich jetzt lernen?«, fragte sie.

»Wie man jemanden bei einem Gespräch für sich einnimmt,

ohne laut werden zu müssen, zu widersprechen oder eine Auseinandersetzung anzuzetteln. Du lobst dein Gegenüber dahin, wo du es hinhaben willst.«

Marlene starrte ihn ausdruckslos an. Sie zeigte mit dem Finger auf sich. »Sieh mich an. Ich bin die komische Nerdqueen, die zufällig gut designen kann. Ich kann niemanden irgendwohin loben.«

»Mit *der* Einstellung schon mal nicht.«

Sie presste die Lippen aufeinander und seufzte erneut. »Okay, tun wir es.« Sie stützte das Kinn auf die Hand und warf ihm unter ihren schwarzen Wimpern einen schiefen Blick zu. »Ich möchte dir übrigens sagen, dass du wahnsinnig gutaussehend bist.«

»Das war jetzt eigentlich nicht als Date gemeint.«

»Du solltest nur den Mund halten.«

»Sagt die, die keinen Streit will.«

Marlene ließ ihr Gesicht nun unmotiviert in die Hände sinken. »Ich hasse es.«

Chris griff nach ihren Händen und zog sie von ihrem Gesicht weg. »Mach weiter. Niemand ist bereits nach Runde eins ein Meister seines Fachs.«

»Na gut«, gab sie nach und sah ihn erneut an. »Du hast die besten Maße. Eins zweiundneunzig, breite Schultern, schlanke Taille, symmetrische Gesichtszüge. Deine Hände sind der Hammer, die schlanken Finger …«

»Reduzierst du mich gerade auf mein Äußeres?«

»Ein Scheusal kann man kaum für seinen Charakter loben«, stichelte sie, und er musste grinsen.

»Schön, du bist auf einem guten Weg. Mach weiter.« Er stützte sich auf den Tisch und sah ihr in die Augen.

»Tritt als Model bei der Modenschau auf.«

»Vergiss es.« Er hatte sich wohl verhört.

Marlene verlor den Rehblick und richtete sich auf. »Wieso nicht?«

»Warum zum Teufel sollte ich das tun?«

»Weil keiner in dem grünen Anzug so gut aussieht wie du.«

»Ich bin kein Model.«

»Model sein ist jetzt nicht so wahnsinnig schwer. Vor allem für jemanden wie dich. Lauf einfach über den Laufsteg, als gehörte dir die Welt. Also so, wie du über die Straße gehst, und dann posierst du am Ende ein wenig. Ich zeig dir, wie das geht.«

»Ich werde das auf keinen Fall tun. Und das nicht nur, weil du mich gerade mit schönen Worten beleidigt hast.«

Sie grinste. »War nicht sehr subtil, oder?«

Gott, er wünschte wirklich, Marlene würde so auch mit anderen umgehen. Es wäre so vieles leichter für sie. Doch dann würde jeder versuchen, sie ihm aus dem Arm zu flirten, und solange er sie nicht fest in selbigem gehalten hatte, ließ er da niemand anderen ran.

»Reden wir jetzt über das Wichtige«, wechselte er das Thema.

»Das *ist* wichtig … Für mich.« Wieder dieser Rehblick.

Er hob den Finger. »Wenn du es schaffst, mich zu diesem völlig indiskutablen Vorhaben zu überreden, will ich nie wieder was davon hören, du wärst nicht ausreichend.« Wenn sie das schaffte, war sie bereit für die Präsidentschaft der Vereinigten Staaten, so viel stand fest.

Man sagte Chris durchaus einen gewissen Geltungsdrang nach, aber er spazierte ganz sicher nicht vor einer Horde Hyänen über einen Laufsteg, um mit denen anschließend in Verhandlungen zu treten.

Wenigstens kam der Kellner, bevor ihm Marlene weiter Honig in den Bart schmierte und ihn mit diesem Blick bedachte, bis er vergaß, warum sie überhaupt hier saßen.

»Sagen Sie, welchen Wein können Sie empfehlen?«, fragte Chris.

»Ich muss dann noch arbeiten«, protestierte Marlene.

Chris legte die Hand auf ihre. »Ein kleiner Schluck, er wird dich beflügeln.«

Sie starrte auf seine Finger und nickte. Chris bestellte den Wein, den der Kellner nannte.

»Eine schöne Uhr haben Sie«, sagte Chris beiläufig, und der Kellner folgte seinem Blick auf dessen Armbanduhr. Er lächelte.

»Die habe ich von meiner Tochter zum Geburtstag bekommen«, erklärte er erfreut.

»Das ist nett von ihr«, lobte Chris. »Sie müssen sehr stolz auf sie sein.«

»Oh, das bin ich. Sie hat erst letztes Jahr ihren Abschluss an der Boston University gemacht.«

»Ach ja, in welchem Fach?«

»Wirtschaftswissenschaften.«

»Dann wird sie es weit bringen.« Chris bestellte schließlich zwei Pizzen – mit Anchovi.

Als der Kellner fort war, strich er mit dem Daumen über Marlenes Finger.

»Nun, was weißt du nun?«, fragte er.

Marlene zuckte mit den Schultern und spielte mit der freien Hand mit der Gabel. »Dass er ein stolzer Familienvater ist, dessen Tochter ihm eine Uhr geschenkt hat.«

»Eine teure Uhr«, sagte Chris. »Das heißt, sie verdient ordentlich Geld. Während er hingegen wahrscheinlich weiter arbeiten wird, um den Studienkredit für sie abzuzahlen. Gut möglich, dass sie ihm hilft, vielleicht aber auch nicht. Das heißt, er wird nicht abgeneigt sein, am Mittwoch eine Sonderschicht bei deiner Modenschau einzulegen.«

Marlene hörte auf, die Gabel hin- und herzuschieben. »Wir haben schon Kellner.«

»Wer hat die organisiert?«

»Jerry und Michael.«

Chris verzog den Mund. »Du brauchst Verbündete, Marlene, und wenn es der Kellner ist. Der bekommt mehr mit als wir, wenn wir uns durch die Gäste treiben lassen, und wenn er dich mag, wird er dir eine Menge erzählen. Der nächste Small Talk gehört also dir. Binde ihn an dich und dann frag ihn, ob er übermorgen Zeit hat.«

»Was hast du vor?«, fragte Marlene. »Das klingt wie Kriegsführung.«

»Ist es auch«, gab Chris zurück. »Jerry will dich ausbooten und benutzen, und er wird alles tun, um dir seine Bedingungen zu diktieren, bis du keine Chance mehr hast, auszubrechen.«

»Er hat Angst, dass er sein Geld nicht zurückbekommt.«

»Jerry ist ein berechnender Arsch«, entgegnete Chris unbarmherzig. »Er würde dich an seine Großmutter verkaufen, wenn es ihm etwas bringen würde. Deine Arbeit soll seine sein. Du wirst nach außen hin eine immer geringere Rolle spielen, bis alle vergessen, dass *du* die Stücke entwirfst. Dann wird schlussendlich *dein* M aus dem Namen *deines* Labels verschwinden.«

»Das klingt ziemlich übertrieben«, murmelte Marlene.

Chris lehnte sich nach vorn, die Hände auf der Tischplatte. »Warum bist du zu mir gefahren und hast mich angefleht, mich als dein Assistent wieder in deine Firma zu schleichen?«

»Weil ich das Gefühl hatte, dass Jerry und Michael über mich bestimmen. Dass sie dieses Label anders aufbauen, als ich es will.«

»Marlene, du hast vielleicht keine Ahnung von den geschäftlichen Details, aber du hast einen guten Instinkt, sonst wärst du nicht so weit gekommen. Also hör nicht auf, deinem Instinkt zu vertrauen.«

»Und wenn der sagt, dass ich dir nicht trauen kann?«

siebenundzwanzig

GEMEINSAM IST MAN MUTIGER

Chris zog seine Hand zurück. Er sah verwirrt, enttäuscht und ein wenig beleidigt aus. Dabei war diese Frage nicht mal sonderlich ernst gemeint gewesen. Marlenes Instinkt schlug bei ihm nicht an. Im Gegenteil. Ihr Instinkt, ihre Hormone und ihr ganzer Körper wollten sich in seine Arme werfen und nie wieder herauskommen müssen. Seine leutselige, arrogante Fassade war verschwunden. Es war, als säße der wahre Chris vor ihr.

»Es war eine blöde Frage«, sagte sie sanft, doch Chris schüttelte den Kopf.

»Überhaupt nicht. Wenn du mir nicht traust, solltest du das tun, was du für richtig hältst.«

»Chris, du bist der Einzige, der mir hilft. Jerry und Michael erpressen mich mit ihrem Geld, und Herman wird jeder ihrer Anweisungen folgen, egal, was ich sage. Und du bist der Einzige, der mir helfen kann, mich von ihnen zu lösen und einen besseren Investor zu finden. Ich vertraue dir.«

Das alles sagte sie nicht nur, weil es die Wahrheit war. Sie sagte es auch, weil sie ihr Anliegen nicht vergessen hatte. Er gehörte in dem Anzug auf den Runway. Aber wie sollte sie ihn überzeugen? Seine Abneigung war so stark gewesen, als hätte sie ihm vorgeschlagen, bei der Modenschau zu strippen und sich dann meistbietend versteigern zu lassen.

»Ich vertraue dir so sehr, dass ich dir das wichtigste Stück meiner Kollektion anvertraue, damit *du* es den anderen präsentierst.«

»Ich gehe nicht auf den Laufsteg«, protestierte er bockig.

»Dir ist klar, dass du nicht von mir erwarten kannst, dass ich meine Ängste überwinde, wenn du es nicht selbst schaffst?«

»Willst du mir wirklich erzählen, ich sei dein Vorbild?«

Mist, er durchschaute ihren Bluff. Was bitte sollte sie ihm sagen, damit er seine Meinung änderte? Sollte sie ihm Honig ums Maul schmieren, mit ihm flirten? Sollte sie jetzt mit jedem Mann flirten, um ihren Willen durchzusetzen? Das ergab keinen Sinn. Bei Jerry hätte sie damit herzlich wenig Erfolg. Aber vielleicht lag die Lösung darin, die Dinge zu kombinieren?

»Wie geht es James?«, wechselte sie das Thema.

Chris' unterschwellige Abwehrhaltung verschwand. Die gleiche Abwehrhaltung, die sie an den Tag legte, wenn ihr etwas nicht gefiel.

»Die Sache mit der gesprengten Party hat ihn zwar nicht gerade an die Spitze der Nahrungskette katapultiert, immerhin hat das Footballteam aufgehört, ihn herumzuschubsen, und wollte wissen, wann die nächste Party steigt.«

Sie verzog das Gesicht. »Schule ist die Hölle.«

»Ich finde diese ungeschriebenen Regeln überflüssig und affig, aber am Ende haben wir alle danach gespielt, und wer versucht hat auszubrechen, war ohnehin ein Außenseiter.«

Marlene seufzte leise. »Das ist heute nicht anders. Bei manchen Dingen frage ich mich, ob wir nie über die Highschool hinausgekommen sind.«

Chris schnaubte amüsiert. »Die Highschool war die Vorbereitung auf das Leben, und es ist immer noch so, dass die Nerds am wenigsten zu sagen haben, es sei denn, es sind die IT-Spezialisten, die in der Hand haben, ob dein Computer in fünf Minuten oder erst in fünf Stunden wieder läuft. Und es sei denn, sie gründen ein

Label, und es gelingt ihnen, es sich nicht aus der Hand reißen zu lassen.«

Vor ein paar Wochen hätte in seinen Worten der pure Hohn mitgeschwungen. Nun sah sie die Wärme in seinem Blick.

»Einen Unterschied gibt es«, erwiderte sie.

Als er fragend die Augenbrauen hob, zögerte sie einen Moment, sagte dann aber trotzdem: »Auf der Highschool hätten die nerdige Außenseiterin und der Schönling nie zusammengefunden.«

»Vielleicht doch.«

Sie schüttelte den Kopf und verzog die Nase. »Nein, ganz sicher nicht, und selbst wenn, wäre er in der Rangliste gleich abgerutscht.«

»Womöglich wäre ihm das egal gewesen.«

Sie konnte nicht anders, sie lachte laut auf und sah ihm in die Augen. »Ich brauche dich, Chris.«

Er war merklich verblüfft, und sie grinste.

»Du könntest maßgeblich zum Erfolg der Modenschau und der Kollektion beitragen. Die Menschen wollen die Sachen an anderen sehen, die schön sind, die selbstbewusst sind und Persönlichkeit haben. Du hast beides. Jede Frau wird sich wünschen, dass ihr Mann diesen Anzug trägt. Und jeder Mann wird sich ihn freiwillig kaufen, in der Hoffnung, was von *deinem* Charisma abzugreifen.«

Chris verschränkte die Arme vor der Brust und lehnte sich zurück. Er sah nicht empört aus oder als ob er Nein sagen wollte, er wirkte vielmehr ehrlich amüsiert.

»Oh, das ist gut«, gab er zu. »Erst eine persönliche Ebene finden, dann eine Gemeinsamkeit, und mir schließlich erzählen, welchen Gefallen ich dir und der Welt damit tun werde. Marlene, du lernst schneller, als es gut für mich ist.«

»Es ist mein Ernst«, gab sie zurück.

»Genau das macht es ja so gut.«

Sie merkte, wie ihre Lippen sich erneut zu einem Lächeln verzogen. Sie musste sich also gar nicht so sehr verstellen, wie sie befürchtet hatte. Sie musste nur einen Zugang finden und dann aussprechen, was sie dachte und was sie empfand. Das gefiel ihr wesentlich besser, als jemanden zu seinem Glück zwingen zu müssen.

»Machst du es?«, fragte sie.

»Glaubst du mir, wenn ich sage, ich will nicht?«

»Auf jeden Fall, aber manchmal muss man über seinen Schatten springen. Vielleicht kann ich zur Abwechslung dir was beibringen.«

Chris seufzte, lehnte sich nach vorn und stützte die Arme auf dem Tisch ab. »Gut, du hast gewonnen. Ich mache es. Wenn ich es versaue, schieb es nicht mir in die Schuhe.«

Marlene lächelte ihn an und beugte sich ebenfalls vor. Ehe sie nachdenken konnte, ob das eine gute Idee war, küsste sie ihn bereits auf die Wange. Sie spürte ein paar Stoppeln an ihren Lippen, wanderte hinab bis zu seinem Mund und küsste ihn dort erneut.

»Ich hoffe, du küsst nicht alle deine Models«, murmelte er.

»Nur die, die ich mühsam überzeugen musste.«

achtundzwanzig

JEDER BESITZT EINE FEMININE SEITE

Es war unfassbar – Marlene hatte ihn vor dem Kellner rumgekriegt. Noch vor der Pizza. Er hatte angenommen, sie würde ihm den Rest des Abends und den nächsten Tag damit in den Ohren liegen. Und jetzt hatte Chris zugesagt. Er musste komplett wahnsinnig sein. Er wollte nicht auf diesen verfluchten Laufsteg. Was sollte er da? Es gab Menschen, die belegten Kurse, um das zu können. Um gehen zu können. Wenn man genauer darüber nachdachte, klang es lächerlich, und trotzdem schien es eine Kunst für sich zu sein. Hatte er schon erwähnt, dass er das nicht tun wollte?

Aber dann schaute er zu Marlene und wusste, dass er wieder Ja sagen würde, wenn sie ihn so ansah wie gerade eben. Verliebt zu sein war nicht gut für sein Gehirn. Oder seine Grundsätze. Oder dafür, einfach Nein zu sagen. So viel zu dem Thema, er sei eine Herausforderung. Wenigstens zierte sich der Kellner nicht mehr als er. Er ließ sich sogar recht leicht überreden, am Mittwoch bei der Show zu kellnern. Marlene lobte seine freundliche Art und stellte ihm den Zusatzverdienst in Aussicht. Sie wurden sich schnell über den Stundensatz einig, und Devon – wie er sich vorstellte – hatte an diesem Tag sowieso frei.

Kurze Zeit später kehrten sie in das Atelier zurück. Der Wein hatte Marlenes Wangen gerötet, ihre Augen strahlten, und während Chris das Gähnen unterdrücken musste, schien der Alkohol Marlene einen Motivationsschub zu versetzen. Sie ließ Chris einen Mantel anziehen. Er erinnerte Chris an die alten Kutschermäntel, nur war der schwere Aufschlag mit Silberfäden bestickt. Sie waren so fein, dass man sie auf den ersten Blick kaum bemerkte, erst wenn man genauer hinsah und das Licht so fiel, dass sie funkelten.

In dem Ding begann er zu schwitzen, aber Marlene erlöste ihn schnell, steckte ihn in einen Pullover und eine beige Hose, die an der Hüfte recht weit fiel, dafür an den Knöcheln hauteng saß, und als er sich danach wieder aus den Klamotten herausschob, hielt sie ihm bereits das nächste Stück unter die Nase. Nur … schien sie da etwas zu verwechseln.

»Das ist ein Kleid.«

»Ich weiß.« Sie lächelte ihn aufmunternd an. »Du passt bestimmt rein.«

»Warum soll ich ein Kleid anziehen?«, fragte er vorsichtig.

»Du bist meine Muse.« Inzwischen strahlte sie ihn an. Okay, er hätte sie nicht so viel trinken lassen dürfen.

»Auch die Muse für Kleider?«

Er kannte die Antwort schon, da sprach sie das »Genau« gerade erst aus.

»Aber das ist doch eines für Frauen. Oder?« Nachdem er Jenn erlebt hatte, war er sich da nicht mehr so sicher. Jenn hätte der Fetzen zweifelsohne gefallen. Er glitzerte golden, besaß nur einen Schulterträger, und an diesen hatte Marlene eine überdimensionale Stoffblume gesteckt.

»Es ist eines für Frauen«, erwiderte sie. »Oder Männer, die gern Frauenkleider tragen.« Als er sich nicht rührte, trat sie ungeduldig von einem Fuß auf den anderen. »Keine Sorge, ich werde dich nicht schminken. Zieh es einfach an. Je eher ich fertig bin, umso eher kannst du es wieder ausziehen, und niemand wird es erfahren.« Sie legte den Kopf schief. »Wobei daran ja nun wirklich nichts Schlimmes ist.«

»Wenn jemand erfährt, dass ich von meiner Chefin in ein Kleid gezwungen wurde … Ich bin nicht sicher, ob die mich dann alle auslachen oder Mitleid mit mir haben«, widersprach Chris.

»Jetzt sei ein Mann und zieh es an.«

Dieser Satz war völlig widersprüchlich! Aber man konnte nicht behaupten, dass er sich für irgendetwas zu schade war. Er vergewisserte sich lediglich, dass die Vorhänge vor den Fenstern zugezogen waren und die Tür fest verschlossen. Erst dann streifte er das blöde Ding über.

»Und ist es so schlimm?«, fragte Marlene.

»Der Stoff rutscht mir dauernd dahin …« Er deutete auf seinen Hintern, und Marlene presste die Lippen aufeinander. Sie sollte nicht denken, dass er ihre Lachtränen nicht sah. »Was habe ich dir getan, dass du dich über mich lustig machst?«

»Ich mache mich nicht lustig.«

Das fiel ihm verdammt schwer zu glauben! Genau das schien ihm Marlene anzusehen.

»Wirklich nicht«, fügte sie hinzu. »Ich beeile mich.«

AUCH KLEIDER BEEINTRÄCHTIGEN NICHT DIE MÄNNLICHKEIT

Tja, Chris die Vorliebe seines eigenen Sohnes näherzubringen, war hiermit dann wohl schiefgegangen. Zugegeben, es war schwer, wenn man damit bisher keine Berührungspunkte gehabt hatte, und bei Chris ging sie davon aus.

Sie beeilte sich tatsächlich, im Grunde war das Kleid ohnehin fertig. Sie machte nur ein paar kleine Änderungen, fügte einige Stoffblumen hinzu, und dann half sie Chris beim Ausziehen.

Sie drückte das Kleid an sich und versuchte, das Kribbeln in ihrem Bauch zu ignorieren, als Chris in Unterhose vor ihr stand. »Ich muss an den anderen Stücken ein paar Kleinigkeiten ändern und einen Blazer komplett nähen. Wenn du willst, kannst du nach Hause gehen.«

»Ich helfe dir, und wenn es darin besteht, dass ich dir jede halbe Stunde ein Glas Wasser einflöße.«

Sie schüttelte den Kopf. »Das ist absolut nicht nötig.«

»Doch.«

Musste dieser verflixte Kerl immer das letzte Wort haben? »Steigt wieder eine verbotene Party bei dir, dass du nicht nach Hause willst?«

»Ich hoffe es.« Chris lächelte schief. »Sag mir einfach, was ich machen soll.«

»Du könntest dich anziehen.«

Chris verschränkte die Arme vor der Brust und sah sie skeptisch an. »Bist du dir sicher? Bisher hatte ich den Eindruck, es hilft dir, wenn ich nicht angezogen bin.«

Das Blut sammelte sich in ihren Wangen, und ihr Gesicht wurde warm. Sie sah Chris' triumphierendes Lächeln. Hätte sie es noch vor Tagen als Hohn empfunden, flatterte ihr jetzt der Magen. Erst recht, als er auf sie zutrat. Er legte eine Hand auf ihre Wange, strich über ihr Kinn und hob es an. Wie gebannt sah sie ihm in die Augen. Es war sicher nicht mehr als eine Sekunde, trotzdem fühlte es sich an wie Minuten. Eine Zeit, die die Spannung in ihr schier unerträglich wachsen ließ. Sie hatte ihn inzwischen mehrfach geküsst, nun fühlte es sich fast an, als wäre es das erste Mal. Ihre Lippen prickelten allein schon unter diesem Blick, unter der Vorfreude. Würde er sie nun loslassen und sich abwenden, würde sie frustriert schreien. Gut für sie beide, dass er es nicht tat. Er beugte sich vor und küsste sie. Ganz zart, nur wie ein Windhauch.

Wenn er sie umbringen wollte, war er auf dem richtigen Weg. Sie hörte faktisch auf zu atmen, und bald schwirrten ihr die Sinne. Wahrscheinlich wegen des Sauerstoffmangels, des Gefühls, das er in ihr auslöste, und der zunehmenden Müdigkeit.

Marlene drückte sich an ihn, und endlich – endlich! – küsste er sie fester. Er legte den Arm um sie, und als wäre der zarte Kuss nur eine Neckerei gewesen, ließ er diese Zurückhaltung nun völlig fallen. Seine Zunge berührte ihre Lippen, und sie öffnete sie für ihn. Sie fand es ungemein praktisch, dass er bereits nahezu nackt war, und der wenige Stoff, den er noch trug, konnte nichts verbergen. Sie spürte seine Erregung an ihrem Schenkel und strich mit den Fingern darüber. Sein leises Stöhnen erfüllte ihr Inneres und verstärkte ihr eigenes Verlangen. Sie half Chris dabei, ihr die Hose über die Hüften zu schieben und den Pullover auszuziehen. Den BH warf sie so enthusiastisch von sich, dass er gegen den Vorhang flog, und Chris grinste sie an. Sein Lächeln war das Schönste an ihm. Seine Gestalt, sein Gesicht, das alles gehörte zu ihm, doch sein Lächeln bekam nicht jeder zu sehen. Es war ein himmlisches Gefühl, wenn er sie anlachte, an sich zog und so küsste, als hätte es nie einen Zweifel zwischen ihnen gegeben.

Chris umfasste ihren Hintern und setzte sie auf dem Arbeitstisch ab.

Sie schnurrte, als er sich über sie lehnte, und drückte sich ihm entgegen. Seine Unterhose hatte sie ihm längst ausgezogen. Sein Penis wuchs zunehmend, und sie strich ihm über die Wange. Einige Sekunden sahen sie sich nur in die Augen, ohne etwas zu sagen. Es war nicht mal so, dass sie großartig etwas dachte. Sie genoss einfach nur die Stille und dieses Gefühl zwischen ihnen.

Sie strich über seine Lippen, sein Kinn und zog ihn an sich. Sein Kuss ließ ihr Innerstes vibrieren. Es war so verrückt, wie alles gekommen war, und sie bereute keine Sekunde davon. Es war eher wie ein Traum, und sie hatte Angst aufzuwachen. Aber Chris' Haut unter ihren Fingern war echt. Das Spiel seiner Muskeln, als er sich bewegte, seine Lippen auf ihren und wie er ihren Hals küsste, ihre Schulter, um dann erneut wieder auf ihrem Mund zu landen. Sie schmiegten sich aneinander, und Marlene öffnete ihre Schenkel, bog sich ihm entgegen, und mit traumwandlerischer Sicherheit fand sich, was sich finden sollte. Sie spürte ihn in sich, und mit jedem Stoß schien das Band zwischen ihnen enger zu werden. Sie klammerte sich an ihn, genoss einfach das Gefühl der steigenden Erregung und verlor sich in ihm. In seinem Blick, in seinen Küssen und in seinem Tun.

Der Höhepunkt kam nicht schnell, Chris ließ sich Zeit, und so schossen sie nicht in den Sternenhimmel hinein wie Raketen. Es fühlte sich vielmehr an, als würde sie sich in die Umarmung des Universums fallen lassen, und in seine. Ihre Muskeln krampften sich um ihn, als die Ekstase wie ein Beben durch sie ging, und sie hörte sein Stöhnen dicht an ihrem Ohr.

Marlene wusste nicht, wie lange sie auf dem Tisch saß, an Chris geklammert, der sich wiederum an ihr festhielt, als würde er gleich umfallen.

Das Gähnen, das sie überkam, wollte fast kein Ende nehmen.

»Ich glaube, wir sollten nach Hause«, murmelte sie.

»Es ist vier Uhr. Wenn wir daheim sind, müssen wir ja sofort wieder los«, meinte Chris gähnend. »Sag bloß, du bist nicht darauf eingerichtet, hier zu schlafen.«

»Ich habe eine Isomatte hier.«

»Perfekt.«

Marlene deutete auf einen Schrank, und Chris öffnete ihn. Die Matte rollte er auf dem Boden aus, Marlene holte inzwischen ein paar Decken. Zusammen legten sie sich auf die Matte. Chris schlang einen Arm um sie, und sie lehnte die Stirn gegen seine Brust. Sie spürte jeden seiner Atemzüge, seine Wärme und sein Geruch umhüllten sie wie ein Kokon. Während Chris‘ Atemzüge ruhiger und tiefer wurden, konnte Marlene nicht schlafen. Sie beneidete ihn darum, so schnell wegzunicken. Ihre Gedanken kreisten um alles, was am heutigen Tag passiert war. Sie versteifte sich, wenn sie daran dachte, dass es lediglich ein ganzer Tag bis zur Show war. Ein Tag, den sie damit verbringen würde, die Models einzukleiden. Und bis dahin musste sie alle Änderungen erledigt haben. Vielleicht sollte sie einfach weitermachen.

Sie war drauf und dran, sich aus Chris‘ Arm zu schieben, doch sein Schlaf schien nicht so tief zu sein, wie sie geglaubt hatte.

»Nachher ist auch noch ein Tag, glaub einem Workaholic«, murmelte er und strich ihr über die Stirn. Immer und immer wieder. Jede Berührung jagte einen kleinen Schauer durch sie hindurch. Wie sollte sie da bitte schlafen? Aber mit jeder Sekunde, mit jedem Streicheln entspannte sie sich mehr. Die Dunkelheit wurde ab und zu von den Scheinwerfern eines vorbeifahrenden Autos erhellt, und schon bald fielen ihr die Augen zu. Ihre Gedanken kamen zur Ruhe und drehten sich nicht mehr im Kreis. Und ehe sie sich versah, war sie eingeschlafen.

DEAL OR NO DEAL?

Als Chris erwachte, kitzelte etwas an seiner Nase, und sein Rücken meldete ihm, dass er alles andere als amüsiert war und sich den Rest der Woche mit einer Verspannung beschweren würde. Mist, hatte er falsch gelegen? Über dreißig zu sein war nichts für Feiglinge. Der Boden war tatsächlich hart, und langsam fiel ihm ein, woran das lag. Chris war nicht zu Hause in seinem Bett, und was ihn da in der Nase reizte … Er schlug die Augen auf. Es waren Marlenes Haare. Sie lag auf dem Rücken, sein Arm über ihrem Bauch, und als er sich ein wenig aufsetzte, schaute er auf ihre friedlichen Gesichtszüge. Sie war unfassbar schön. Breite Augenbrauen, die ihre Augen betonten, und hohe Wangenknochen. Sie sah aus, als wäre sie in Stein gemeißelt worden. Von Michelangelo persönlich.

Chris schreckte zusammen, als draußen polternde Schritte zu hören waren, aber bevor er sich aufrappeln konnte, wurde die Tür aufgestoßen.

Dass Herman eintrat, überraschte Chris nicht. Herman erkannte man meist an dem Stampfen wie das eines Elefanten, dabei hatte er nun wirklich nicht mit massivem Gewicht zu kämpfen.

Hermans Blick schweifte durch den Raum, und weil sie in einer Nische lagen, bemerkte er sie nicht.

Er marschierte auf den Atelierstisch zu und blieb davor stehen. Seine Hand ruhte auf Chris' Laptop, und nach einem kurzen Zögern klemmte er sich ihn unter den Arm, genauso wie die Namensliste, die Chris geschrieben hatte.

Herman drehte sich um, und dieser ignorante Kerl war dabei, wieder hinauszugehen, als sich Chris räusperte. Herman schreckte zusammen, das Notebook unter seinem Arm rutschte beinahe herunter, und Hermans Blick zuckte in ihre Richtung. Ihm fiel die Kinnlade aus dem Gesicht.

Marlene war inzwischen ebenfalls aufgewacht, stützte sich auf ihren Ellenbogen und rieb sich über das Gesicht.

»Wie spät ist es?«, murmelte sie.

»Jedenfalls nach neun Uhr«, stellte Chris fest. »Vorher sieht man Herman nie im Büro.«

Herman lief rot an, aber sein Blick nahm etwas Hämisches an, als er ihn musterte.

»Du scheinst deine Position wirklich sehr ernst zu nehmen«, spottete er.

»Und du scheinst dir nicht mal einen eigenen Laptop besorgen zu können, wenn du schon meinen nehmen musst«, gab Chris zurück.

»Das ist Firmeneigentum.«

»Irrtum, das ist meiner.« Chris streckte die Hand aus. »Gib ihn her«, sagte er zu Herman wie zu einem ungelehrigen Jungen. Sichtlich widerwillig händigte dieser ihm das Gerät aus, das Papier mit den Namen behielt er jedoch in der Hand, wahnsinnig unauffällig.

»Wenn ihr euch angezogen habt, können wir ja die Strategie für morgen besprechen«, schnappte Herman, und ehe Marlene oder Chris etwas sagen konnte, war er bereits gegangen.

»Ich find's unhöflich, so mit seiner Chefin zu sprechen«, beklagte sich Marlene.

»Sieh es ihm nach. Er denkt, er müsste nur an Jerrys und Michaels Hintern schnüffeln, und er wird genug zu tun haben, sich mit den beiden den Kopf zu zerbrechen, was es mit meiner Liste auf sich hat.«

»Sind das die, mit denen du wegen einer Investition reden wolltest?«, fragte Marlene alarmiert, und Chris grinste.

»Keineswegs, es sind die, die auf keinen Fall in Frage kommen, weil du einfach nicht in deren Portfolio passt.«

Das war ein kleiner Intelligenztest für die drei. Herman wusste, dass Chris immer den richtigen Riecher hatte, und er würde vermuten, dass Chris dieser auch jetzt nicht verließ. Und er musste annehmen, dass etwas im Hintergrund lief. Die ganze Modenschau über würden sie also beschäftigt sein, die falschen Leute zu umschmeicheln.

Chris liebte es, wenn einer seiner Pläne so simpel funktionierte. Sollte ihm wegen der Verspannung noch gerade eben die Motivation gefehlt haben, änderte sich das nun schlagartig. Gut, vielleicht lag es daran, dass die Decke an Marlene herunterrutschte und er sie in ihrer vollen, nackten Pracht zu sehen bekam.

Marlene versuchte sich wie ein altersschwaches Reh auf die Füße zu hieven, und er musste sie auf die Füße stellen.

»Ich brauche unbedingt Kaffee«, murmelte sie und sprach ihm dabei aus der Seele.

Als ihre Haare seine Schulter streiften, fiel ihm wieder ein, wie nah sie sich in dieser Nacht gewesen waren. Der Drang, sie zu küssen, überwog. War doch egal, ob jemand hereinkam. Wer wusste denn, wann er in den nächsten beiden Tagen wieder die Gelegenheit bekam. Sie würden die Hölle werden.

Eine Prophezeiung, mit der er kaum besser liegen konnte. Herman vergeudete mit seiner ›Strategiebesprechung‹ Marlenes wertvolle Zeit. Er erzählte ihnen nichts Neues, nicht mal Chris hörte ihm richtig zu. Der tippte lieber auf seinem Handy herum, während Herman schwafelte, und schickte Gracie eine Nachricht.

›Ist das Kind schon da?‹, fragte er die ehemalige Grafikdesignerin von *Bluhir Versicherungen.*

›Nein. Es hat keine Lust :D‹

›Muse für einen Imagefilm?‹

›Bis wann?‹

›Bis morgen‹, schrieb er zurück.

›Ruf mich an.‹

Oh, das würde er. Dieser Film würde Marlenes Fashion-Show einläuten, und er hatte einige Ideen, wie man ihr Konzept so unterstreichen konnte, dass die Zuschauer bereits vor dem ersten Model den Tränen nah waren. Als Herman endlich fertig war, verzog sich Marlene mit Jerry und den nacheinander eintreffenden Models in dem Atelier und Chris nach draußen in einen Park. Mit Gracie warf er sich alle möglichen Begriffe an den Kopf, wie man Marlenes Gästen klarmachen konnte, dass sie den Planeten retten sollten. Ein Video von gefällten Mammutbäumen, fliehenden Tieren, Waldbränden, unterstrichen von Vogelgezwitscher, der Wechsel zu den Meeren mit Plastik und Fischerschleppnetzen, unterlegt mit Walgesängen. Gracie flippte vor Euphorie beinahe aus. Vier Stunden später schickte sie ihm einen kompletten Film, der nach den Tiersequenzen auf Blumen und Pflanzen umschwenkte, aus denen Marlenes Stoffe gewonnen wurden.

Es war völlig übertrieben, aber Chris wagte zu behaupten, dass diese Branche auf Übertreibungen und Emotionen abfuhr.

Im Atelier fand er später nur Marlene vor. Jerry kleidete in einem der angrenzenden Zimmer gerade eines der Models ein.

»Macht er viel kaputt?«, fragte Marlene, als Chris eintrat.

»Ich glaube, er passt nur an.«

Marlene seufzte erleichtert, ihre Finger zitterten, und sie war allgemein recht blass. Dass sie weniger schnell nähen konnte, als sie wollte, frustrierte sie zusätzlich.

»Sag mir, was ich zusammennähen soll, und ich mach es«, forderte Chris sie auf.

Marlene sah ihn zwar an, als hätte er ihr vorgeschlagen, bei Vollmond den grünen Anzug zu verbrennen, aber nach einem kurzen Nachdenken nickte sie doch. Sie reichte ihm Nadel und Faden und zeigte ihm, was er nähen sollte. Es waren keine komplizierten Dinge. Dort ein Knopf, da ein Reißverschluss oder eine Blüte annähen. Die Applikationen und Zuschnitte übernahm Marlene.

»Du kannst das überraschend gut«, stellte sie fest, als sie eine seiner Nähte überprüfte.

»Meine Mutter hat mich früher immer gezwungen, meine Shirts

selbst zu flicken, wenn ich mal wieder mit zerrissenen Klamotten vom Baum fiel«, erklärte er.

»Lass mich raten, du bist oft vom Baum gefallen«, gab sie zurück, und Chris schnaubte amüsiert.

»Ein paar Mal. Dann bekam ich ein Fahrrad geschenkt und fand heraus, dass mein Gleichgewichtssinn nicht so gut war, wie ich dachte.«

Marlene lächelte ihn an, und endlich nahm ihr Gesicht wieder einen gesünderen Teint an. Als er losging und ihnen etwas zu essen besorgte, fand er bei seiner Rückkehr Jerry im Atelier vor.

Er mäkelte an Marlenes Entwürfen herum und kritisierte die Nähte, die Chris gemacht hatte. Chris störte das wesentlich weniger als Marlene. Sie hielt die Schere in der Hand wie eine Stichwaffe, sah Jerry in die Augen und sagte einlullend sanft: »Jerry, ich weiß, dass du das Beste aus der Kollektion herausholen möchtest. Unser Ruf hängt davon ab. Ich bin furchtbar nervös, und ich bin froh, dass ich dich und deine Erfahrung an meiner Seite habe. Aber bisher bin ich für das Ungewöhnliche in meinem Style bekannt, bitte vertrau mir, auch wenn es dir schwerfallen mag.«

Was sollte Chris sagen? Marlene log Jerry schamlos ins Gesicht. Sie nickte sogar zu jeder Änderung und zu jedem Vorschlag, die Jerry machte, um dann nicht das Geringste in der Richtung zu tun.

Jerry musste sich ohnehin mit den Models herumschlagen und steckte sie den Rest des Tages in die Klamotten, um die Stücke auf sie anzupassen. Selbst der grüne Anzug fand einen Träger, und als Chris fragend zu Marlene sah, zuckte diese nur mit den Schultern und schüttelte dann den Kopf. Als Jerry nicht hinsah, drückte sie Chris eine Telefonnummer in die Hand und flüsterte: »Ruf sie an und sag ihr, sie soll morgen für mich laufen.«

Chris hatte keinen Schimmer, wen er anrief, er erntete auch nur auf seine Nachricht ein ungläubiges »Okay, krass, damit habe ich nicht gerechnet«.

Weil ihn Jerry nicht mehr nähen ließ, hatte Chris immerhin Zeit, sich nun um eine andere Gelegenheit zu kümmern. James hatte ihm eine Sprachnachricht geschickt, dass Chris eine Vorladung wegen *Bluhir Versicherungen* bekommen habe. Nicht eine Vorladung zur

Befragung, sondern gleich zum ersten Prozesstag. Henry war als Firmeninhaber vorerst selbst angeklagt und Chris als Zeuge vorgeladen. Doch Chris rechnete lieber nicht damit, dass die Sache glimpflich an ihm vorbeirauschte. Henry würde ihn belasten, und dann musste Chris vorbereitet sein.

Als weder Jerry noch Michael in der Nähe waren, marschierte er in Hermans Büro und schloss nachdrücklich die Tür.

»Oh Chris«, rief Herman aus und verdeckte schnell ein Blatt Papier mit einem anderen. Es war die Liste, die Chris geschrieben hatte. Zwar konnte Chris nicht auf Hermans Bildschirm sehen, aber er ging davon aus, dass Herman die Namen recherchierte.

Chris stellte sich vor den Schreibtisch und sah auf Herman hinab. »Was war das für ein Dokument, das ich unterschrieben habe?«

»Was?« Herman legte den Kopf schief, und Chris beugte sich vor.

»Ich lese jedes Schriftstück, bevor ich es unterschreibe – jede einzelne Seite. Es gibt nur einen Tag, an dem ich das nicht getan habe, und das war der Tag, als mir Henry verkündet hat, dass die Firma aufgelöst wird. Ich war durch den Wind, ich hatte es eilig, meine Sekretärin war schon gegangen, und ich habe unterschrieben, ohne hinzusehen. Also, sag mir – was habe ich da unterschrieben?«

Herman blinzelte. »Dich macht fertig, dass du mal eine Seite blind unterschrieben hast?«

»Mich macht fertig, dass es womöglich das war, das mir vor Gericht das Genick bricht.«

Chris hatte sich diese ganze Sache mehrfach durch den Kopf gehen lassen, und es gab nur zwei Möglichkeiten: Entweder hatte jemand seine Unterschriften gefälscht oder ihn Dinge unterschreiben lassen, die er niemals sehenden Auges unterschrieben hätte. Und wenn er einem nie zugetraut hätte, ihm etwas unterzujubeln, dann Herman. Immerhin war er alles andere als ein kriminelles Genie. Er war eine perfekte Marionette und ein schlechter Lügner noch dazu.

Herman wurde zwar nicht rot, er sah Chris geradewegs in die Augen, einen Hauch zu bemüht. Die Anspannung in seinem Körper nahm zu, und er klang beinahe hoheitsvoll, als er sagte: »Ich weiß nicht, wovon du sprichst.«

»Ich denke schon«, gab Chris zurück.

»Nein«, presste Herman heraus. »Und jetzt raus aus meinem Büro, Assistent.«

Wenn Herman dachte, Chris würde sich einfach so hinauswerfen lassen, hatte er sich verflucht noch eins geirrt. Chris tat nichts dergleichen, er setzte sich und beschloss, die Taktik zu wechseln.

»Herman«, sagte er ruhig und so freundlich, wie es möglich war. Und ja, er orientierte sich dabei an Marlenes Tonfall. »Ich habe dich immer als loyalen Kollegen empfunden. Du wusstest, was du tun musstest, du nennst ein beachtliches Fachwissen dein Eigen, und im Grunde hätten Jerry und Michael keinen Besseren für diesen Job finden können als dich. Nicht mal mich, denn ich habe von Mode keine Ahnung.« Er deutete auf Hermans Anzug. »Was man von dir nicht sagen kann. Marlene bewundert deinen Style. Ich würde ihn nicht mal erkennen, wenn man ihn mir vor die Nase hält.«

Herman verschränkte die Arme vor der Brust. »Du hast dich immer darüber lustig gemacht.«

»Weil ich keine Ahnung hatte«, gab Chris zu. »Und wie Marlene sagte, ich war ein Scheusal.«

Herman lehnte sich ein Stück vor.

»Die Kleine hat's dir angetan«, raunte er vertraulich.

Chris lächelte schief. »Die Schöne und das Biest, passt doch, oder was meinst du?«

»Ich würde eher sagen, des Widerspenstigen Zähmung.« Herman lehnte sich zurück, und sein überhebliches Grinsen löste in Chris den Drang aus, ihm eine reinzuhauen. Aber er hatte sich immer beherrschen können, und das würde heute nicht aufhören. »Sie macht dich weich. Oder ist es die Tatsache, dass du am Abgrund deiner Karriere stehst?« Herman klopfte mit den Fingern auf den Tisch. »Wir machen einen Deal«, verkündete er, und Chris hob fragend die Augenbrauen.

»Dein Riecher liegt wie immer richtig, Chris. Die Anforderung von Bankunterlagen, die du an diesem Tag unterschrieben hast, ging an Banken in Panama. Du hast solche Dokumente bereits früher unterschrieben, nur eben ohne dein Wissen.« Henry machte eine kunstvolle Pause und grinste schief. »Da konnte ich deine Unterschrift fälschen. Deinen Namen musstest du aber leider kurz vor dem Auflösen von *Bluhir* unbedingt wieder auf ›Graham‹ ändern, und ich brauchte eine aktuelle Unterschrift von dir. Also hab ich es riskiert, weil ich sonst nichts zum Unterschreiben für dich hatte. Du hast dich ja regelrecht drum gerissen, unterzeichnen zu dürfen.«

Alles in Chris war zum Zerreißen angespannt. Seine Muskeln, seine Nerven. Er hatte es gewusst, und er war wie der größte Trottel aller Zeiten hereingefallen. Es kostete ihn größte Mühe, Herman nicht einfach anzuspringen. Er sagte nichts. Weil er sonst nur Beschimpfungen von sich geben würde. Sein Schweigen schien Herman ohnehin nur als Aufforderung zu sehen, weiterzusprechen.

»Angenommen, ich wüsste, wie Henry dir sein ›Finanzproblem‹ todsicher unterschieben will – ich könnte dir vor Gericht helfen. Ich werde aussagen, ich werde deinen Arsch aus der Schlinge ziehen. Natürlich werde ich mich selbst nur als Opfer hinstellen, das sollte dir allerdings egal sein.«

Herman legte eine bedeutungsvolle Pause ein, die Chris nicht unterbrach. Er hatte nicht unbedingt damit gerechnet, dass Herman so schnell nachgab. Umso mehr interessierte ihn, was sich Herman als Gegenleistung vorstellte.

»Marlene ist eine Hübsche, aber sie ist störrisch, und wie Michael glaubt, stellt sie sich umso querer, seitdem du da bist. Und ich kenne dich – du gibst ihr Ratschläge. Deswegen hat sie dich wieder ins Boot geholt. Du weißt genau, was Michael und Jerry versuchen«, sagte Herman bedachtsam. »Und ich denke, du wirst verstehen, dass es das Beste für uns alle ist, wenn wir nicht gegeneinander arbeiten. Jerry konnte seine Kooperationsverträge mit großen Handelsketten nicht verlängern. Seine Mode kommt etwas aus der Mode. Deswegen ist für ihn frischer Wind wie Marlene ein Segen. Er greift ihr ein wenig unter die Arme, und das Label *Jerry B & M nature* wird meistbietend verkauft. Marlene wird sich ganz bestimmt wieder querstellen, und da kommst du ins Spiel, mein Freund.« Hermann leckte sich über die Lippen. »Du wirst sie überzeugen, dass der Verkauf der beste Weg ist. Ich zeige dir den Käufer, du bringst Marlene dazu, zuzustimmen.«

Chris gab es nicht gern zu – er war tatsächlich sprachlos. Herman war … Herman. Kein Stratege, kein Ränkeschmied, und jetzt erpresste er Chris, und er machte es nicht mal schlecht. Er nahm das Einzige, was er gegen Chris in der Hand hatte, und setzte es gnadenlos ein. Und Chris' Optionen waren nicht die besten. Schlimmstenfalls drohte ihm Gefängnis. Er konnte darauf spekulieren, vor Gericht durchzukommen, doch er war kein Narr. Henry hatte mehr Erfahrung in solchen Spielchen, als Chris jemals bekommen würde.

Schöner Mist. Er hatte die Wahl, ob er seine Karriere und sein Leben oder Marlenes Träume in den Sand setzte. Träume, die wahrscheinlich auch ohne ihn platzen würden, denn sie war nun mal keine Geschäftsfrau. Bei einer großen Firma als Designerin unterzukommen war das Beste, was ihr passieren konnte. Andere übernahmen die Verantwortung. Andere kümmerten sich um Personal und Zahlen. Was war da schon, dass sie sich mit ihren Designs anderen Köpfen unterordnen musste? Sie konnte ja immer noch designen. Aber tief in seinem Inneren protestierte eine Stimme. Sie wollte alles oder nichts, und damit war sie ihm nicht mal unähnlich. Sie kämpften beide für das, was ihnen wichtig war, und sie würden am Ende sehen, wer von ihnen gewann. Und wer von ihnen versagte.

»Nun?«, fragte Herman.

Chris lehnte sich vor und reichte ihm die Hand. »Deal.«

DER GROSSE TAG

Marlene hatte das Gefühl, dass der nächste Tag an ihr vorbeiraste. In der Nacht konnte sie nicht schlafen, und diesmal hatte sie keinen Chris an ihrer Seite, der sie in den Arm nahm und sie streichelte, bis sie eingeschlafen war. Überhaupt benahm sich Chris ein wenig seltsam. Es war nicht so, dass er wortkarger war oder ihr weniger half. Er nähte, er lief den Tag zuvor um elf Uhr abends klaglos fünfzigmal einen imaginären Laufsteg hoch und hinunter, weil sie ihn für die Modenschau trimmte. Und doch war etwas anders. Als stünde plötzlich eine Mauer zwischen ihnen.

Marlene hatte sich mit ihm verbunden gefühlt, ihrem einzigen Verbündeten, und ihr Misstrauen gegen ihn war geschwunden. So sehr, dass sie sich schon mehr als einmal gefragt hatte, ob der Chris heute und der, den sie damals als Chef gehabt hatte, die gleiche Person waren. Und jetzt war sie wieder da – die Distanz.

Aber wenn sie nicht hinsah und ihn nur im Augenwinkel wahrnahm, fiel das ein wenig zusammen. Dann musterte er sie prüfend, und sie fragte sich, welches Problem er in seinem Kopf wälzte. Wahrscheinlich hatte es überhaupt nichts mit ihr zu tun. Sie wusste selbst, dass sie die Launen der anderen schnell auf sich bezog, dabei hatten diese Menschen am Ende nur Kopfschmerzen. Sie wusste auch, woher das kam. Weil sie als Kind immer dafür verantwortlich gemacht worden war, wenn ihre Eltern traurig oder enttäuscht gewesen waren. Weil Marlene natürlich nicht so gewesen war, wie sie sich das immer gewünscht hatten. Es war verrückt, dass sie als Erwachsene nicht einfach darüber hinweggehen konnte. Wenigstens für einen Abend.

Ihr Vater würde zu der Modenschau kommen, und er würde nicht zufrieden sein. Ihr Vater war nie zufrieden. Sein Plan war gewesen, dass Marlene bei einem großen Label anfing und dann mit den Jahren zur Chefdesignerin aufstieg. Dass sie Mode kreierte, die von jedem getragen werden konnte und Mainstream genug war, um von jedem – oder immerhin von der Mehrzahl – gemocht zu werden. Er verstand nicht, dass Marlene die Mode für die machte, die so waren wie sie. Die unterstreichen wollten, dass sie besonders waren und dass das keine Schande war.

»Hast du den Stick mit dem Logo?«, fragte Chris, als sie zusammen zu der Location fuhren. Marlene kramte in ihrer Handtasche und reichte ihm diesen.

»Jerry wird dir sicherlich nicht von der Seite weichen«, sagte er. »Ich muss nur zusehen, wie ich Herman und Michael loswerde.«

»Und rechtzeitig hinten sein, um dich anzuziehen.«

Er warf ihr einen schiefen Blick zu. »Denkst du, ich hau vorher ab?«

Sie lächelte und hob die Schultern. »Wer weiß?«

Seine Mundwinkel zuckten, und seine verkniffenen Gesichtszüge entspannten sich ein wenig. »Nette Idee, vielleicht mache ich das. Heute steigt mal keine Party in meinem Haus. Und wenn doch, kann ich sie wieder beenden, nicht dass der Nervenkitzel nachlässt.«

»Wehe«, rief sie aus und stupste ihm spielerisch gegen die Brust.

Chris fing ihre Hand ein, und das seltsame Gefühl, etwas stünde zwischen ihnen, wich. Als wäre es nie da gewesen. Er sah sie einfach nur an, und Marlene konnte den Blick nicht von seinem lösen.

Sie schluckte trocken, am liebsten hätte sie sich vorgebeugt und ihn geküsst. Warum eigentlich nicht? Sie hatte nichts zu verlieren. Der heutige Abend würde aufregend genug sein, wenn alles schiefging, wollte sie wenigstens das Gefühl haben, seine Lippen noch auf ihren zu spüren. Sie beugte sich zu ihm, aber da wandte er das Gesicht ab und sah aus dem Fenster, stützte den Ellenbogen ab und strich sich mit dem Daumen über die Unterlippe.

Mist, sie hatte den Moment verpasst, und prompt stellte sich die Distanz wieder ein.

»Denk dran, die Modenschau ist nur der erste Schritt«, sagte Chris. »Die Party danach ist umso entscheidender. Wir brauchen gute Verbindungen.«

Marlene nickte und sah ebenfalls hinaus, auf die Gebäude, die an dem Auto vorbeizogen, das sie immer näher an das Unvermeidliche brachte. Sie schwitzte, ihr Herz raste, und sie stellte sich vor, was alles schiefgehen konnte. Das Harmloseste wäre, wenn ein Model stürzte. Das kam vor, es war nicht schlimm, nur ein kleiner Zwischenfall.

Mehr würde nicht passieren, versuchte Marlene sich einzureden. Alles würde gutgehen. Sie hatte ihr Bestes gegeben, es musste reichen. Bei Angelas Wettbewerb hatte es gereicht. Chris hatte recht. Warum sollte es jetzt anders sein? Ihr Stil hatte sich nicht verändert. Vielleicht weil ihre Entwürfe einfach schlecht waren und sie bei Angela einen Glückstreffer gelandet hatte?

Sie rief sich Chris in dem grünen Anzug vor das innere Auge. Bei ihm wusste sie, dass sie richtiglag. Wenn auch alles andere schlecht sein sollte, dieser Anzug war es nicht. Niemals.

Als das Taxi vor der Lagerhalle parkte, in der die Show am Abend stattfinden sollte, musste sie sich zwingen, überhaupt auszusteigen. Chris reichte ihr die Hand und wollte sie loslassen, sobald sie auf dem Gehweg stand, aber sie klammerte sich regelrecht an seiner Hand fest. Immerhin schob er sie nicht weg, also bildete sie sich die Probleme zwischen ihnen nur ein. *Es wird heute kein Problem geben, reiß dich zusammen*, sagte sie sich selbst.

Die Lagerhalle war geteilt worden. Im vorderen Bereich befand sich der weiße Laufsteg, mit einer hellen Papierwand vom Backstagebereich getrennt. Neben dem Runway reihten sich zu beiden Seiten Stühle auf.

Die Beleuchtung wechselte von grell zu sanft. Zwischen den Stühlen huschten ihre Näherinnen und Kamal herum. Sie hatten darauf bestanden, bei der Vorbereitung helfen zu wollen, statt dann nur bei der Show zuzusehen. Sie rückten die Stühle zurecht, füllten zusammen mit den engagierten Kellnern Sektgläser und sammelten sie auf Tabletts. Devon winkte ihnen zu und kam mit zwei Gläsern zu ihnen.

»Ich war noch nie bei einer Fashion-Show dabei«, gestand er.

»Ich auch nicht«, erwiderte Chris und lächelte. »Trotzdem werden wir heute alle einen glänzenden Job machen.«

Marlene wünschte, sie hätte sein Selbstvertrauen. Ein Lichtschein fiel über dem Eingang zum Laufsteg auf das weiße Papier, das den Raum trennte, aber es wurde kein Logo angezeigt. Es würde dann mit einem Beamer projiziert werden. Es wäre nicht das erste Mal, dass etwas von den Filmen, der Musikuntermalung oder dem Logo kurz vor Beginn der Show ausgetauscht würde. Niemand würde Chris in Frage stellen, schließlich rechnete niemand mit Ränken.

Marlene wurde schon schlecht, wenn sie nur daran dachte. Jerry und Michael würden wütend sein, ihr Geld zurückziehen, und dann benötigte sie dringend frisches Kapital. Denn Jerrys und Michaels Geld war inzwischen verbraucht.

Chris verschwand von ihrer Seite, und Marlene ging zu dem Backstagebereich hindurch. Auch hier war nicht viel los. Sie schob den Ständer mit den Klamotten in die Mitte. Jedem Model hatten sie zwei Outfits zugeordnet. Sobald diese das erste Mal gelaufen waren, mussten sie sich innerhalb von Minuten umziehen. Die erste Runde würde entspannt werden, Marlene konnte dann in Ruhe anpassen, was angepasst werden musste. Die zweite Runde wurde dann die Hölle.

Die ersten Models trafen ein, setzten sich zu den Stylisten, die von Marlene letzte Anweisungen bekamen. Sie wollte ein schlichtes

Make-up, den Fokus auf die Augen. Denn die Augen waren das wichtigste Merkmal im Gesicht eines Menschen. Durch sie konnte man eine Verbindung aufbauen, in die Gefühlswelt des anderen einen Einblick erhaschen, selbst wenn er versuchte, alles zu verbergen.

Nach und nach packte Marlene die Kleider aus, an die die Fotos und Namen der Models gehängt worden waren. Bei den Anzügen für Chris zögerte sie. Die beiden Stücke waren für ein anderes Model vorgesehen. Sie hatte ihn gestern Abend noch angerufen und ihm abgesagt. Den dunkelgrünen Anzug zu befühlen, reichte aus, um bei der Berührung des Stoffes ein Kribbeln durch ihre Finger zu schicken. Als würde er die Sachen bereits tragen, dabei versuchte er gerade das Logo an den Mann zu bringen und nicht über Jerry und Michael zu stolpern.

Ihr Herz klopfte so heftig, als würde es ihr aus der Brust springen wollen. Direkt durch die Rippen hindurch. Das lag nicht allein an der Aufregung, es lag an Chris, und es war vielleicht nicht der beste Zeitpunkt, aber wenn ihr Leben schon an einem Wendepunkt stand, dann konnte sie sich auch gleich eingestehen, dass sie sich in Chris verliebt hatte. Es war nicht nur das Schwärmen für einen gutaussehenden Mann, es war mehr. Sie fühlte sich mit ihm verbunden, und zum ersten Mal fühlte sie sich bei jemandem völlig sicher. Und sie konnte nur hoffen, dass er es ihr verzieh, wenn sie sich in sein Familienleben einmischte. Denn sie hatte gestern noch jemanden angerufen und …

»Marlene!« Die tiefe, ruhige Stimme ihres Vaters ließ sie herumfahren, und sie sah ihren Dad auf sich zukommen. Er sah aus, als käme er direkt vom Strand. Tiefgebräunt. Eine Farbe, die sein weißes Haar umso heller strahlen ließ. Er küsste sie auf beide Wangen, und sein Blick glitt über den Kleiderständer. Er griff nach dem Brautkleid. Obwohl Marlene es nicht als Glanzstück ihrer Kollektion betrachtete – das war für sie ihr geliebter dunkelgrüner Anzug –, würde es das Kleid sein, das am Schluss präsentiert wurde. Das Brautkleid kam eben immer zum Schluss. So weit hielt sie sich an die Tradition.

»Es ist hinreißend«, bestaunte ihr Vater den mit Perlen und Spitze besetzten Stoff. »Ich bin stolz auf dich.«

Mal schauen, ob er noch stolz war, wenn er sah, wen sie das Brautkleid tragen ließ. Soweit sie wusste, hatte es bisher kein Designer gewagt, es einem Mann anzuziehen.

zweiunddreißig

JUST KEEP GOING

Chris wusste nicht, wann er das letzte Mal so aufgeregt gewesen war, dass er Bauchschmerzen bekam. Eine solche Nervosität hatte er sich vor Jahren abgewöhnt. Sie hemmte nur. Fehler und Peinlichkeiten blieben meistens nicht aus, und selten waren diese so schlimm, wie man selbst glaubte. Oft genug bemerkten andere sie überhaupt nicht.

Außerdem hatte er seinen Job, seine Kompetenzen und seine Branche in- und auswendig gekannt. Das hier war allerdings etwas völlig anderes. Er besaß immer noch zu wenig Wissen über Mode. Kreative tickten anders als Versicherungsmakler. Und als wäre das alles nicht genug, befand er sich auf einem Drahtseilakt zwischen Marlene und Herman.

Jerry, Michael und Herman ging es um Geld und um Prestige. Marlene interessierte sich zwar für ein wenig Prestige, doch sie nannte es Anerkennung, und dieses Ziel würde sie, ohne mit der Wimper zu zucken, allem anderen opfern. Es ging ihr um Fairness, um Nachhaltigkeit, um Qualität, um die Gleichberechtigung von Menschen, die nicht auf goldenen Klos die Überbleibsel ihrer Blattgold-Eisbecher rauspressten.

Jerry und Michael waren angekommen, und wie erwartet

rauschte Jerry direkt zum Backstagebereich durch, während Michael auf Herman traf und die beiden die Köpfe zusammensteckten. Sie hatten ihn noch nicht entdeckt, aber Chris konnte sich nicht ewig hinter der aufgebauten Bar verstecken.

»Brauchen Sie etwas?«, fragte Devon freundlich.

»Ein Ablenkungsmanöver.« Chris nickte in Michaels und Hermans Richtung.

Devon zwinkerte ihm zu, trat hinter die Bar und mixte zwei bunte Cocktails. »Die werden sie aus den Socken hauen.«

»Und den Rest übernehme ich«, rief eine raue Stimme, die Chris in diesem Moment wirklich einem Mann zugeordnet hätte, doch als er sich umdrehte, rechnete er mit der funkelnden weiblichen Seite von Jenn – und wurde überrascht. Vor ihm stand nicht Jenn. Also, in gewisser Weise schon, aber heute trug sie, äh, er kein Kleid, sondern eine hautenge Lederhose mit einem weiten beigen Blazer. Der einzige richtige Farbtupfer war sein Lidschatten.

»Na, erkennst du mich, my little Darling?«, fragte er.

»Hi Jenn«, erwiderte Chris.

»Oh, heute ist Jenn zu Hause geblieben. Nenn mich Dave.« Dave grinste ihn verschmitzt an und stemmte die Hände in die Hüften, senkte das Kinn und sah ihn verschwörerisch an. »Welche Wildkatze soll ich dir vom Hals halten?«

»Die beiden.« Chris zeigte in die entsprechende Richtung.

Dave verzog die Lippen. »Schade, ich hatte etwas Spektakuläreres erwartet.«

»Das Drama kommt still und leise«, erwiderte Chris. »Nämlich dann, wenn sie Marlenes Label entern.«

»Entern«, wiederholte Dave. »Das gefällt mir. Klingt, als würde Johnny Depp gleich aus der Ecke springen und seinen Kompass und ein Riesenteleskop rausholen.«

Okay, Chris wollte lieber nicht darüber nachdenken, ob das eine Metapher war. Immerhin zogen Devon und Dave zusammen los. Devon servierte die Drinks, über die Michael und Herman zwar irritiert wirkten, aber sie lehnten nicht ab.

»Wie viel Promille sind da drin?«, fragte Chris leise, als Devon zurückkehrte.

»Ungefähr vierzig. Es ist hochwertiger Gin.« Devon grinste. »Das Gemeine ist, dass man es unter dem Saft kaum schmeckt.«

Das war hervorragend. Damit hatte Chris nicht nur ein Ablenkungsmanöver, sondern es war auch noch eine langfristige Strategie für den Rest des Abends. Sie machten den Feind einfach betrunken. Chris wünschte, er könnte sich genauso betrinken, dann fiel er zwar vielleicht vom Laufsteg, aber es wäre ihm nicht im Geringsten peinlich. Immer noch besser, als wenn er es nüchtern tat.

Jenn redete auf die beiden ein und winkte einer Frau, die bisher mit einer Kamera in der Hand eher verloren auf einem der Stühle gesessen hatte. Immer mehr Gäste kamen auch durch die Tür und verteilten sich im Raum. Bis die Show begann, dauerte es noch eine Viertelstunde. Zu lange durfte er nicht mehr trödeln, sonst schaffte er es nicht rechtzeitig in den verflixten Anzug.

Er marschierte zu dem Mann, der angestrengt auf einen Bildschirm starrte und auch nicht aufsah, als sich Chris neben ihn stellte.

»Sind Sie für die Technik zuständig?«, fragte Chris, ohne sich davon abschrecken zu lassen.

»Ja«, brummte der Kerl und warf ihm nur einen flüchtigen Blick zu. »Und Sie sind?«

»Der Assistent Ihrer Auftraggeberin.«

Das ließ ihn zumindest ein wenig Haltung annehmen. Chris ignorierte den Blick, mit dem er gemustert wurde, und reichte dem Mann einen USB-Stick. »Das ist das Logo, das dann gezeigt werden soll. Der Film soll fünf Minuten vor Beginn der Show abgespielt werden.«

Der Techniker runzelte die Stirn. »Ich habe schon ein Logo bekommen.«

»Es gab ein kleines Durcheinander«, log Chris ungerührt. »Sie wissen, wie das ist. Manchmal fallen einem in der letzten Sekunde die besten Ideen ein. Aber das ist jetzt das endgültige Logo. Sollte also noch jemand zu Ihnen kommen und Ihnen etwas anderes erzählen, ignorieren Sie ihn einfach.«

Sichtlich verwirrt nahm der Techniker den Stick entgegen und steckte ihn an. Das Programm zeigte die Bilddatei an, und als er darauf klicken wollte, legte ihm Chris die Hand auf die Schulter.

»Erst später, kurz vor Beginn der Show, dann, wenn alle auf ihren Plätzen sitzen. Das Logo wird heute zum ersten Mal enthüllt, es muss also einen gewissen Spannungseffekt haben.«

Der Techniker seufzte, zuckte mit den Schultern und nickte schließlich. »Meinetwegen. Dass ihr Modefuzzis immer alles so spannend machen müsst, als hätten wir nicht schon genügend Klamotten auf der Welt.«

Dem konnte Chris wenig entgegensetzen, aber es gab auch genügend Menschen auf der Welt, und trotzdem wurden tagtäglich neue gezeugt und geboren. Daran störte sich niemand.

Er wandte sich ab und ging an den Stühlen vorbei zum Laufsteg. Man sollte nicht meinen, dass eine so simple Tätigkeit wie Laufen einen in solche Aufregung versetzen konnte. Wenn einem dann gut hundert Leute zusahen, die jedes Detail wahrnahmen und einen Anzug ablehnten, weil sein Träger einmal gestolpert war, fühlte man sich plötzlich ins Kleinkindalter zurückversetzt, als man auf wackeligen Beinen durch die Wohnung tappte und hoffte, rechtzeitig beim Schrank anzukommen, um sich dort festhalten zu können, bevor man sich auf den Hintern setzte. Warum zum Kuckuck hatte er sich darauf eingelassen?

Und da hatte er noch Glück. Er hatte Marlenes Kreationen für Frauen gesehen. Manche hatten dermaßen viel Stoff in der Höhe der Füße, dass man schon beim Hinschauen das Gefühl hatte zu stolpern.

Am liebsten würde er sich in die hinterste Ecke verziehen, aber er hatte es Marlene versprochen. Wenigstens damit wollte er sie nicht im Stich lassen, wenn er es schon in jeder anderen Hinsicht tun musste.

Wie aufs Stichwort gesellte sich Herman zu ihm. Chris warf einen Blick zu dem Techniker, aber der richtete gerade Scheinwerfer aus und achtete weder auf ihn noch auf Herman.

»Ich habe gehört, du läufst mit«, feixte Herman.

»Du auch?«, fragte Chris lakonisch und warf einen Blick auf Hermans X-Beine. Die Hosenbeine verbargen den Makel zwar ganz gut, aber er wusste, dass er vorhanden war.

Wenn dieser subtile Hinweis bei Herman ankam, ließ er es sich zumindest nicht anmerken.

»Ich sehe mir das Highlight bequem von einem Stuhl aus an«, stichelte dieser. »Mein Einsatz kommt hinterher. Jerry und Michael haben gesagt, dass heute am besten alles in Sack und Tüten sein soll. Die Aufmerksamkeitsspanne dieser ›Branche‹ soll immens kurz sein. Es gibt so viele Nachwuchsdesigner, dass sie Marlene und die Kollektion schon vergessen haben werden, wenn sie im Flugzeug sitzen, um zur nächsten Show zu fliegen.«

Chris nickte schweigend. Die drei würden heute einen Investor suchen, und dann mussten sie Marlene überzeugen. Nein, dann musste *er* Marlene überzeugen. Bis zum ersten Gerichtstermin waren es noch vier Tage. Und in den vier Tagen sollte Marlene mit Sicherheit etwas unterschreiben.

»Du wirst Marlene also überzeugen, wenn sie zicken will. Auf dich hört sie wie ein Schaf auf seinen Schäfer.« Herman kräuselte höhnisch die Lippen. »Im Notfall ziehst du wieder das Hemd aus.«

Am liebsten hätte ihm Chris eine der Flaschen von der Bar über den Schädel geschlagen, aber bedauerlicherweise brauchte er Herman, und dieser Bastard wusste das nur zu gut.

Chris hob lediglich die Augenbraue und wandte sich wortlos ab. Hatte er vor fünf Minuten noch Mühe gehabt, sich zu überzeugen, hinter die Bühne und den Laufsteg gehen zu wollen, kam es ihm nun eher wie ein Fluchtziel vor.

Das Gewühl war unbeschreiblich. Es wurde gerufen, geflucht, gestoßen, gedrängelt. Es gab mehrere Tische mit Spiegeln, übersät mit Pinseln, Bürsten, Lippenstiften und Puderdosen. Davor standen Regiestühle, und alle waren besetzt. An jedem Model zerrten, zupften und malten zwei bis drei Stylisten herum. Wer schon zurechtgemacht war, bekam einen Kleiderbügel mit seinen Sachen in die Hand gedrückt und wurde regelrecht zu den Umkleiden geschubst. Diese bestanden lediglich aus zusammengeschobenen Kleiderstangen, über die man Stoff gelegt hatte, um die Blicke ein wenig fernzuhalten.

Weil Chris Mühe hatte, sich überhaupt zu orientieren, vergaß er für einen Moment, dass er zu Marlene gehen sollte.

Allerdings vergaß er es wirklich nur für einen winzigen Augenblick. So lange wie Marlene brauchte, um sich zu ihm durchzudrängeln.

»Da bist du ja«, rief sie erleichtert, packte ihn am Arm und zerrte ihn zu einem der Schminktische. Für eine Frau ihrer Statur besaß sie eine erstaunliche Kraft, und sie schubste ihn regelrecht in den Stuhl.

»Nur ein bisschen abpudern«, befahl sie dem Stylisten. »Die Haare bleiben so.«

Der Stylist schürzte die Lippen, sah ein wenig beleidigt aus, widersprach aber auch nicht. Was immer er dachte, er musste wohl oder übel daran ersticken, denn Marlene wich ihnen nicht von der Seite. Während der Pinsel durch sein Gesicht fuhr, Chris die Armlehnen umklammerte und sich einmal mehr fragte, warum zum Kuckuck er einfach nicht die Beine in die Hand nahm, wippte Marlene auf ihren Zehenspitzen und warf ihm im Spiegel ein schiefes Lächeln zu.

»Wenn du türmen willst, dann zieh dich aber vorher um und nimm den Weg über den Runway«, stichelte sie.

Wahnsinnig witzig.

Der Stylist hatte kaum den Pinsel aus Chris' Gesicht genommen, als ihn Marlene schon wieder hochzerrte und wie ein Sheriff zu den Kleiderstangen schleifte. Sie drückte ihm einen Bügel in den Arm und deutete an ihm vorbei. »Zieh dich dort um. Es wird dir jemand dabei helfen.«

»O-okay.« Er warf einen misstrauischen Blick auf den Kerl, der ihm zuwinkte, damit er sich gefälligst beeilte. Doch dann sah er, dass unter der Folie kein grüner Anzug hing, sondern eindeutig schwarzer Stoff.

»Warte«, rief er Marlene hinterher, die sich schon umgedreht hatte und zu einem anderen Model ging. »Ich sollte doch den grünen Anzug tragen.«

Marlene sah über ihre Schulter und lächelte. »Wirst du auch, in der zweiten Runde.«

»Zweite Runde, heißt das, es gibt eine erste?«

Marlene sah ihn an, als hätte er plötzlich nicht mehr alle Nadeln am Nadelkissen. »Jedes Model läuft zweimal, das weißt du doch.«

»Aber ich bin kein Model.«

Ein Lächeln huschte über ihre Züge, sie kam zu ihm zurück, und sie küsste ihn auf die Wange. Es war kein Schmatzer, sondern es steckte Gefühl darin. Sekundenlang lagen ihre Lippen an seiner Wange, bevor sie langsam ein Stück weiterstrichen, in Richtung seines Mundwinkels. Er wollte den Kopf schon drehen, da löste sie sich von ihm. Aber nicht ohne zu sagen: »Jetzt schon.«

Sie trat zurück, zwinkerte ihm zu, und der Kerl, der ihm beim Anziehen helfen sollte, legte ihm die Hand auf die Schulter und schob ihn hinter den Vorhang. Dort zogen sich zwei weitere Männer an. Einer hatte dunkel geschminkte Augen, trug dunkelroten Lippenstift und war hager und ungefähr so groß wie Chris. Und als der ihm den nackten Hintern zudrehte, um in ein Kleid zu steigen, das eine Frau hielt, meinte Chris noch, dass er ihm irgendwie bekannt vorkam. Andererseits versuchte Chris noch zu verarbeiten, dass er zweimal da raus musste und ein Mann ihn aus seinen Klamotten zerrte, während eine weitere Frau ihm zur Hilfe sprang.

»Halt einfach still, wir machen alles«, sagte sie zu ihm.

»Sehr nett«, brummte Chris.

Der Typ grinste. »Ist nun mal unser Job.«

Ganz ehrlich? Chris wollte lieber tauschen. Er könnte schwören, dass er selbst zu Collegezeiten, als der Sex noch wild und schnell sein musste, nicht so eilig aus seinen Klamotten geholt worden war wie jetzt.

Die kannten keine Scham, er könnte schwören, sie riskierten nicht mal einen indiskreten Blick. Bei den anderen war es nichts anderes. Sie hatten alle Helfer, denen es nicht schnell genug gehen konnte, ihnen die Sachen erst runter und dann wieder anzuziehen.

»Bei der zweiten Runde muss das alles schneller gehen«, informierte ihn seine Helferin, während der andere noch an seinem Hosenknopf fummelte.

Er sah sich nach Marlene um, aber in dem Gewühl konnte er sie nicht ausfindig machen. Es rannten Menschen durcheinander, ohne erkennbares Muster, manchmal sogar ohne erkennbaren Zweck.

Ihm wurde der Kutschermantel übergezogen, und als dieser endlich zurechtgezupft worden war, stiebte ihm jemand noch mehr Puder über das Gesicht, und seine Helfer verließen ihn. Sie ließen ihn inmitten des Chaos einfach stehen, und da war Marlene. Sie nähte gerade hochkonzentriert an einem Model herum, die Zungenspitze zwischen die Lippen geklemmt und mit einem Blick, als müsste sie Rambo einen Arm wieder annähen, damit er schleunigst damit weitermachen konnte, die Welt zu retten.

Chris wäre gern zu ihr gegangen, aber er wurde in eine Reihe geschoben. Mindestens fünfzehn Models waren vor ihm, hinter ihm nur das Male-Model mit dem Make-up und dem üppigen Blumenkleid. Neben diesem tauchte nun Jerry auf und schnauzte: »Du wirst die erste Runde schließen. Also streng dich an, das ist wichtig. Wenn du das versaust, werde ich dafür sorgen, dass dich nie wieder jemand bucht. Und wo ist das verdammte Model, das das Brautkleid tragen soll?«

Chris bekam unwillkürlich Mitleid mit dem Kerl, der jetzt seine Blumen sortierte und es nicht mal wagte, jemanden anzusehen. Jerry schien Chris völlig übersehen zu haben, er warf die Hände in die Luft und rief: »Models, so intelligent wie eine Fuhre Heu.«

Eine Frau, die ein paar Plätze vor ihm stand, drehte sich zu ihnen um. »Ich hasse solche Sprüche, dass ich später mal bei der UNO arbeiten will, ist natürlich nur meiner Selbstüberschätzung zu verdanken.« Sie musterte Chris aufmerksam. »Du bist zu alt für einen Studenten.«

»Ich bin eigentlich Geschäftsführer.«

»Und das hier als Hobby? Geil. Wir müssen uns nachher unbedingt unterhalten.«

Chris hatte tatsächlich einigen Redebedarf, aber den hatte er *jetzt,* und genau genommen hatte er das Gefühl, alles vergessen zu haben, was ihm Marlene über das Laufen und irgendwelches Posing erzählt hatte.

Er hätte sich weigern müssen. Wenn er sich jetzt auszog, fanden sie bestimmt noch fix jemand anderen, der einspringen konnte.

Draußen setzte Musik ein, und die Schlange vor ihm bewegte

sich. Sie rückten immer weiter voran, und es ging für seinen Geschmack viel zu schnell.

»Seid einfach ihr selbst.« Plötzlich war Marlene an seiner Seite. Sie atmete schwer, sie schien genauso unter Stress zu stehen wie er.

»Das ist gerade schwer.«

»Sei Chris Graham. Der, den ich als Scheusal betiteln würde. Den, den ich küssen würde, lässt du bitte kurz bei mir, damit ich ihn befummeln kann.«

Damit küsste sie ihn auf den Mund, und Chris schwirrten die Sinne. Er hörte das Blut in seinen Ohren rauschen, das Herz pochte ihm so heftig in der Brust, dass sein gesamter Körper zu vibrieren schien, ihm war verdammt warm, und er wollte wirklich nicht da raus.

Aber Marlene schob ihn an, der Mann vor ihm setzte sich in Bewegung, und Chris musste ihm wohl oder übel folgen. Eine Frau neben dem Eingang zum Laufsteg gab ihm das Zeichen zu warten, und hatte Chris eben noch Luft holen wollen, wedelte sie jetzt schon mit der Hand, damit er sich in Bewegung setzte.

Von nun an passierte alles von allein. Chris schaltete auf den Modus um, den er an den Tag legte, wenn er einen Konferenzraum betrat, in dem er jeden davon überzeugen musste, gefälligst das zu tun, was er Chris' Meinung nach tun sollte. Also im Grunde, als würde er einen Raum voller Marlenes betreten. Nein, nein, falscher Gedanke. Ein Raum voller Jerrys. Viel besser.

Chris' Schritt wurde wieder selbstsicherer, und er warf nur einen kurzen Blick auf diejenige, die ihm auf dem Laufsteg entgegenkam. Es war eine Frau mit einer Laufschiene. Obwohl sie ein wenig hinkte, ihre Gesichtszüge und ihr Blick eher hart wirkten, sah sie in dem langen durchscheinenden Rock und dem übergroßen Blazer voller Blumen beinahe mädchenhaft aus.

Chris konzentrierte sich allein auf das Ende des Steges, die Markierung, und hielt dort sekundenlang inne, um die Hand in die Hosentasche zu stecken und sich vorzustellen, dass er gleich eine Präsentation halten musste. Mit miesen Verkaufszahlen und das vor einem Kreditberater.

Vielleicht hätte er erst modeln sollen, im Grunde lernte man hier die Kompetenzen, die man dann in der Geschäftswelt an den Tag legen musste. Jedenfalls was Körperhaltung und Ausdruck betraf.

Chris wandte sich ab und stolzierte wieder zurück. Und jetzt wäre er wirklich beinahe gestolpert. Der Kerl in dem Kleid war herausgekommen und marschierte mit beneidenswerter Selbstsicherheit über den Steg. Zur Hölle, deswegen war er ihm so bekannt vorgekommen. Das war James!

Chris lief völlig perplex weiter und war einfach nur verfluchte Hölle froh, als er aus dem Fokus verschwand und wieder in die geschäftige Hölle eintauchte.

Er wurde praktisch in eine Ecke gezerrt und ihm die Klamotten heruntergerissen. Dass er überhaupt aus der Hose steigen durfte, sollte er wohl als Privileg ansehen. Er zog die grüne Hose noch an, da steckte jemand schon seinen Arm in ein Hemd. Beinahe drückte jemand den Pinsel in seinen Mund, traf dann aber doch seine Nase, und er stolperte voll angezogen zwischen den Frauen hervor, die sich bereits jemand anderem zuwandten, und direkt in Jerrys Arme, der ihn am Umfallen hinderte.

»Du trägst den Stolz dieser Kollektion, also gib dir Mühe. Weiß der Himmel, warum Marlene *dich* laufen lässt«, schnauzte ihn dieser an.

»Keine Sorge, ich werde dir schon deinen Mega-Deal nicht versauen«, blaffte Chris und riss sich los.

»Ich weiß wirklich nicht, was in Marlene gefahren ist, drei professionelle Models durch dich, deinen Sohn und dieses Punk-Girl zu ersetzen.«

»Wahrscheinlich hatte sie nur einen besseren Instinkt als du.«

»Chris«, rief Marlene und packte ihn am Arm. »Wo zur Hölle bleibst du?«

»Wieso zur Hölle hast du meinen Sohn in ein Kleid gesteckt?«, platzte er heraus.

»Können wir das draußen klären?«

»Draußen?«

»Eigentlich geht das Model mit dem Brautkleid zuletzt raus und holt dann die Designerin. Wir machen es anders. Wir gehen gleich zu dritt. Das Brautkleid, meines und der Anzug sind aufeinander abgestimmt. Sie gehören zusammen. Genauso wie du und James immer eine Einheit sein werdet, egal, was dein Sohn macht oder mag. Und ich will auch mit dir zusammen rausgehen, weil ich dir viel zu verdanken habe.« Sie hob die Schultern. »Eigentlich alles.«

Sein Magen knüllte sich zu einem Knäuel zusammen und diesmal nicht wegen der Nervosität. Es waren Schuldgefühle.

dreiunddreißig

JEDER IST PERFEKT

Marlene hätte nie geglaubt, Chris jemals so verunsichert zu sehen. James tauchte neben ihnen auf. Das Brautkleid bestand aus elfenbeinfarbenem Stoff, der mit einem Farbverlauf immer mehr ins dunkle Grün überging. Er war mit den gleichen Silberfäden bestickt wie Chris' Anzug, und Marlene selbst trug ein Brautjungfernkleid. Mit dunkelgrünen Fransen. Sie würde ihre Fransen nie loslassen können.

Sie zog James in ihre Arme und küsste ihn auf die Wange. »Das hast du wunderbar gemacht.«

»Ich dachte, Dad knallt vom Laufsteg, als er mich erkannt hat.« James spähte verschüchtert zu Chris, der kein Wort sagte. »Vielleicht war das doch alles keine so gute Idee. Was ist, wenn …?«

James beendete die Frage nicht, aber Marlene konnte sich denken, was er meinte. Was war, wenn Chris seinen Sohn deswegen ablehnte?

Kurzentschlossen hakte sich Marlene bei den beiden Männern ein und zog sie mit sich. Zurück auf den Laufsteg.

Sie standen alle drei nebeneinander, und sie stupste Chris an, damit er seine Runde drehte. Am Ende des Runways strich er sich über die Lippe, als würde ihn jemand verführen wollen. Ja, verflucht, er machte das gut. Sie sah deutlich, wie die Blicke der Frauen an ihm hingen, und auch wenn der Funken der Eifersucht in ihr aufkeimte, überwog doch das Gefühl des Triumphes.

Das hier war ihr Moment, und sie genoss ihn mit jeder Faser ihres Seins. Weil sie einfach nur verflucht stolz auf sich war. Weil sie den Mann an ihrer Seite hatte, der ihr sehr viel bedeutete und den sie küssen und nicht beleidigen wollte. Vielleicht war es nur der Überschwang. Sie wusste schließlich nicht mal, ob Chris überhaupt so für sie fühlte.

James stellte jede Diva in den Schatten, und sollte er je heiraten, nähte sie ihm alles, was er haben wollte. Er konnte alles tragen. Er war nun mal wie sein Vater. Nein, er war mutiger. Chris hätte sie niemals in dem Kleid hier rausgekriegt. Die beiden warteten auf sie, damit auch Marlene vorkam, und sie ging mit einem Lächeln auf den Lippen. In diesem Augenblick war ihr egal, was andere von ihr dachten. Es zählten nur diese beiden hier. James' schiefes und dennoch stolzes Grinsen, Chris' Wärme in seinem Blick.

Sie standen beide für eine so unterschiedliche Art von Mut. Chris, der sich nicht einschüchtern ließ. Und James, der es wagte, eine Seite an sich zu zeigen, bei der er Gefahr lief, viel Ablehnung einzustecken.

Sie küsste James auf die Wange und Chris auf den Mund. Kein schneller gestohlener Kuss. Sie liebkoste seine Lippen, und als er es erwiderte und sie an sich zog, hatte sie das Gefühl, dass die gesamte Welt stehenblieb.

Das war auf einer Show absolut nicht üblich, trotzdem fühlte es sich richtig an. Es fühlte sich mit *ihm* richtig an.

Sie lösten sich voneinander, und sein Lächeln ließ ihr Herz aufgeregt hicksen. Chris trat von ihr zurück und legte James den Arm um die Schultern, um diesen auf die Schläfe zu küssen.

Hand in Hand gingen sie zurück, wo die Models ihnen und auch sich gegenseitig Beifall spendeten.

»Ihr wart alle großartig«, rief Marlene euphorisch. »Und jetzt zieht meine Klamotten aus.«

Gelächter ertönte. Einige hatten bereits begonnen, sich wieder umzuziehen. Draußen wurden nun die Türen zu dem Raum geöffnet, in dem die After-Party stattfinden sollte. Es würde keine ausufernde Feier werden, die meisten würden danach sicherlich in Clubs weiterziehen.

Bei dem Gedanken, dass sie sich mit all diesen Leuten unterhalten musste und vielleicht zu hören bekam, dass sie doch nicht so gut war, wie sie glaubte, fiel Marlenes Euphorie in sich zusammen.

»Du, Marlene«, hörte sie James flüstern, und sie drehte sich zu ihm um. »Kann ich das anbehalten?« Er zeigte auf das Kleid, und sie lachte. »Natürlich.«

Chris kehrte hinter dem Vorhang zurück, allerdings im grünen Anzug.

»Ich finde meine Klamotten nicht mehr«, klagte er.

»Oh, die hat wohl jemand versehentlich weggeräumt«, erwiderte Marlene unschuldig, und Chris warf ihr einen wissenden Blick zu.

»Was für ein Zufall«, stichelte er.

James wollte ein wenig abrücken und sich wahrscheinlich zur Party verdrücken, aber Chris hielt ihn am Arm zurück. »War es das, weswegen dich deine Mutter bei mir abgesetzt hat?«

James seufzte und wich dem Blick seines Vaters aus. »Ja«, sagte er leise. »Sie hat gesehen, wie ich was von ihrem Schminkzeug ausprobiert habe und nun ja, welche von ihren Klamotten. Sie war nicht mal sauer. Sie hat einfach nichts mehr gesagt.«

»Sie wird sich damit anfreunden«, versprach Chris.

»Tust *du* es denn?«, fragte James und schob störrisch das Kinn vor.

»Ich denke schon.« Chris lachte nicht, in seiner Stimme lag auch kein Spott, er meinte es ernst, und James merkte es. Er entspannte sich sichtlich, und Chris legte ihm die Hand auf die Schulter. »Ich werde mit Kendyl reden, okay? Und jetzt gehen wir zu Dave, der manchmal Jenn heißt. Ich glaube, der kann uns vielleicht Tipps geben.«

James grinste, und Marlenes Herz machte einen Sprung vor Freude. Sie hatte es gewusst, und trotzdem hatte sie nicht zu sehr dran glauben wollen. Es wäre gut möglich gewesen, dass es Chris doch überfordert hätte.

Chris rieb sich über das Kinn. »Nur eine Frage noch …«, sagte er und zögerte. »Ist es eine Seite von dir oder fühlst du dich generell falsch?«

James schüttelte abwehrend den Kopf und verschränkte die Arme vor der Brust. »Keine Sorge, Dad, ich fühl mich ziemlich wohl mit allem, was ich da unten rumbaumeln habe. Zum Glück. Ein Junge auf meiner Schule macht eine Umwandlung, und dem geht es dabei echt nicht gut. Die Hormone müssen krasses Zeug sein.«

Es wunderte da Marlene herzlich wenig, dass Chris erleichtert aussah, weil das James erspart blieb.

James ging, für ihn drängelte sich leider Jerry zu ihnen durch. Man sollte meinen, er sollte glücklich sein, jedoch sah er eher angestrengt aus. »Nun, das war fabelhaft«, verkündete er. »Nur beim Logo gab es Probleme, aber nun ja, es kann nicht alles perfekt sein.« Er lächelte sie an und legte den Arm um ihre Schultern. »Was haltet ihr davon, wenn wir jetzt feiern gehen? Ihr habt es euch verdient, und ihr müsst unbedingt einen von Devons Cocktails probieren. Michael hat schon zwei intus, und ich habe diesen Mann noch nie so lustig erlebt.«

Chris nickte Marlene zu, und sie folgten Jerry nach draußen. Die Stühle wurden von den Näherinnen zusammengeklappt und in eine Ecke gestapelt, damit die Gäste mehr Platz hatten.

Kellner schwirrten herum, mit Tabletts voller Gläser und Häppchen. Als die Gäste bemerkten, dass sie eingetreten war, wandten sie sich ihr höflich zu und applaudierten. Aber diese Aufmerksamkeit hielt nicht lange an, und Marlene spürte, wie ihr Lächeln in sich zusammensank. Sie hatte nicht erwartet, dass jemand auf sie zukam und sie sofort unter Vertrag nahm. Doch sie hatte auch nicht damit gerechnet, dass sie, nachdem das Protokoll der Höflichkeit abgearbeitet war, wieder so uninteressant wie eine Stubenfliege wäre. Nicht einmal ihr Vater sah zu ihr, der unterhielt sich lieber mit Michael. Und ja, es tat einfach nur verflucht weh.

HOFFNUNG STIRBT ZULETZT

Devon kam mit einem vollen Tablett auf sie zu und reichte ihnen einen bunten Cocktail.

»Die Light-Variante für euch«, raunte er Chris zu. »Ihre Freunde sprechen vor allem mit dem älteren Herrn mit der auffälligen violetten Fliege«, verriet er, während er die verbliebenen Gläser arrangierte. »Besonders lobende Worte hörte ich allerdings von dem Herrn mit diesem ausladenden Frack.« Er blickte unauffällig in die entsprechende Richtung, und Chris sah ebenfalls hin. Eine Aussicht, die Dave versperrte, als er auf sie zurauschte. An seiner Seite hatte er die Frau mit der Fotokamera.

»Das ist Dalia Grange«, stellte er vor. »Sie arbeitet für ein Modemagazin. Es ist nicht sehr groß, doch es wächst momentan.«

»Und wir kooperieren mit der *Elle*«, meinte Dalia lächelnd. »Möglicherweise kann ich euch da reinbringen. Schaut euch das an.« Sie zeigte ihnen die Fotos, die sie gemacht hatte. Von jedem Model hatte sie mehrere Schnappschüsse gemacht. »Die wird die *Elle* bestimmt haben wollen«, sagte sie und deutete auf das Model mit der Beinschiene. »Diversity ist gerade *das* Thema, und sie hat alles. Sie ist komplett anders. Wenn sie einer von den bekannten Designern auf den Laufsteg gestellt hätte, hätte es vielleicht geheißen, da will jemand auf den Zug aufspringen, aber bei kleinen Labels zählt das noch unter mutig.« Sie klickte weiter, bis James zu sehen war. »Glänzender Auftritt übrigens. Du wirst einschlagen wie eine Bombe. Genauso wie der Film vorher. Bei dem Walgesang hab ich fast geheult«, lobte sie, während James an seinem Ausschnitt herumfummelte.

»Echt, sehe ich so aus?«, fragte er verunsichert.

»Es ist keines von Marlenes besten Stücken, aber du machst es zum Glanzstück«, sagte Chris todernst.

James grinste, Marlene schwankte zwischen empörtem Luftschnappen und Lachen.

»Habt ihr was dagegen, wenn ich die Bilder, die mein Freund gemacht hat, auf Instagram und Tiktok teile?«, fragte James und deutete auf einen Jungen, der in seinem Alter sein musste und nun schüchtern nähertrat, ebenfalls mit einer Kamera in der Hand.

»Klar«, sagte Marlene, und bei Chris dauerte es ein wenig länger.

»Warte«, rief er. »Dein Freund?«

»Dad, das ist Miles, mein *Freund*.«

Marlene quietschte entzückt. Okay, Chris quietschte zwar nicht, aber er lächelte. Einfach, weil James unglaublich glücklich aussah.

»Und er macht richtig geile Fotos«, fügte James hinzu.

Wenn Chris gewusst hätte, was James damit auslöste, hätte er die Worte seines Sohnes nicht nur mit einem milden Lächeln quittiert.

James' Videos schlugen auf Instagram ein wie eine Bombe. Chris musste zugeben, dass sein Sohn mehr Mut besaß, als Chris vermutlich je aufbringen könnte. Er hätte sich niemals im Kleid geoutet. James tat es. Mit dem Ergebnis, dass er in der Schule von nun an Feindseligkeiten ausgesetzt war, das Internet ihn für seinen Mut jedoch feierte. Tiktok – eine Plattform, von der Chris bisher nie etwas gehört hatte – ließ James' Videos viral gehen und damit auch Marlenes Kreationen. James hatte Videos und Bilder der Kollektion ebenso auf Instagram geteilt, und seine Followerzahl stieg mit jedem Bild. Die Reichweite wurde größer, und die Anfragen im Shop nahmen so eklatant zu, dass die Lieferzeiten inzwischen bei drei bis sechs Monaten lagen. Doch das tat den Anfragen keinen Abbruch. Mehr noch – je mehr sie verkündeten, für den Moment ausverkauft zu sein, umso größer wurde die Enttäuschung, und sobald sie den Shop erneut aktivierten und sogar die Preise erhöhten, waren sie innerhalb kürzester Zeit abermals ausverkauft.

Es meldeten sich einige Investoren, die auf Marlenes Liste standen. Chris wusste das. Aber diese Mails drangen nie zu Marlene durch. Sie versandeten allesamt bei Herman. Chris verbrachte die nächsten Tage größtenteils mit Lauschen, und James hatte nicht gelogen, als er behauptet hatte, er wolle Informatik studieren. Vielleicht hätte Chris seinem Sohn schon eher besser zuhören sollen, dann hätte er nämlich gewusst, dass dieser ihm mit Leichtigkeit über Marlenes Laptop einen Zugang zu Hermans Postfach schaffen konnte.

»Marlene ist von dem IT-Typen als Administrator eingesetzt worden, natürlich kann sie überall reinschauen«, hatte James gesagt und dabei so geklungen, als wäre es Chris, der vom Geschäft keine Ahnung hatte. Immerhin behielt sein Sohn recht, und Chris konnte praktisch minütlich nachlesen, mit wem Herman Termine ausmachte und wessen Mails er einfach löschte. Gerade diese Firmen sah er sich genau an, doch erst, wenn sogar Marlene gegangen war.

Chris wusste nicht, was er tun sollte. Inzwischen wusste er nicht mal, was er fühlen sollte. Marlene war nach der Modenschau so aufgedreht gewesen, dass sie ihm angeboten hatte, zur Abwechslung bei ihr zu schlafen. Chris hatte abgelehnt. Er konnte nicht mit ihr schlafen, mit der Aussicht, sie zu einem Deal überreden zu müssen, mit dem er sie betrog.

Der Prozessbeginn war verschoben worden. Als die Briefe gekommen waren, hatte Herman geseufzt und ihm dann leise zugeraunt, dass sich Chris ohnehin keine Sorgen zu machen bräuchte, schließlich stünden sie auf einer Seite.

Marlene hatte irgendwann aufgegeben, ihn küssen zu wollen. Als sie fragte, ob alles in Ordnung sei, winkte er ab.

»Ich muss ständig an den Prozess denken«, hatte er gesagt, und Marlene hatte es akzeptiert. Sie hatte sogar versucht, ihn zu trösten, und anschließend war sich Chris als noch größerer Schuft vorgekommen. Er verkaufte sie, um seinen Hintern zu retten. Dabei hatte er ihn nicht mal eigenhändig in die Schlinge manövriert, das hatten andere getan. Trotzdem war Chris nicht bereit, einfach hinzunehmen, dass man ihn erpresste. Herman war nicht der Einzige, der Spielchen spielen konnte, und er sollte verflucht sein, wenn Herman cleverer war als er.

Eine weitere Woche war vergangen, morgen fand die Anhörung statt. Chris zweifelte nicht daran, dass Herman es schaffte, diese selbst zu verschieben, wenn sie weiter das Druckmittel gegen Chris brauchten.

Doch Herman kam irgendwann in das Atelier, gefolgt von Jerry und Michael.

»Wir müssen mit dir sprechen, Marlene«, sagte er so feierlich, als müsste er ihr die Nachricht überbringen, dass man ihre Katze überfahren hatte.

Marlene hob die Augenbrauen, allerdings zuckte sie nur mit den Schultern und setzte sich hinter den Atelierstisch. Eines hatte sie gelernt – sie diktierte, wo man mit ihr sprach, und sie hatte sich den Platz ausgesucht, der für sie am bequemsten war, für alle anderen nicht. Der Einzige, der noch einen Sitzplatz hatte, war Chris.

»Raus«, sagte Herman zu ihm, blinzelte ihm jedoch zu. Chris machte sich nicht die Mühe, auch nur antäuschen zu wollen, dass er aufstand. Herman spekulierte darauf, dass Marlene auf ihn bestand, und obwohl sich Chris spürbar von Marlene zurückgezogen hatte, folgte sie nicht der Vernunft und ließ ihn gehen.

»Er bleibt«, bestimmte Marlene.

»Er ist nur der Assistent«, mischte sich Michael ein.

»Er ist mein Berater«, erklärte sie störrisch.

»*Wir* sind deine Berater«, gab Jerry pikiert zurück.

Marlene lächelte gezwungen. »Ihr seid wundervoll, und er gehört dazu.«

»Model, Assistent und Berater, Lebensgefährte?«, fragte Herman und lehnte sich an die Wand. »Nicht, dass er noch Burnout bekommt.«

»Er ist eben ein Allrounder und sich nicht zu schade, dort einzuspringen, wo man ihn braucht«, entgegnete Marlene kühl. Eine Haltung, die sie nicht aufgab, als eine Frau in das Atelier trat. Sie war auffällig schlank, ihre Haare hatte sie streng zurückgebunden, und um ihren Mund zeichneten sich zwei tiefe Falten ab, die sie auf den ersten Blick notorisch unzufrieden wirken ließen. Sie ging, ohne die anderen eines Blickes zu würdigen, auf Marlene zu und reichte ihr die Hand.

»Mein Name ist Gillian Hale, und ich vertrete heute *LHMM*. Ich bin überzeugt, wir werden ins Geschäft kommen.«

Chris musste sein Erstaunen nicht vortäuschen. Er war wirklich überrascht. Natürlich hatte er die Mails von Gillian Hale gelesen, aber er hätte nicht gedacht, dass eines der größten internationalen Luxuslabels Interesse an Marlene haben könnte. Vielleicht kam damit ein Deal zustande, mit dem Marlene und Jerry, Michael und Herman zufrieden waren. Dann wäre er in beiden Problemen aus dem Schneider!

ES IST IMMER FRÜH GENUG, UM AUFZUGEBEN

Marlenes Herz klopfte wie verrückt, als sie *LHMM* hörte. Es war einfach nur eigenartig, dass sich einer der größten Luxus-Konzerne dieser Welt für ihr Label interessieren sollte. Sie verkauften Taschen, Kleidung, Schmuck, schlichtweg alles, was Menschen im höheren Preissegment mochten. Sie statteten sogar regelmäßig Prominente aus. Sie buchten Editorials in angesehenen Zeitschriften, es gab Plakate, die dreimal so groß wie Marlene waren. Marlenes Label könnte damit bekannt werden. Richtig bekannt.

Gillian hatte sich auf den Stuhl gesetzt, den Chris ihr freigemacht hatte. Dieser lehnte nun stumm neben Herman an der Wand, und Marlene kam sich mit einem Mal lächerlich vor, weil sie nicht einfach in eines der Büros gegangen waren. Das Atelier war ihr Gebiet, hier fühlte sie sich seit der Modenschau absolut sicher.

»Eure Mode erfreut sich neuerdings einiger Beliebtheit, und uns gefällt der Style dieser Marke. Wir denken, es könnte Potenzial haben. Zumindest für eine Perfomance im mittleren Bekanntheitsbereich.«

Das versetzte Marlenes Ego einen Dämpfer. Wer wollte nicht hoch hinaus? Aber ›mittel‹ klang auch nicht schlecht, oder? Gillian hatte die Beine elegant übereinandergeschlagen, ihr Rocksaum war so hoch gerutscht, dass man ihre bestrumpften Oberschenkel sehen konnte, und Chris' abwesender Blick ruhte darauf. Etwas, das Marlene einen eifersüchtigen Stich versetzte. Auf der Show hatten sie sich noch geküsst, und seither sah Chris sie nicht mal mehr richtig an. Schlug ihm die drohende Anhörung dermaßen auf das Gemüt? Chris wirkte die letzten Tage blass, als hätte er kaum geschlafen. Er aß wenig, mittlerweile musste sogar Marlene ihn ans Trinken erinnern, und schien sich zunehmend in seiner eigenen Gedankenwelt aufzuhalten.

Als sie James danach gefragt hatte, hatte dieser mit den Schultern gezuckt. »Dad war schon immer notorisch urlaubsreif, ich glaube, langsam wird's zu viel für ihn.«

Sollte sie Chris lieber in den Urlaub schicken, damit er wieder zu sich fand? Das würde sie nach der Anhörung tun, wenn es ihm nicht besser ging. Es waren Gedanken, die es ihr schwermachten, sich auf Gillian zu konzentrieren, aber sie besaß unweigerlich Marlenes Aufmerksamkeit, als sie von Bangkok sprach.

»Was?«, fragte Marlene.

»Die Herstellung erfolgt in unseren Fabriken in Bangkok«, wiederholte Gillian.

Marlene richtete sich auf. »Die Näherinnen sind hier.«

»Sie können ja nach Bangkok gehen«, zuckte Gillian und lachte über ihren eigenen dummen Witz, während die Männer natürlich ebenso die Mundwinkel hoben. Selbst Chris! »Es ist billiger«, sagte Gillian eindringlich. »Wir können uns zu diesem Zeitpunkt keine hohen Risiken erlauben.«

»Es ist kein Risiko. Wir haben mehr Bestellungen, als wir abarbeiten können«, erwiderte Marlene kühl.

Gillian schnaubte. »Das sind vielleicht fünfzig Stück pro Monat. Wir wollen *zehntausend* Stück, um sie weltweit zu vertreiben. Das, was ihr hier tut, ist nicht mehr als ein sich mäßig rentierendes Hobby.«

Marlene lief vor Zorn rot an, und ihr Blick ging zu Chris. Er runzelte die Stirn, starrte immerhin nicht mehr auf Gillians Beine, nur sah er auch nicht im Geringsten zu Marlene. Eigentlich sollte er die Fragen nach den Zahlen stellen, stattdessen tat *sie* es.

»Wenn ihr zehntausend Stück produziert, wie hoch sind dann die Stückkosten?«, fragte sie.

Gillian wiegte den Kopf. »Ungefähr fünfzehn Dollar.«

»Und wir verkaufen es dann für wie viel weiter?«

»*Wir* werden es dann für zweihundert verkaufen«, erwiderte Gillian. Als Marlene den Mund aufmachte, wischte Gillian ihre Einwände mit einer Handbewegung fort. »Die Schifffracht muss bezahlt werden. Die Läden. Alle wollen was vom Kuchen abhaben.«

»Von *meinem* Kuchen«, widersprach Marlene. »Von dem Kuchen, der gut funktioniert. Wir haben hier Näherinnen, die hohe Qualität liefern. Wir sind nachhaltig, wir verbrauchen Strom aus Solarzellen, wir benutzen Biofarben, die keine Chemie enthalten. Wir versuchen, alles so naturverbunden wie möglich zu machen, und wir sind eben nicht uneingeschränkt verfügbar. Deswegen sind wir auch ständig ausverkauft, und wenn wir die Kapazitäten aufstocken, können wir sogar im Einkauf unsere Kosten senken!«

Gillian versteckte ein Gähnen nicht sehr gekonnt hinter ihrer Hand. »Nur weil ihr jetzt einen kleinen Run habt, heißt das nicht, dass das in alle Ewigkeit so weiterläuft.«

»Wird es«, beharrte Marlene. »Stimmst du mir zu, Chris?«

»Schwer zu sagen«, erwiderte Chris. »In den sozialen Medien ist vieles nur eine Eintagsfliege. Morgen haben sie uns vergessen.«

Sie konnte es nicht fassen. Sein Sohn war es, der für diesen Erfolg gesorgt hatte, und er glaubte, es wäre morgen alles vorbei? Dass James und ihre Kollektionen in der Versenkung verschwanden und sie plötzlich niemand mehr kannte?

»Marlene. Wir werden unser Kapital aus der Firma ziehen, und wenn du nicht gerade im Lotto gewonnen hast, wirst du wohl darauf eingehen müssen. Oder hast du ein anderes Angebot?«, fragte Michael.

»Ihr bekommt das Geld zurück, Michael«, sagte Marlene, und obwohl sie versuchte, ruhig zu sprechen, kippte ihre Stimme. »Wollt ihr wirklich an diesem Punkt abspringen? An einem Punkt, an dem es richtig gut läuft? Eure Rendite habt ihr dann zwar, doch es wird euch eine Menge mehr entgehen.« Das Argument schien weder Michael noch Jerry zu überzeugen. Vielleicht hatten sie Geldsorgen und wollten deswegen ihr Kapital zurück. Vielleicht hatte Jerry auch einfach genug.

Aber das erklärte nicht, warum Chris plötzlich aufgegeben zu haben schien. Und Herman starrte Chris an, als würde er ihn hypnotisieren wollen. Chris' Mundwinkel verzogen sich zu einem widerwilligen Ausdruck, bevor sein Gesicht undurchdringlich wurde und er endlich mal zu ihr sah!

Er stieß sich von der Wand ab, nahm Marlene an der Hand und bedeutete ihr, ihm zu folgen. Etwas in ihr sagte ihr, sie solle sitzen bleiben, trotzdem ging sie mit ihm. Weil sie wissen wollte, was verflucht noch eins los war.

In einem der Büros schloss er die Tür hinter ihnen.

»Marlene«, sagte er so ruhig, dass ihr ein kalter Schauer über den Rücken lief. »Es ist ein gutes Angebot. Du solltest es annehmen.«

»Das finde ich nicht.«

»Du wirst kein besseres finden.«

»Hast du überhaupt gesucht?« Als Chris schwieg, packte sie ihn an den Schultern. »Chris, du hast versprochen, dich darum zu kümmern. Hast du überhaupt gesucht?«

»Natürlich«, erwiderte er, und etwas lag in seinem Tonfall, dass sie ihm nicht glaubte. »Und ich bin zum gleichen Schluss wie Jerry, Michael und Herman gekommen – es ist und bleibt das beste Angebot. Alles andere wird nicht reichen, um weiter zu wachsen. Es ist nach deinen Vorstellungen einfach nicht möglich.«

»Mein Gott, ihr tut ja so, als würde ich auf dem Mount Everest produzieren wollen, weil in dem Schnee da oben die Wäsche so schön weiß wird«, rief sie aus.

»Marlene, du weißt, dass du davon wesentlich weniger Ahnung hast als ich.«

»Du hast zu mir gesagt, ich solle meinen Instinkten folgen, und genau das sagt mir mein Instinkt. Dass es möglich ist. Dass es *nötig* ist.«

Chris seufzte und zog ihre Hände von seinen Schultern. »Jerry und Michael wollen ihr Geld zurück. Wenn du sie ausbezahlen willst, kannst du das nicht. Du musst Insolvenz anmelden. Entweder du unterschreibst oder du bist pleite.«

»Hast du niemanden gefunden oder wolltest du niemanden finden?«, fragte sie.

Chris sah ihr direkt in die Augen. »Mir war von Anfang klar, dass du nur unter dem Dach eines Konzerns gut aufgehoben bist.«

Marlene wusste nicht, was in ihr tobte. Enttäuschung, Wut und die Erkenntnis, dass sie ihrem ersten Gefühl hätte trauen sollen. Chris war und blieb ein Scheusal.

DAS WAR WOHL NICHTS

Es war der blanke Hohn, dass die Anhörung und die Vertragsunterzeichnung beinahe zur gleichen Zeit stattfanden. Herman war sich seiner Sache so sicher, dass er Marlene tatsächlich allein zur Vertragsunterzeichnung gehen lassen wollte. Und wenn Chris eines wusste, dann, dass Hochmut sehr wohl vor dem Fall kam.

An diesem Morgen stand er erneut vor Marlenes Wohnung und starrte sich mit ihrer Nachbarin misstrauisch an. Weil er schon so oft bei Marlene geklingelt hatte, dass ihre Nachbarin an ihre eigene Tür gegangen war.

»Sie ist nicht da«, fauchte diese.

»Sie muss da sein«, beharrte Chris. Er wusste nämlich partout nicht, wo sie hingegangen sein könnte. An ihr Handy ging sie nicht, und er könnte ihr zwar eine Nachricht schreiben, aber dann fürchtete er, dass sie es einfach ignorierte. Er drückte erneut auf die Klingel, und es schellte praktisch durch den ganzen Flur. Himmel noch eins waren die Wände hier dünn.

Marlene riss die Tür auf. Sie war geschminkt, sie trug einen schwarzen Hosenanzug mit Stickereien in Silber und eine Handtasche unter dem Arm (natürlich mit Fransen), und sie hatte sichtlich schlechte Laune. »Was?«, fragte sie gereizt. »Willst du sicherstellen, dass ich pünktlich bin?«

»Nein, ich will sicherstellen, dass du die richtige Entscheidung treffen kannst«, gab Chris zurück, und als sie den Mund öffnete, hob er die Hände. »Hör mir einfach nur zu, okay?« Sie schloss die Lippen wieder, dafür wurde ihr Blick vernichtender.

»Herman schlug mir einen Deal vor. Er sagt heute zu meinen Gunsten aus, dafür sollte ich dich davon überzeugen, das Angebot von *LHMM* anzunehmen, auch wenn es dir gegen den Strich geht.«

»Was?«, platzte sie heraus.

»Ich erwarte nicht, dass du es verstehst«, sagte Chris und zog einen Zettel aus seinem Sakko. »Geh nicht zur Unterzeichnung. Geh zu dieser Adresse. Hör es dir an, tu, was du für das Richtige hältst.«

Marlene nahm den Zettel und starrte auf die Adresse. »Und was dann?«, fragte sie. »Der Deal mit *LHMM* platzt und deiner mit Herman?«

»Nun ja, ich hoffe, dass Herman zu spät davon erfährt und dem Gericht vorher erzählt, dass ich nichts damit zu tun habe.«

»Glaubst du ernsthaft, er hält sich an seinen Teil des Deals?« Marlene steckte den Zettel ein. »Wenn deine Karriere ruiniert ist, besteht nicht mehr die Gefahr, dass du ihm noch mal in die Quere kommen könntest.«

»Er verliert sowieso seinen Job bei dir«, wandte Chris ein. »*LHMM* wird das Management übernehmen.«

»Oh, er wird der Label-Betreuer«, gab Marlene zurück. »Er wird nämlich nicht zum Prozess gehen können, weil er heute genauso wie ich einen Vertrag zu unterzeichnen hat, und ich weiß nicht, wie er das zeitlich schaffen will.«

»Was?«

Chris starrte Marlene einfach nur an. Da hatte er sich diesen verflixt wackeligen Plan zusammengeschustert, und der hatte nicht mal den Anstand zu funktionieren?

Marlene schob sich die Handtasche über die Schulter, bevor sie die Tür hinter sich zuzog und in den Flur trat. Dabei ließ sie ihn nicht aus den Augen. »Hättest du deine Spiele mit mir zusammen gespielt, Chris Graham, wären sie vielleicht nicht schiefgegangen. Aber für dich sind alle anderen ja nur Versager, nicht wahr?«

siebenunddreißig

WUNDER GIBT ES IMMER WIEDER

Marlene ließ Chris einfach stehen und stieg die Treppen hinunter. Sobald sie aus seiner Sichtweite war, rannte sie regelrecht. Bis hinaus auf die Straße. Tränen brannten ihr in den Augen, und sie holte tief Luft, atmete die von Abgasen geschwängerte Luft ein. Chris hatte sie über den Tisch gezogen, und sie war nicht sicher, was sie tun sollte. In der Hand hielt sie noch immer den Zettel. Sie hatte ihn zusammengeknüllt und strich ihn nun glatt. Es stand nur eine Adresse darauf, sonst nichts. Kein Name, gar nichts. Was sollte das? Warum schickte er sie jetzt woandershin? Tat es ihm leid? Dachte er wirklich, er konnte Herman prellen? Andererseits … Wenn er wiederum Herman, Jerry und Michael betrog, dann half er ihr ja. Ach, das war doch völlig verworren. Auf solche Ideen kamen wieder nur Männer.

Marlene ging in Richtung der Metro und wählte James' Nummer. Er war der Einzige, der ihr seinen Vater vielleicht ein wenig erklären konnte.

»Was stimmt mit deinem Dad nicht?«, platzte sie heraus, kaum dass James abgenommen hatte.

»Ähm, so einiges«, erwiderte James. »Also musst du schon ein bisschen präziser werden, und übrigens hast du echt Glück, dass ich auf dem Klo bin, eigentlich habe ich jetzt Unterricht.«

Aber das kam bei Marlene überhaupt nicht richtig an. »Erst drängt er mir auf, dass ich bei *LHMM* unterschreiben soll, dann sagt er, er hätte einen Deal mit Herman gehabt, damit dieser für ihn aussagt, und dann sagt er mir, ich soll doch nicht unterschreiben und woanders hinfahren.«

James schwieg eine Weile. »Ich habe ihn mal mit diesem Matt telefonieren hören. Der ist Headhunter und hat Dad wohl auch an euch vermittelt. Er hat ihm gesagt, dass er hier keinen Fuß mehr in die Tür bekommt, wenn sich die Zweifel gegen ihn nicht restlos aufklären. Und selbst dann wird es für die nächsten Jahre schwierig, weil es ja sein könnte, dass doch was dran ist. Verstehst du?«

Ja, sie verstand. Sie verstand sogar sehr gut. Chris fand keinen Job mehr, wenn er angeklagt wurde. Egal, wie die Sache dann ausging. Womöglich hätte er es dann sogar als normaler Angestellter schwer und ganz ehrlich? Irgendwie konnte sie sich nicht vorstellen, dass Chris einfach nur ein normaler Sachbearbeiter war. Es würde ihn umbringen, keine Anweisungen erteilen zu können.

»Danke, James.« Sie seufzte und legte schließlich auf. Sie suchte auf ihrem Handy nach der Adresse und fand heraus, dass es sich um ein Fünfsternehotel handelte. Wer immer dort auf sie wartete, sie hoffte, dass es sich nicht wieder um einen doppelten Boden von Chris handelte, oder wenn, dann diesmal zu ihren Gunsten.

Eine Stunde später stand sie vor einem Hotel mit imposanter Fassade. Die Fenster waren groß und glänzten in der Sonne. Ein roter Teppich führte vom Gehweg zum Eingang, und die Tür wurde ihr von einem livrierten Pagen aufgehalten. Marlene landete in einem riesigen Foyer. Die Wände und der Boden waren mit Marmorplatten ausgelegt, selbst die Säulen bestanden aus poliertem Marmor. Die Stimmen hallten durch den hohen Raum, und sie sah sich zögernd um. Mit wem zum Kuckuck sollte sie hier reden?

»Können wir Ihnen helfen?«, fragte eine der Rezeptionistinnen.

Sie war hinter ihrem Tresen hervorgetreten und sah Marlene freundlich an.

»Ich weiß nicht.« Marlene seufzte. »Mein Name ist Marlene Gallagher. Ich bin hier mit jemandem verabredet, leider hat man mir seinen Namen nicht gesagt. Oder ihren …«

Die Rezeptionistin hob die Augenbrauen, hinter Marlene lachte allerdings jemand plötzlich. Als sie sich umdrehte, sah sie sich Jenn gegenüber. Sie trug ein dezentes Etuikleid, dafür Glitzersteine unter den Augenbrauen.

»Was machst du denn hier?«, fragte Marlene verblüfft.

»Auf dich warten, Schätzchen«, sagte Jenn und küsste sie auf beide Wangen. »Chris hat gesagt, dass du vielleicht kommen wirst. Wenn du nicht gerade unfassbar sauer auf ihn bist.« Jenn schüttelte den Kopf, als wäre jemand tragisch ums Leben gekommen. »Wenigstens sieht er diesmal ein, dass er was falsch gemacht hat, und das ohne Leugnen.«

Okay. Marlene wusste nicht, was sie sagen sollte, doch Jenn hakte sich ohnehin bei ihr unter und zerrte sie zu einer Sitzgruppe aus Ledersesseln, die so glatt waren, dass Marlene fast hinunterrutschte, weil sie sich auf die äußerste Kante setzen wollte. Schnell schob sie sich zurück und versank beinahe in dem Ungetüm.

Auf dem Zweisitzer ihr gegenüber saß ein Mann, der Jenn zuzwinkerte.

»Sie sehen aus, als hätten Sie einen sehr stressigen Tag«, sagte dieser und schaute nun Marlene an.

»Dabei ist nicht mal Mittag«, murmelte sie.

»Chris hat sie ins kalte Wasser geworfen«, petzte Jenn. »Ich habe zu ihm gesagt, dass er einfach ehrlich sein soll, aber hört je ein Mann auf mich?«

»Ich höre auf dich«, stichelte der Fremde, und Jenn warf ihre Haare zurück.

»Na wenigstens einer.« Sie klopfte Marlene auf das Knie. »Chris hat sich von allen möglichen Partnern für dich ausgerechnet Nils Bourton rausgesucht.« Jenn hielt inne, als würde sie Marlene Gelegenheit geben wollen, vor Ehrfurcht in Ohnmacht zu fallen. Marlene sah hingegen nur von einem zum anderen.

»Okay.«

»Nils Bourton«, sagte Jenn noch einmal eindringlich, während besagter Nils Bourton in sich hineinlachte.

»*Glenda Hill*«, sagte er, und Marlene entfuhr ein langgezogenes »Oh«.

Glenda Hill war nicht mal halb so bekannt wie *LHMM*, aber sie besaßen in Amerika mehrere Läden und waren erst letztens in der *Vogue* als aufstrebendes Label genannt worden, auf das einige Promi-Damen schworen.

»Ich schreibe nun seit der Show mit Chris. Auch nur, weil Jenn zu mir gesagt hat, dass es wenig hilfreich wäre, sich an den eigentlichen CEO Herman zu wenden. Ich war ehrlich gesagt ziemlich skeptisch, denn auf solches internes Gerangel habe ich keine Lust.«

»Wem sagen Sie das«, murmelte Marlene.

»Das wird sich doch ändern, oder?«

»Oh, definitiv«, versprach Marlene. Sie wusste zwar noch nicht, wem sie genau den Kopf abriss, aber zur Not warf sie eine Münze, und wer sie fing, war fällig. Mittlerweile war ihr sogar ihre Abneigung gegen Auseinandersetzungen egal. Sie wollte einfach jemanden umbringen. Oder wenigstens anschreien.

»Ich freue mich jedenfalls, dass Sie gekommen sind.« Nils griff nach seinem Handy und tippte darauf herum. »Und herzlichen Glückwunsch zu der rasant ansteigenden Followerzahl. Allein in den paar Minuten, die ich gebraucht habe, um aus meiner Suite hier runterzukommen, sind zweihundert dazugekommen.« Er zeigte ihr sein Display. James hatte nach der Show für ihr Label ein Profil angelegt, weil sie von Instagram und Tiktok ungefähr so viel Ahnung hatte wie eine Kuh vom Eislaufen.

Sie warf einen flüchtigen Blick auf die 1,5 neben dem Profilbild und stutzte. Moment. Sie beugte sich nach vorn und riss Nils das Handy aus der Hand.

»1,5 *Millionen*?«, entfuhr ihr.

»Und es werden mehr.« Er strahlte. »Bei Tiktok sind es über zehn Millionen.«

Heiliges Kanonenrohr. James hatte Marlene zwar gezeigt, was er postete, aber sie hätte nie erwartet, dass das Millionen Leute gut fanden. Vor allem schien Marlene einen Trend verpasst zu haben. Da posierten Teenager mit ihren Eltern im Partnerlook und das alles mit Marlenes Stücken.

»Ich dachte, Teenager rebellieren?«, fragte sie.

Jenn lachte. »Damals vielleicht. Heute zwingen sie ihre Eltern notfalls mit Erpressung zum Partnerlook, weil das unter dem Hashtag #dubestimmstdeineElterntragen trendet. Übrigens losgetreten von James. Der hat behauptet, er hätte Chris auf den Laufsteg und in den Anzug genötigt.«

»Das stimmt nicht.«

»Ist doch egal«, mischte sich Nils ein. »Wer auch immer James ist, Sie sollten ihn als Social-Media-Manager einstellen.«

Na mal sehen, was James' Schule davon hielt und vor allem dessen Vater. Von der Mutter fing Marlene lieber gar nicht an. Wusste die überhaupt was davon?

»Meine Tochter hat mich auch schon dazu genötigt«, erzählte Nils. »Ich kann Ihnen allerdings sagen, dass mir meine Tochter noch oft genug versichert, mich zu hassen, wenn es nicht nach ihrer Nase läuft.«

Marlene lächelte und reichte ihm das Smartphone zurück. »Ich weiß nicht, ob ich Ihnen gratulieren oder mein Beileid aussprechen soll.«

»Ich nehme beides«, erwiderte er und steckte sein Handy weg. Er lehnte sich zurück und sah sie aufmerksam an. »Sie haben Talent, meine Liebe. Und Ihr Konzept gefällt mir. Solaranlagen, Biowaren, eine große Grundkollektion, aber nur limitierte Neuerungen, die sich mit den bestehenden Kollektionen ergänzen lassen. Ein Stil, der länger als ein Jahr überlebt. Ich habe nur ein Problem – ich kann mich nicht darum kümmern. Ich bin viel unterwegs, und wenn das was mit uns werden soll, muss ich mich darauf verlassen, dass mein Geld nicht nur zum Fenster hinausgeworfen wird.«

Marlene schürzte die Lippen und dachte darüber nach. »Dann geben Sie uns nicht Ihr Geld«, sagte sie. »Ich will keine großen Summen. Ich brauche nur jemanden, der die Einkäufe der Waren für die nächsten zwei Monate bezahlt, vielleicht die Gehälter und die neue Solaranlage.« Sie verschränkte die Finger in ihrem Schoß und sah Nils nachdenklich an. »Geben Sie uns nicht einfach das Geld. Bezahlen Sie die Rechnungen, und ich verspreche Ihnen, dass wir die Beträge innerhalb eines Jahres zurückzahlen werden. Dafür werde ich Ihnen zwar wieder neue Rechnungen zeigen, dann wissen Sie immer, wofür das Geld gerade verwendet wird. Es ist zwar mehr Aufwand, aber Sie können immer ein Veto einlegen und jedes Angebot einsehen, wenn Sie das wollen. Dafür müssen Sie nicht hier sein.«

Er neigte den Kopf und lächelte sie an. »Das klingt nach gemeinsamer Kasse.« Er lehnte sich vor. »Trotzdem erwarte ich mehr.«

Sie biss sich auf die Lippe und dachte fieberhaft nach. Was zum Kuckuck konnte er noch wollen? »Meinen Sie Sicherheiten? Ich habe eine Mietwohnung, nur werden Sie an dieser nicht viel Freude haben, sie liegt im schlimmsten Viertel dieser Stadt.«

Nils lachte. »Und was machen Sie dann?«

»Ich bleibe dort wohnen«, gab sie zurück. »*Die* Rechnung lege ich Ihnen nicht vor.«

Erneut lachte er und schüttelte den Kopf. »Das ist nett, meinte ich jedoch nicht. Ich meinte, dass ich mehr Rechnungen will. Nicht nur eine Solaranlage, nicht nur ein paar Gehälter oder Einkaufslisten. Sie, meine Liebe, fliegen morgen nach Mauritius. Wir haben gerade dort ein Shooting, die Location, die Models und der Fotograf sind den Rest der Woche gebucht, aber wir sind fertig. Dort machen wir eine Werbekampagne für Ihr Label und ein paar Plakate.« Er tippte auf die Zeitschrift auf dem Tisch. »Und hier will ich ein paar Fotos drin sehen.«

»Dann werden die Wartezeiten für die Bestellungen noch länger«, wandte sie ein.

»Dann bauen Sie aus, so schnell wie möglich. Das wird viel Stress in den nächsten Monaten.«

Wenn sie Nils so in die Augen sah, hatte sie das Gefühl, dass für ihn absolut nichts ein Problem darstellte.

»Wo ist der Haken?«, fragte sie.

Er legte den Kopf schief und sah sie nur fragend an.

»Das letzte Angebot, das ich bekommen habe, hieß, dass alles im Ausland produziert wird und ich zigtausend Stück über die gesamte Welt vertreiben soll.«

»Nun, der Haken wird sein, dass die begrenzte Anzahl den Preis nach oben treiben wird. Es wird nur für die Elite kaufbar sein, jedenfalls wenn die Ihre Klamotten haben wollen, und davon gehe ich aus.«

Sie biss sich auf die Lippe. Es war nicht ganz, was sie sich vorgestellt hatte. »Und wenn wir einen kleinen Teil in Massenfertigung machen lassen?«

»Das könnte über eine meiner Fabriken laufen. In Thailand. Aber wir achten auf faire Bedingungen. Wir können zusammen mal hinfahren.«

Jenn beugte sich wahnsinnig unauffällig zu ihr und flüsterte ihr ins Ohr. »Wenn du das sausen lässt, bist du nicht mehr zu retten, Schätzchen. Und Chris beißt bestimmt vor Verzweiflung in jeden Tisch, den er finden kann.«

Marlene seufzte. »Wo er eh schon urlaubsreif ist.«

achtunddreißig

URLAUBSANTRAG UND KÜNDIGUNG

Chris hatte das Gefühl, dass ihm beinahe der Kopf platzte, als er aus dem Gerichtsgebäude trat. Er war erleichtert. Nun merkte er, wie der Druck der letzten Tage von ihm abfiel. Diesmal steckte er es schlechter weg als sonst. Dabei sollte er es gewohnt sein, unter Dauerspannung zu stehen. Vielleicht wurde er langsam alt.

Minutenlang stand er auf dem Gehweg und wusste nicht, wohin er gehen sollte. Er sah den Autos zu, die über die Straße rauschten, den Passanten, die vorbeihasteten, und den Bussen, die sich durch den Verkehr schoben. Wann hatte er sich das letzte Mal die Zeit genommen, einfach nur hinzusehen? Es war womöglich verrückt, aber die Aussicht, dass seine Karriere völlig im Eimer sein könnte, hatte dazu geführt, sich zu fragen, warum er sich all den Stress angetan hatte, wenn es doch ohnehin am Ende schlecht für ihn ausging?

Dass es eben nicht schlecht ausgegangen war, gab ihm Freiheit. Es würde irgendwie weitergehen. Er würde einen anderen Job finden. Aber nicht jetzt.

»Chris!«

Er drehte sich um, und Marlene kam ihm entgegen. Sie zerrte an ihrem Schal, ihre Wangen waren gerötet, und sie schnappte nach Luft.

»Wie lief es?«, fragte er, bevor sie den Mund aufmachen konnte.

»Wir … wir sind uns einig«, brachte sie keuchend hervor und fächelte sich Luft zu. »Ich bin echt nicht mehr in Form.« Sie zerrte sich den Schal vom Hals und öffnete ihren Mantel.

»Du erkältest dich«, sagte er mechanisch, und sie schloss den Mantel wieder.

»Du hast recht. Ich kann es mir nicht leisten, krank zu werden. Ich fliege morgen nach Mauritius. Nils hat dort Location, Fotograf und Models für mich. Wir machen Fotos für eine Kampagne.« Sie schlang die Arme um ihren Oberkörper und legte den Kopf schief. »Und jetzt sag mir, wie es bei dir lief.«

»Tatsächlich sieht es gar nicht so übel aus«, sagte Chris. »Bei der Durchsuchung der Büroräume wurden nicht nur sämtliche Unterlagen beschlagnahmt, sondern ebenso die Computer. Und bei deren Auswertung sind sie auf einige Ungereimtheiten gestoßen, die meine Version stützen.« Er strich sich mit dem Daumen über die Unterlippe. »Jemand anderem die Schuld in die Schuhe zu schieben will auch gelernt sein. Und offenbar sind Richter und Staatsanwaltschaft weniger an einem raschen Abschluss der Sache interessiert als daran, Henry selbst dranzukriegen. Dass ich ihr Angebot nicht angenommen habe, alles zu gestehen, um schneller und ohne Gefängnisstrafe aus der Sache rauszukommen, war eher gut als schlecht. Die meisten nehmen dieses Angebot wohl mit wehenden Fahnen an. Ich habe ihnen erzählt, dass Herman einen Deal mit mir wollte. Und dass ich ihn zumindest für den Moment angenommen hatte. Du hattest übrigens recht – er hat vorher behauptet, er sei krank und ist nicht gekommen.«

»Also kommst du ungeschoren aus der Sache raus?«

»Sieht so aus.«

Marlene lächelte, trat vor und breitete die Arme aus. Doch dann zögerte sie und ließ sie wieder sinken.

»Und jetzt …«, setzte sie an.

»Jetzt fahre ich in den Urlaub.«

Das war wahrscheinlich nicht das, was sie hatte hören wollen. Sie zog erstaunt die Augenbrauen hoch. »Du reichst Urlaub ein?«

Chris hob ebenfalls eine Augenbraue. »Ich habe dich hintergangen, Marlene. Sei nicht wieder zu nett und verzeih mir. Feuer mich.«

»Na schön.« Marlene seufzte. »Chris Graham, schlimmster Assistent aller Zeiten, du bist entlassen.«

»Und war es so schwer?«

»Nein«, gab sie zu. »Genau genommen war es das, wovon ich am Anfang geträumt hatte.«

»Dann haben wir beide etwas davon.«

Marlene verschränkte die Finger ineinander, sah für einen Moment zur Straße und dann wieder zu ihm. »Wenn du zurückkommst, bräuchte ich einen CEO. Ich habe gehört, du sollst als Assistent richtig mies sein, als CEO jedoch ganz gut.«

»Willst du das wirklich?«

»Ja«, sagte sie fest. »Kein Mitleid. Keine Entscheidung, weil ich dich privat mag. Sondern rein geschäftliches Kalkül. Du hast mehr Ahnung von dem Geschäft als ich, und du hast mir immerhin einen Deal vermittelt, der mir mein Label nach meinen Vorstellungen erhalten hat. Du hast es dir verdammt noch eins verdient. Vielleicht gibt es welche, die besser sind als du. Doch denen würde ich nach Herman nie so vertrauen wie dir.«

Dabei sah sie ihm entschlossen in die Augen und setzte wieder diesen verflixten Rehblick auf. Wie im Restaurant, als sie ihn dazu gebracht hatte, auf den Laufsteg zu gehen. Aber dieses Mal war er darauf vorbereitet, und dieses Mal ging es nicht mehr um seinen Ehrgeiz oder darum, dass er für sie und ihren Erfolg kämpfen wollte. Dieses Mal ging es darum, dass er nicht wusste, was er tun sollte. Bei Marlene hätte er einen sicheren Job. Marlene erwartete jedoch mit Sicherheit mehr von ihm.

»Ich kann nicht nur mit dir zusammenarbeiten«, sagte Chris. »Wenn wir Privates und Geschäftliches vermischen, werden wir uns irgendwann streiten. Und was dann erst privat eskaliert, wird geschäftlich genauso schiefgehen.«

»Ich bin nicht deine Ex-Frau«, erwiderte Marlene. »Ich

verspreche dir, wenn du mir privat auf die Nerven gehst, werde ich dich im Atelier nicht als Nadelkissen missbrauchen. Eventuell nähe ich mir wieder eine große Voodoo-Puppe von dir. Da kann ich dann so viele Nadeln reinstecken, wie ich will, und sie anschließend als Muse und Schneiderpuppe verwenden. Und vielleicht ein bisschen betatschen.«

Chris konnte nicht anders. Marlenes unbekümmerte Art brachte ihn zum Lächeln. Er wusste immer noch nicht, ob das eine kluge Idee war, und Marlene besaß ein gutes Gespür für seine Stimmungen und seine Zweifel.

»Lass uns miteinander reden, wenn du zurück bist«, sagte sie sanft. »Wo fährst du denn hin?«

»Ich weiß es nicht, irgendwohin, wo es einen Strand gibt.«

Marlene seufzte, stellte sich auf die Zehenspitzen und küsste Chris auf die Wange. »Dann wünsche ich dir einen guten Flug.«

»Dir auch. Nach Mauritius.«

»Mauritius hat übrigens einen schönen Strand.«

Ehe er etwas erwidern konnte, küsste sie ihn erneut auf die Wange und drehte sich um. An der Ampel winkte sie ihm noch einmal, und bereits jetzt wäre er am liebsten wieder zu ihr gegangen.

SONNE, STRAND UND EIN HEISSER KERL

Marlene steckte gerade die Kleidung des Models so fest, dass es ihre Taille betonte und sie nicht über den Saum stolperte, wenn sie über den Sand lief. In weniger als einem Monat würde der erste Shop von Marlenes Label eröffnen. In der teuersten Einkaufsstraße New Yorks.

Tatsächlich war es Nils' Laden, aber er hatte versprochen, ihn freizuräumen und nur ihre Kollektion dort zu vertreiben. Er wollte sogar das Ladenschild austauschen lassen.

James hatte ihr geschrieben, dass die Nachricht einen Begeisterungssturm unter den Followern ihrer Social-Media-Accounts ausgelöst habe. Alle wollten sich den Termin merken und hinkommen. Auch, weil sie dann Marlene dort persönlich kennenlernen würden. Und Chris.

James schien nicht zu wissen, dass sein Vater ihr Angebot überhaupt nicht angenommen hatte. Oder er wusste mehr als sie oder er ging davon aus, dass sein Dad trotzdem bei ihr blieb.

Marlene war sich da nicht so sicher. Zum ersten Mal schien Chris seine Karriere und seinen Werdegang in Frage gestellt zu haben, und so was löste gern einen Fluchtreflex aus. Es würde sie nicht wundern, wenn er an einem Strand eine neue Frau *und* einen neuen Chef kennenlernte.

James war allein in Chris' Haus geblieben. Seine Mutter war zwar wieder heimgefahren und sah oft bei ihm vorbei, aber er hatte gesagt, er wolle erst mal Ruhe haben.

James nutzte nicht im Geringsten die Möglichkeit, dort eine Party zu schmeißen. ›Es ist langweilig, wenn mein Vater nicht da ist‹, hatte er geschrieben. ›Der beste Zeitpunkt war, wenn es darum ging, schleunigst die Hütte zu verlassen.‹

Tatsächlich trauerte also nicht nur James seinem Vater hinterher, sondern auch der Rest seiner Klasse. Und Marlene konnte nicht so tun, als ginge es ihr anders. Sie vermisste Chris. Sie war jetzt seit fünf Tagen auf Mauritius und hatte nichts von ihm gehört.

Nicht mal James wusste, wohin er geflogen war. Er schickte ihr nur manchmal ein paar Bilder weiter, und diese könnten von jedem Strand der Welt stammen. Es sah schön aus, und je öfter Marlene darüber nachdachte, umso mehr musste sie sich eingestehen, dass sie fürchtete, er könnte dort jemanden kennenlernen. Aber was sagte ihr das dann? Dass sie nicht reichte. Dieser Gedanke schmerzte sie fürchterlich. Sie hatte Chris wirklich gern, und sie sehnte sich mit jeder Faser ihres Seins nach ihm. Sie wollte in seinen Armen liegen, und sie wollte sein Lächeln sehen.

Trotzdem verstand sie, dass er Abstand brauchte. Die letzten Wochen waren verrückt gewesen. Nicht nur für sie, auch für ihn. Er hatte seinen Job verloren, bei ihr angefangen, war abgestiegen, musste sich bald einem Gerichtsverfahren stellen, das sich durchaus noch gegen ihn wenden konnte, und hatte vermutlich genug davon, vor sich selbst wegzulaufen. Möglicherweise hatte er Angst, er müsste wieder für sie über den Laufsteg gehen, wenn er sich auf sie einließ. Oder auf ihre Firma.

Je länger sie darüber nachdachte, umso weniger wurde es besser. Sie konnte nur abwarten, ob er sich nach seiner Rückkehr meldete. Und wenn nicht … dann war das zwischen ihnen wohl nur ein einseitiges Gefühl. Vielleicht sollte sie sich hier nach einem hübschen Mann umschauen, aber letztendlich sehnte sie sich nach Chris. Manchmal bildete sie sich ein, ihn zu sehen. Doch das war nur, weil sie hoffte, er hätte ausgerechnet diesen Strand für seinen Urlaub ausgesucht.

Selbst der Mann, der gerade über den Strand lief und in ihre Richtung kam, erinnerte sie an ihn. Seine Statur, die Art, wie er ging. Nur wirkte er wesentlich weniger angespannt als der Chris, den sie kannte. Das war an diesem Ort nun wahrlich nicht schwer. Wer hier verspannt war, dem war nicht mehr zu helfen.

Marlene schielte zu dem Mann. Der Schatten des Hutes verdeckte seine Züge, und er kam ihr zunehmend bekannt vor. Ach, ihre Gedanken spielten ihr einen Streich.

Marlene wandte sich wieder dem Kleid und dem geduldig wartenden Model zu und konnte doch nicht verhindern, dass sie wieder zum Strand spähte. Der Mann schob sich an ein paar Schaulustigen vorbei, die sie beobachteten, und wurde kurz von dem Sicherheitspersonal aufgehalten, aber was immer er zu ihnen sagte, sie ließen ihn durch. Das war eine Dreistigkeit.

Marlene stand auf und ging in die Richtung, und endlich drehte er sich so, dass sie ihn von vorn sehen konnte.

Das *war* Chris! Er sah hinreißend aus. Er trug Hosen, die ihm zum Knie reichten und seine Waden enthüllten. Seine sonst eher blasse Haut hatte die erste Bräune abbekommen, und sein Leinenhemd stand an den oberen Knöpfen offen und entblößte seine Brust. Die Krempe seines Hutes wippte im Wind und überschattete sein Gesicht. Trotzdem konnte sie das Lächeln sehen, das sich auf seinen Lippen ausbreitete, als er sie erspähte.

Er marschierte auf sie zu und verflucht noch eins, am liebsten hätte sie sich ihm in die Arme geworfen. Ach zum Teufel, warum eigentlich nicht? Sie ging auf ihn zu und breitete die Arme aus, um zu sehen, was geschah.

Chris lachte nur und wich dem Fotografen aus. Marlene hüpfte über den Sand, über ein Kabel und fiel beinahe über einen Reflektor. Es war Chris, der sie auffing.

»Wenn wir anfangen, das Set zu verwüsten, schmeißen die mich vom Gelände«, raunte er und drückte sie an sich, dass ihr die Luft wegblieb. Aber leider nur, um sie auf ihre Beine zu stellen und dann loszulassen. Ach, Mist.

»Was machst du hier?«, war die einzige vernünftige Frage, die ihr einfiel.

»Na, was wohl?«, fragte Chris. »Ich will euch zusehen. Ich muss schließlich wissen, was ihr in meiner Abwesenheit treibt und ob ihr das richtig macht oder ob ich später Schadensbegrenzung betreiben muss.«

Marlenes Herz klopfte schneller. »Also willst du unser CEO werden?«

»Das kommt darauf an«, erwiderte Chris, und die Enttäuschung hob in ihrem Inneren schon wieder das Haupt. Als sie nichts sagte, strich er ihr über die Wange. »Es kommt darauf an, wie ihr zu Beziehungen innerhalb der Firma steht.«

»Keine Ahnung«, antwortete Marlene verwirrt. »Was interessiert mich das Liebesleben anderer?«

Chris runzelte die Stirn. »Hast du einen Sonnenstich?«

»Nein.«

Chris sah sie aufmerksam an, und langsam dämmerte es ihr. Beziehungen innerhalb der Firma. Also wollte er nicht nur den Job bei ihr, sondern auch sie?

»Und was ist, wenn wir uns streiten?«, fragte sie. Immerhin war das sein Einwand gewesen.

»Mir gefällt die Idee mit der Voodoo-Puppe.« Sein Grinsen ließ ihren Magen flattern und Gott im Himmel, am liebsten hätte sie sich in seine Arme geworfen. Als würde er ihre Gedanken lesen oder zumindest ihre Sehnsucht spüren, legte er den Arm um sie. Er beugte sich zu ihr, und seine Lippen streiften ihre Wange. »Was hältst du von einer Strandbar, Musik und Tanzen? Das ganze Klischee?«

Ja, verdammt. Ja. Ja. Ja! Sie wollte das ganze Klischee. Cocktailschirmchen, Salsa oder was immer hier getanzt wurde. Hitze zwischen vielen Leibern, wummernde Bässe, die Brise der kühlen Nachtluft vom Meer, das Rauschen der Wellen, wenn man die Bar verließ und händchenhaltend am Strand entlangging.

»Gehen wir dann auch am Strand spazieren?«, fragte sie.

»Natürlich. Ich such dir ein paar Muscheln. Vielleicht nehme ich noch eine Heißklebepistole mit, dann kann man die zu einer Kette zusammenkleben«, sinnierte er.

»Ich glaube nicht, dass Heißklebepistolen ins Klischee passen«, mutmaßte sie.

»Schade.« Chris zuckte die Schultern, und dann lächelte er schon wieder so, dass ihr die Knie weich wurden. »Eines wird definitiv nicht in das Klischee passen«, raunte er. Die Härchen an ihrem Arm richteten sich auf. »Du wirst dich nicht in einen Inseljungen verlieben, sondern mit mir vorliebnehmen müssen.«

Ihre Mundwinkel verzogen sich zu einem Lächeln, ohne dass sie es unter Kontrolle hatte. »Ich glaube«, sagte sie leise und stellte sich auf die Zehenspitzen, um die Lippen auf sein Kinn zu legen. Sie stellte sich noch ein wenig höher, klammerte sich an seinem Hemd fest, und er drückte sie an sich. »Ich glaube, damit kann ich leben.«

In ihrem Atelier herrschte das übliche Chaos, und Marlene genoss es in vollen Zügen. Und vielleicht genoss sie es auch ein ganz klein wenig, Chris herumzukommandieren.

»Ich brauche das rote Garn, Tacker und Nadeln«, trug sie ihm auf. »Und bleib still stehen!«

»Was denn nun?«, fragte Chris. »Soll ich das Zeug holen oder stillstehen?«

Im ersten Moment war ihr gar nicht aufgefallen, dass sie ihm zwei völlig widersprüchliche Anweisungen gegeben hatte. Er stand in dem halbfertigen Anzug vor ihr und starrte dorthin, wo das Garn lag, sichtlich unentschlossen, was er nun tun sollte.

»Kannst du nicht beides gleichzeitig?«, fragte sie.

»Du bist ganz schön tyrannisch.«

Marlene versuchte, ihr Grinsen zu unterdrücken, aber es gelang ihr nicht. »Ich habe eben vom Besten gelernt.«

»Vom besten Scheusal willst du wohl sagen«, gab Chris zurück und strich ihr mit dem Daumen über das Kinn.

»Vom besten CEO.«

»Das klingt natürlich wesentlich besser«, stichelte Chris und nahm die Packung Nadeln entgegen, die sie ihm in die Hand drückte. Genauso wie das Garn.

Sie setzte sich neben ihm auf die Knie und steckte die Nadel in den Stoff. »Und jetzt stillhalten.«

»Eigentlich müsste ich die Zahlen für die Buchhaltung machen … Au!«, beklagte sich Chris. »Dass ich mich piesacken lassen muss, stand nicht im Vertrag.«

»Das hat man davon, wenn man mit seiner Chefin schläft, man bekommt alles ab«, stänkerte sie vergnügt zurück. »Meinetwegen, dann zieh die Hose aus.«

»Zählt das schon unter sexuelle Belästigung am Arbeitsplatz?«, überlegte Chris, während sie den Stoff zurechtrückte und dabei durchaus seinen Schritt mit den Fingern streifte. Und beim nächsten Stich an seinem Oberschenkel eventuell ein wenig abgelenkt war.

»Au!«, maulte Chris, und Marlene seufzte.

»Hose aus.«

»Unter Protest.«

Vielleicht war es wirklich Belästigung, aber Marlene konnte eben den Blick nicht abwenden, als Chris die Hose auszog. Seit sie sich in Mauritius am Strand getroffen hatten – seit der beinahe rauschhaften Nacht in der Bar, dem Tanzen, dem Rhythmus und Chris –, konnte sie die Finger nicht von ihm lassen. Chris reichte ihr die Hose, und sie legte sie auf den Tisch, genauso wie die Nadeln. Sie trat auf ihn zu, und der verschmitzte Ausdruck in seinen Augen ließ ihren Magen vor Vorfreude hüpfen. Heute trug sie Schuhe, die hoch genug waren, dass sie sich nicht auf die Zehenspitzen stellen musste, und sie lehnte sich an ihn, drückte die Lippen auf seine und genoss das Gefühl seiner Liebkosungen. Das Streicheln seiner Lippen, seinen Atem auf ihrer Haut und das Kribbeln, das er damit auslöste.

Es war also ein mieser Zeitpunkt, als die Tür zum Atelier aufklappte.

»Boah, bitte nehmt euch ein Zimmer«, rief James, blieb aber im Türrahmen stehen. Als Marlene und Chris ihm ihre Gesichter zuwandten, wedelte er mit seinem Smartphone.

»Wir haben jetzt zwei Millionen Follower!«

Marlene klatschte begeistert in die Hände, und James hob die

Faust in Siegerpose, bevor er sie sinken ließ. »Trinken wir Schampus?«

»Es ist elf Uhr vormittags«, sagte Chris. »Wir trinken jetzt bestimmt keinen Champagner.«

James verzog die Lippen und warf seinem Vater einen vernichtenden Blick zu. »Du bist spießig. Und wahrscheinlich nichts gewohnt. *Ich* wäre nach einem Glas nicht besoffen und für den Rest des Tages arbeitsunfähig.«

»Na schön.« Chris seufzte. »Hol genügend Flaschen für die gesamte Belegschaft.«

»Yes«, jauchzte James und drehte sich um.

»Und lass dir Zeit«, rief ihm Chris nach, bevor die Tür wieder ins Schloss fiel.

Chris schob seine Hände über ihren Po, packte sie unter den Oberschenkeln und hob sie hoch. Er setzte sie auf dem Tisch ab und nahm ihr Gesicht in beide Hände. Erst küsste er ihren Haaransatz, und das Prickeln setzte sich über ihre Stirn fort. Sie schloss genüsslich die Augen, bevor sie seine Lippen bereits auf den ihren fühlte und dann an ihrem Hals. Sie bog den Kopf beiseite, und Chris strich über ihre Schenkel, den Stoff des Rockes, und sie merkte, wie er ihn hochschob. Sie schlang die Arme um seinen Hals und sah ihm in die Augen.

»Ich liebe dich, Chris Graham«, sagte sie. Und hatte sie Angst gehabt, er könnte nun die Flucht ergreifen, beruhigte sein Lächeln diese Angst schnell.

»Ich dich auch.«

»Du wirst bei der nächsten Fashion-Show wieder mitlaufen.«

Er lehnte seine Stirn gegen ihre und seufzte. »Ich hab's geahnt.«

ENDE

nachwort

Vielen Dank für's Lesen!

Chris und Marlene haben sich mit jedem Satz mehr in mein Herz geschlichen, und ich hoffe sehr, dass es euch genauso ging.

Übrigens ist Amelia Lemon nur einer meiner Namen (Überraschung!). Mein Hauptpseudonym nennt sich Allyson Snow – darüber schreibe ich verrückt-liebenswerte Fantasy. Wenn ihr meinen Newsletter abonniert, verpasst ihr absolut nichts – auch nicht zu Amelia Lemon! Ihr bekommt sogar eine Fantasy-Novelle kostenlos.

Keine Sorge, ich werde euer Postfach nicht jede Woche mit Mails befüllen. Von mir hört ihr nur, wenn es auch wirklich etwas Neues gibt. Ich informiere euch über Neuerscheinungen, lasse euch an Titelabstimmungen teilnehmen und zeige euch Cover und Klappentexte exklusiv vor allen anderen. Gewinnspiele gibt es natürlich auch :)

https://allysonsnow.wixsite.com/allysonsnow/newsletter

Ich freue mich, von euch zu hören, oder einfach auf das nächste Buch!

Habt eine schöne Zeit

Eure Amelia/Allyson

über die autorin

Amelia Lemon ist ein weiteres Alter Ego einer erfolgreichen deutschen Autorin. Sie stammt aus dem Osten Deutschlands und lebt mit Kind, Mann und Kegel ganz nah am Gelände der Leipziger Buchmesse. Sie schreibt die Bücher, die sie buchstäblich gern selbst lesen möchte – mit Humor, ein wenig Zank und ganz viel Herzenswärme.